KB267147

Coordinated People Who Live Satisfactorily

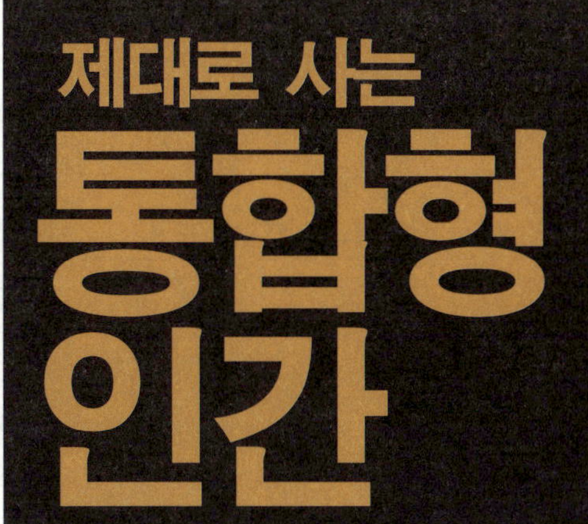

제대로 사는 통합형 人間

초판 1쇄 찍은 날 §　2005년 10월 15일
초판 1쇄 펴낸 날 §　2005년 10월 22일
지은이 §　이채윤
펴낸이 §　서경석
편집장 §　오태철
본문 편집 및 디자인 §　정은경
펴낸곳 §　도서출판 청어람
등록번호 §　제1081-1-89호
등록일자 §　1999. 5. 31
어람번호 §　제3-0038호
주소 §　경기도 부천시 원미구 심곡1동 350-1 남성B/D 3F (우) 420-011
전화 §　032-656-4452　팩스 §　032-656-4453
http://www.chungeoram.com
E-mail §　eoram99@chollian.net

ISBN 89-5831-769-8　03810

Coordinated People Who Live Satisfactorily

제대로 사는 통합형 인간

| 이채윤 지음 |

나는 여러분에게 지금보다 많은 것, 좋은 것을 찾는 데 경주하기보다는 자신의 능력을 향상시키는 데 주력함으로써 성취감을 느끼고 '제대로 살고 있다는 기쁨'을 느끼는 것이 중요하다고 강조할 것이다. 그렇게 함으로써 나는 여러분이 이 책을 읽고 자신의 능력을 하룻밤 사이에 두 배 이상으로 늘릴 수 있고 제대로 인생을 즐기며 살아갈 수 있는 방법을 제시하고자 한다!

화제의 베스트셀러 「삼성처럼 경영하라」의 저자가 제시한 제대로 사는 삶을 위한 5단계 성공 법칙!

이 책은 성공에 대한 소박한 꿈을 여러분에게 제시해 줄 것이다! 이 책을 다 읽고 나면 여러분은 제대로 사는 삶, 나아가서 진정한 삶과 성공이 무엇이란 것을 깨닫게 될 것이다!

• 차례 •

● step4
심신을 조화롭게 유지하며 산다

Start!

나는 세상에서 가장 신나는 직업을 갖고 있다.
매일 일하러 오는 것이 그렇게 즐거울 수가 없다.
거기엔 항상 새로운 도전과 기회와 배울 것들이 기다리고 있다.
만약 누구든지 자기 직업을 나처럼 즐긴다면
결코 탈진되는 일은 없을 것이다.
—빌 게이츠

▣ 여러분은 성공한 것이 아니다

얼마 전 '아침형 인간' 이란 책이 베스트셀러가 된 적이 있다. 그 책은 모든 사람들이 남들보다 일찍 일어나서 운동하고, 공부하고, 일찍 회사에 출근을 해서 회사 일에 좋은 성적을 내는 것을 가르친다. 그래서 그 책은 많은 기업의 임원들이 부하 직원들에게 읽어보기를 권한 책으로 알려져 있다.

나는 그 책을 읽은 많은 사람들이 꾸벅꾸벅 졸면서 새벽 출근을 하는 것을 보고 안쓰러운 생각이 들었다.

몇 달이 지나자 과연 아침형 인간들은 대부분 피곤함을 호소했다.

물론 지금도 많은 이들이 맑은 정신으로 아침을 맞이하여 부지런해지고 좋은 결과를 얻고 있을 것이다. 하지만 피곤함을 호소하는 이들은 기상 시간은 빨라졌지만 퇴근 이후의 모든 과정은 그전과 동일했기 때문에 늘 잠이 모자랐던 것이다.

인간은 일정한 시간 동안 잠을 자면서 에너지를 충전해야 한다.

인간의 몸은 하루에 10억 개 정도의 세포가 죽어나가는 탓에 잠을 자는 동안에 그만큼의 새로운 세포를 만들어내고 있다. 잠을 못 자고 잠이 모자란 사람은 세포를 못 만들어내는 탓에 피곤을 느낀다.

만약 그 세월이 길어질 경우 암이나 불치의 병에 속절없이 당한다고 한다. 그것은 죽어나가는 세포는 많은 데 비해 새로운 세포를 만들어내지 못하기 때문에 생기는 병이다.

실제로 하루에 4시간 미만을 자는 사람은 6, 7시간을 자는 사람에 비해 병에 대한 면역력이 떨어지고 암에 걸릴 확률이 높다는 것이 최근의 연구 결과이다.

인간은 완벽한 존재가 아니다. 인간은 일할 때 일하고, 잘 때 자고, 놀 때 놀아야 건강한 몸과 정신을 가질 수 있다.

그러나 현대인들이 그러한 삶을 영위하기란 상당히 힘든 일이다.

현대 사회는 강철 같은 완벽한 인간을 요구한다.

그래서 사람들은 피곤하고 불쌍한 '완벽형 인간'이 되어가고 있다.

완벽주의는 현대 문명의 산물이다.

인간이 수렵 생활이나 농경 생활을 할 때는 아주 자연스러운 삶을 살았다.

사람들은 해가 뜨면 일어나서 사냥을 나가거나 농사를 지었고 밤이 되면 잠을 잤다.

그러나 문명의 발달은 이러한 자연스런 삶을 파괴하기 시작했다. 권력자들은 원활한 통치를 위한 국가 시스템을 확대했고, 전쟁에 이기기 위한 고도의 전략 전술을 확립하여 인간을 전쟁터로 내몰았으며, 자본가들은 자본의 이익을 대변하는 기계 문명을 발달시킴으로써 사회는 개인의 능력으로는 따라갈 수조차 없는 복잡한 시스템을 구축하게 되었다.

거기에 편입된 개인은 살아남기 위해 추호라도 빈틈이 없는 완벽한 인간이 되어야 한다. 그들은 자신의 삶이 아닌 전제적 시스템에 복종하기 위해서 자신의 삶을 갉아먹고 있다.

만약 여러분이 세상 사람들이 말하는 어마어마한 성공을 거두었다고 치자.

하지만 나는 여러분의 성공이 그다지 대단한 성공이 아닐 것이라고 감히 말하고 싶다. 대부분의 경우, 성공한 사람들이 가지는 대단한 자긍심은 단지 남들보다 재산이나 권력을 많이 가졌다는 것을 뜻한다.

그러나 자신이 소유한 것과 자신을 동일시하는 것은 금물이다.

여러분은 그러한 소유를 얻어내기 위해서 자신의 영혼을 파는 일도 서슴지 않았을지 모른다. 설령 그것이 정당한 노력에 의한 결과물일지라도 대단치 않기는 마찬가지이다.

스스로 크나큰 성공을 거두었다고 생각하는 사람은 자신과 자신이 소유하는 것을 동일시하는 탓에 그것을 지키기 위해서 본인은 이미 만신창이가 되어 있다는 뜻이다.

가령 어떤 사람이 커다란 저택, 벤츠나 렉서스를 몇 대씩이나 굴리는 부호나 권력자가 되어 있다고 치자.

그러나 그의 내면의 인생은 그 외양적 호화로움을 유지하기 위한 고뇌로 무척이나 일그러져 있다고 보아야 한다.

그 사람은 소비 지향적 자본주의 체제 안에서 소유물의 크기로 자신의 크기를 실증시키려는 거짓말을 스스로에게 계속 시키는 생활을 한 끝에 이제는 힘겹고 가련한 영혼이 되어 있을 것이기 때문이다.

■ 제발, 대충 살아라!

내 주위에는 몇 년 전부터 열심히 일만 하다가 갑자기 쓰러지거나, 심지어 죽음의 나락으로 떨어져 간 친구들이 여럿 있다. 처음 나는 그런 친구들 때문에 심한 충격을 받았다.

그들은 하나같이 한창 일할 나이였고, 많은 재산과 상당한 지위, 사랑하는 가족들이 있음에도 더욱 많은 것을 얻으려고 노력하다가 심신의 무리를 감내하지 못하고 먼저 세상을 뜬 것이다.

나와 아주 절친했던 '김 사장'은 조그만 중소기업을 하는 그런대로 잘나가는 사람이었다. 그는 자그마한 체구에 무척 야무지게 생겼고 이재(理財)에도 밝아서, 부모에게 물려받은 재산도 없었지만 자수성가를 하여 상당한 기반을 잡은 친구였다.

그런데 그가 48세의 한창 나이에 그만 쓰러지고 말았다. 일명 '과로사' 다.

그가 과로사로 쓰러진 데는 그럴 만한 이유가 있다.

그는 직업상 거래처 사람들과 술을 새벽까지 마시는 경우가 많았는데, 그렇게 술을 마신 날에도 아침 7시면 어김없이 출근을 해서 업무를 시작했다. 그의 평균 수면 시간은 채 4시간이 되지 못했을 것이다. 그런 생활을 수년 동안 계속해 왔으므로 그의 심장과 간은 견딜 수 없었던 것이다.

평소 그와 자주 술을 마시던 나는 언젠가부터 노랗게 변해가는 그의 눈빛을 보고 건강을 위해서 술을 덜 마시던지, 어쩔 수 없이 술을 마실 경우에는 낮에라도 잠을 좀 자란 소리를 여러 번 했었다.

하지만 그는 자신의 체력을 자신하며 일에 매진했고, 회사를 키워 나갔다.

나는 그가 쓰러졌다는 소리를 듣는 순간, '미련한 사람' 하고 신음을 내질렀다. 그에게 좀 더 강하게 휴식이 필요하다는 것을 강요하지 못한 나를 자책했다.

그의 부모님은 젊은 아들을 앞세운 것에 넋이 나갔고, 그의 아내는 혼절했으며, 아직 중학교에 다니는 그의 아들딸은 졸지에 아비 없는 처량한 신세가 되고 말았다.

왜 그는 자신의 생명보다, 자신의 사랑하는 가족보다 돈벌이와 성공이 중요하다고 생각하며 살다가 그렇게 허망하게 세상을 떠나야만 한 것일까?

나는 그것이 이 시대, 우리 사회의 커다란 병폐라고 말하고 싶다. 한국이 현재 40~50대 남자의 돌연사 사망률이 세계 1위라는 것은 잘 알려진 사실이다.

정말 미련하고 한심한 일이 아닐 수 없다.

나는 요즘 만나는 사람들에게 자주 이런 말을 한다.

제발, 대충 살아라!

인생에서 가장 소중한 것은 나 자신의 행복이다. 내 행복을 내던져 놓고 무엇을 찾아서 그토록 힘들고 요란스럽게 산단 말인가? 아니, 죽는단 말인가?

■ 욕망을 줄이고 제대로 살자

그 후, 나는 세상에서의 삶에 대해 많은 생각을 하게 되었다.

그리고 많은 의문점을 가지기 시작했다.

사람들은 돈 들여서도 만들기 힘든 좋은 자연환경을 가지고 있는 시골을 버리고 왜 좁은 도시에 몰려들어서 나쁜 공기를 마시며 복잡하고 바쁘게만 살아야 하는가?

왜 빈둥거리거나 아무것도 하지 않는 것을 무조건 나쁘다고만 하는가?

들판의 풀밭이나 모래밭, 산속의 바위 같은 곳에 벌러덩 누워서 아무 생각 없이 파란 하늘을 바라보는 나날을 지내는 것도 인생에서는 달디단 보약이 된다는 것을 왜 사람들은 모르는가?

사람은 때로 어슬렁거리고 다니며 쉬기도 해야 한다.

세상에 완벽한 것은 없다. 세상 사람들은 현대 문명의 시스템을 완벽한 것으로 믿고 거기에 참여하지 못하거나 참여하지 않는 사람을 인생의 낙오자 정도로 치부하고 있지만 실상은 그렇지 못하다.

하다못해 가장 완벽한 것으로 사람들이 믿고 있는 컴퓨터조

차도 완벽한 것이 아니란 것은 잘 알려진 일이다. 컴퓨터의 하드웨어나 소프트웨어는 여러 가지 결점과 버그를 가진 탓에 계속해서 개발과 업데이트를 하고 있다.

그런데도 사람들은 컴퓨터가 부족한 점이 많은 제품이란 것을 간과하고 있다. 그 컴퓨터 시스템이 현대 사회의 근간을 구축하고 있다는 것도.

사실 알고 보면 세속적인 성공만을 추구하는 많은 사람들은 자의 반 타의 반으로 떠밀려서 성공을 위해 뛰고 있을 뿐이다. 그들은 나이가 들어 어느 정도의 기반을 다지게 되면 허무함을 느끼고 많은 질문을 한다.

나는 무엇을 위해서 내 청춘을 바쳤던가?

그렇다. 이제 많은 사람들이 왜? 라고 묻고 있다.

자신들이 살아온 지난날을 뒤돌아보기 시작한 것이다.

그동안 산업화다, 현대화다, 세계화다 하면서 앞만 보고 정신없이 뛰어온 결과가 무엇인가?

지구는 온난화 되어 기상 이변이 속출하고 있고, 지구를 보호하고 있는 오존층은 구멍이 뻥 뚫려가고 있다. 현대 의학으로도 고치지 못하는 에이즈를 비롯한 각종 질병이 창궐해서 한 해에 수백만 명이 죽어나가고 있다.

그런데도 사람들은 끝없는 욕망으로 성공과 돈과 명예를 향해서 질주하고 있다.

인생의 목적을 세속적 성공에만 두는 것이 현대인의 최대의 불행이다.

인생의 목적은 남들이 알아주는 성공에 있는 것이 아니라, 내 마음대로 자유롭게 살고 행복을 느끼며 사는 데 있는 것이 아닐까?

나는 거듭 세속적인 성공을 거둔 사람들이 과연 행복한가 묻고 싶다.

사람들이 성공의 대가로 생각하는 돈이나 권력은 많이 있으면 좋겠지만 그것들은 아무리 많이 가지려 해도 잘되지 않는 것들이다.

또한 돈과 권력은 먹고살 수 있고, 누가 이래라저래라 하지 않는 정도로 가지고 있으면 되는 성질의 것이지 지나치게 많으면 지나친 욕망에 사로잡히게 하고 사람을 못 쓰게 만드는 속성이 있다.

칼 홈스는 인생의 나아갈 길에 대해서 이렇게 설파하고 있다.

인생에서 우리가 하려는 일은 다른 사람을 앞지르는 것이 아니라 자신을 뛰어넘는 것이다. 자신의 기록을 깨고, 자신의 방법을 개선하여 이전보다 더 잘하기 위함이다.

나는 이러한 정신이야말로 자기 자신을 발전시키고 제대로 사는 삶을 찾을 수 있는 방법이라고 동의한다. 남을 앞지르고 그 위에 군림하려는 행위야말로 인간에게 주어진 최대의 비극적 요인이다.

미국에서 가장 성공한 보험 세일즈맨 중의 한 사람인 엘머 레터맨(Elmer Letterman)은 자신의 경험을 통해서 인간이 능력을 제대로 발휘하는 방법에 대해서 이렇게 말했다.

현재 자신이 해야 할 일이 무엇인지 알고 있고, 그 일을 당장 시작한다면, 그리고 하지 말아야 할 것들을 모두 그만둔다면, 보통 사람들도 누구나 자신의 능력을 하룻밤 사이에 두 배 이상 발휘할 수 있다.

자신이 해야 할 일을 알고, 하지 말아야 할 일을 아는 것이
중요하다.

■ 제대로 사는 삶을 위한 5단계

이 책에서 나는 여러분에게 자신이 해야 할 일이 무엇인지를
아는 것과 하지 말아야 할 것이 무엇인가를 아는 것이 얼마나
중요한지에 대해서 끊임없이 말하게 될 것이다.

나는 여러분에게 지금보다 많은 것, 좋은 것을 찾는 데 경주
하기보다는 자신의 능력을 향상시키는 데 주력함으로써 성취감
을 느끼고 '제대로 살고 있다는 기쁨'을 느끼는 것이 중요하다
고 강조할 것이다.

그리고 하지 말아야 할 것들, 가지지 말아야 할 것을 대충 버
리고 사는 지혜에 대해서 말하게 될 것이다.

그렇게 함으로써 나는 여러분이 이 책을 읽고 자신의 능력을
하룻밤 사이에 두 배 이상으로 늘릴 수 있고 제대로 인생을 즐
기며 살아갈 수 있는 방법을 제시하고자 한다.

나는 그 방법을 다음과 같이 5단계를 거쳐서 제시하고자 한다.

첫째, 자신의 재능이 선택한 삶을 산다.
둘째, 자신의 일 외에 다른 것에 집착하지 않는다.
셋째, 세상에 대하여 자신의 목소리로 말한다.
넷째, 심신을 조화롭게 유지하며 산다.
다섯째, 뜻을 같이하는 멋진 동료들과 어울려 산다.

이 5단계의 과정을 숙지하고 실천에 옮긴다면 여러분은 상당히 괜찮은 삶을 살게 될 것이다.

나는 몇 년 전부터 전업 작가의 길을 걸으며 그동안의 삶의 방식과 완전히 결별하고 5단계의 과정을 실천하며 살고 있다.

또한 나는 나의 생각에 동의하는 많은 친구들을 만났다.

그들은 내 말을 듣고 모두 세상살이의 번거로운 요식 행위는 대충 생략하고 자신만의 일에 몰두하여 치열하게 살고 있다. 나는 그들을 '자유인이 되어 제대로 사는 인간'들이라고 부르고 싶다.

현대에 있어서 제대로 된 시민 사회라면 기본적인 생활권과 개인의 자유는 누구나 정당한 노력으로 얻을 수 있도록 보장되어 있다. 이러한 사회 보장을 바탕으로 그들은 남들이 중요하다고 생각하는 허례허식, 요식 행위를 대충 뛰어넘어 '자신의 일에 몰두' 해서 살고 있는 사람들이다. 그들은 세상에서 말하는 성공과는 남다른 성공을 거두어가고 있는 중이다.

그러한 삶을 살아가는 데는 주변의 논리에, 이웃의 눈길에 휘둘리지 않는 용기가 필요하다. 아울러 자신 스스로가 만족하는 성공, 남과 비교하지 않는 성공을 꿈꾸는 것이 좋다.

린든 존슨은 남과 비교하지 않는 성공을 꿈꾸는 자들만이 위대한 사회를 만들어 나갈 수 있다고 말했다.

"위대한 사회란 사람들이 자기들 소유물의 양보다 자기들 목표의 질에 더 관심을 갖는 곳이다."

이 책을 읽고 나면 여러분은 많은 예술가, 장인(匠人), 발명가, 경영자, 여행가, 학자, 정치인, 천재들이 그러한 사람들이었다는 것을 알게 될 것이다. 예컨대 그들은 세상의 잡다한 일에는 신경 쓰지 않고 자신만의 일에 불꽃같은 정열을 사르고 있는 사람들이다.

이 책은 그러한 성공에 대한 소박한 꿈을 여러분에게 제시해 줄 것이다. 이 책을 다 읽고 나면 여러분은 제대로 사는 삶, 나아가서 진정한 삶과 성공이 무엇이란 것을 깨닫게 될 것이다.

이미 '제대로 사는 자유인' 이 되어 자연과 스스로의 인생을 벗 삼아 여유를 찾아 사는 사람들의 용기와 포기할 줄 아는 넉넉한 마음에 박수를 보낸다.

2005년 가을

이채윤

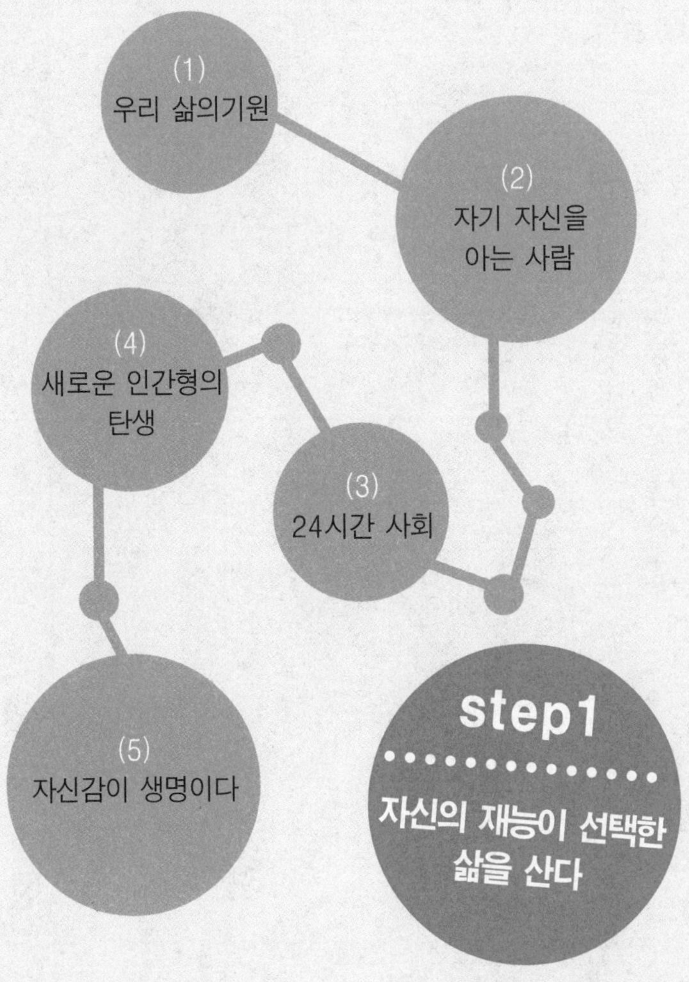

이 책은 성공에 대한 소박한 꿈을 여러분에게 제시해 줄 것이다!

이 책을 다 읽고 나면 여러분은 제대로 사는 삶, 나아가서 진정한 삶과

성공이 무엇이란 것을 깨닫게 될 것이다!

(1) 우리 삶의 기원

■해야 할 일을 먼저 하면 원하는 일을 할 수 있는 날이 온다.

—존 맥스웰, 짐 도넌 『영향력』 중에서

■ 왜?

이 책을 손에 잡은 여러분은 어떻게 사는 것이 제대로 사는 것일까? 인간답게 사는 것은 무엇일까? 하는 의문을 가진 사람일 것이다. 그리고 어느 정도는 이 세상에서 자유인으로 제대로 살아보고 싶다는 욕망을 가지고 있을 것이다.

그러나 이 책은 여러분에게 제대로 사는 법에 대해서 무엇을 가르치거나 어떤 행위를 강요할 의도를 가지고 있지 않다.

다만 조급하고 각박하게 살아가는 현대인들에게 조금 천천히 여유를 가지고 대충 사는 것이 오히려 잘사는 것이고 제대로 사는 것일지 모른다는 것을 보여주려는 소박한 의도를 가지고 있다.

내가 이 책을 쓰게 된 이유는 아주 간단하다.

어느 날, 왜? 라는 의문이 갑자기 나를 덮쳤기 때문이다.

이게 제대로 살고 있는 것인가?

절친했던 친구 한 명이 갑자기 쓰러져 죽은 후, 나는 스스로에게 물었다.

내 친구 '김 사장'의 관 위에 흙을 덮으면서 나는 북받쳐 오는 울음을 참을 수 없었다. 48살의 나이에, 그것도 벌여놓은 일이 산더미같이 많은데—그는 서너 개의 기업체를 가지고 있었고, 후계자도 준비되어 있지 않았다—하나도 마무리를 하지 못하고 제대로 유언조차 하지 못하고 그는 죽은 것이다.

그를 묻고 돌아와 누운 그날 밤, 나는 잠자리에 누워서도 잠을 이룰 수가 없었다.

그리고 나는 누군가의 목소리를 들었다.

'인간답게 살아라', '제대로 살아라' 란 내 안의 목소리였다.

사업을 한답시고 날이면 날마다, 일이 잘 풀리면 잘 풀려서 안 풀리면 안 풀려서 이래저래 술이나 퍼마시고, 그런 일을 수년, 십수 년 이상을 해왔으니 나의 건강도 좋을 리는 만무하다는 생각이 들었다.

당시는 나 또한 사업을 한답시고 남들과의 경쟁에서 이기기 위해서 20, 30대의 청춘을 바치며 줄달음쳐 온 경험을 가지고 있었다.

과연 나는 자부심을 가지고 이 세상을 리드하면서 살아온 것인가?

나는 아니라는 대답밖에 할 수 없었다. 아까운 청춘만 보내고 허송세월을 했다는 자괴감이 나를 엄습했다.

마침 나의 사업은 기울어가고 있었던 터라, 내 안에서는 이제부터도 인간답게 제대로 살고 싶다는 원초적 욕구가 솟구치고 있었다.

나는 자의 반 타의 반으로 사업을 정리하기 시작했다.

그 과정을 겪으면서 나는 많은 사람들이 자신은 최선을 다해서 성실하게 살아왔다고 믿고 있지만 전혀 그렇지 못하다는 사실을 깨달았다.

그때 나는 이 세상에는 제대로 사는 사람이 별로 없다는 생각마저 들었다.

많은 사람들이 자신의 생각, 자신의 재능과는 무관한 삶을 살아가고 있다는 현실이 내 눈에 보이기 시작했고, 내게는 이 세상이 참으로 미련한 사람들로만 가득한 것으로 보이기 시작했다.

정말 안타까운 일이었다.

왜 그렇게 된 것일까?

그 의문에 대한 수년간의 사고가 쌓인 것이 이 책이다.

이제 그 원인부터 살펴 나가면서 우리의 답을 찾도록 하자.

■ 세상에 태어나 보니

인간은 이 땅에 태어난 후에도 자기 자신이 누구인지 모르고 살아간다.

그러다 문득 철이 들 무렵이 되어서야 '나는 누구인가?', '어디에서 왔는가?'를 스스로에게 묻게 된다.

그러한 자아의 정체성에 대한 질문을 김훈의 소설 『개』는 이렇게 시작한다.

…태어나 보니, 나는 개였고 수놈이었다. 어쩔 수 없는 일이었다. 어쩔 수 없기는 소나 닭이나 물고기나 사람도 다 마찬가지다. 태어나 보니 돼지이고, 태어나 보니 사람이고, 태어나 보니 암놈이거나 수놈인 것이다.

그렇다.

사람도 개와 다름없이 태어나 보니 사람이었고, 남자이거나 여자인 것이다.

우리는 자신이 왜 지구라는 행성에, 그것도 지구의 한쪽 구석인 한반도에서 태어났는지에 대해서 알지 못한다.

그렇게 알지 못하는 사이에 사람들은 자라나서 어른이 되어간다.

지금 이 책을 읽고 있는 여러분도 그런 사람 중 한 명일 것이다.

그런데 어른이 되는 순간 여러분에게는 한 가지 자명한 임무가 주어진다.

앞으로는 자신의 운명을 스스로 선택해서 살아가야 한다는 것이다. 그동안은 자신을 낳아준 부모의 보호 밑에서 자라났지만 이제부터는 상황이 달라진다.

대체적으로 학교를 졸업하는 순간부터 사람들은 지상에서의 삶에 대한 전폭적인 책임을 떠안게 된다.

세상은 각 개인에게 그것을 요구하고 있고, 우리는 거기에 대해서 반박하거나 거부할 권리가 없어 보인다.

사람은 왜 이 땅에 태어났는지는 알 수 없지만, 어떻게 생각하고 행동하느냐에 따라 자기 자신의 운명을 개척해 나갈 수 있기 때문이다.

그러나 이 과정에서 많은 사람들은 방황을 시작한다.

대부분의 사람들이 진정 무엇을 해야 하는지를 모르고 무기력한 절망감에 빠져들곤 한다. 그래서 어떤 이들은 스스로 어른이 될 것을 포기하고 차라리 계속해서 부모나 형제, 자매, 남편이나 아내, 목사, 친구 등 누군가가 선택이나 결정의 책임을 대신 떠맡아주기를 원하고 있다.

현대에 이르러 '마마보이' 로 불리는 '어른아이' 가 많아지는 현상이 그런 경향을 보여주는 예라고 할 수 있다.

하지만 이 세상은 그러한 도피를 언제까지나 용납하지는 않는다.

개도 크게 되면 집을 지키거나 목장을 지키며 제 할 일을 하고 주인을 섬겨야 할 의무가 있다.

그런데 하물며 인간이 주어진 임무를 피해갈 수는 없다.

여기서 인간은 두 가지 종류로 나누어진다.

자기 뜻대로 사는 사람과 자기의 뜻을 세우지 못하고 남을 의지해서 사는 사람이다.

사회생활을 시작하면서 두 종류의 사람은 크게 대비되는 삶을 살아가기 시작한다.

일찍부터 자신의 뜻을 세운 사람은 자기 세계를 구축하고 자신의 운명을 개척해 나가기 시작한다.

반면 자신감이 부족하고 주관이 확립되지 않은 사람들은 남의 밑에서 일을 거들거나 윗사람에게 인정받기 위한 일에 몰두하게 된다.

어찌 보면 처음에는 자신의 뜻을 세우고 운명을 개척해 나가는 사람의 삶이 힘들고 버거워 보이기도 한다.

차라리 남의 밑에서 윗사람이 시키는 대로 순응하는 삶이 머리 쓸 일도 없고, 그다지 망할 일도 없어서 안전해 보인다.

그런데 그런 식으로 살면 그 사람의 앞날에 무슨 희망이 있을까?

■ 세상은 출세주의자들로 가득 차 있다

현대인은 거의 모든 사람이 반드시 성공을 해야 한다는 강박 관념에 사로잡혀 있다.

직장 동료가 자기보다 먼저 승진을 하면 축하해 주기보다는 상대방을 질시하거나 뒤처진 자기 자신을 자책하고, 그들을 앞설 각오를 새롭게 한다.

그들은 동료이면서 경쟁자이다.

더 빨리! 더 많이!

그러한 경쟁은 아이들 때부터 시작되고 있다.

사람들은 남들에게 뒤지지 않게 하려고 한풀이라도 하듯 아이들을 가르치는 데 최선을 다한다.

요즘 아이들은 세 살부터 영어를 배워야 하고 좋은 대학을 갈 준비를 해야 한다.

그래서 아이들은 거의 놀 시간도 없이 학원이며 태권도장, 피아노 교습소를 다닌다.

아이들은 너나 할 것 없이 공부도 잘해야 하고, 리더십도 있어야 하고, 운동도 잘해야 하고, 피아노 따위도 잘 치는 만능인이 되어야 한다.

아이들은 거의 불쌍할 정도로 휘둘리고 있다.

그러나 나는 그 아이들이 자라나서 대단한 사람이 된 것을 별로 보지 못했다.

사람은 아이 때는 모든 면에서 많은 차이가 나는 것처럼 보이지만 성인이 되면서 서로 비슷비슷해지고 나름 나름으로 자기만의 개성과 역량을 가지고 인생을 살아가게 되기 때문이다.

그런데도 왜 어른들은 아이를 대충 키우지 못하는 것일까?

그것은 남에게 뒤처져서는 살아남기 힘들다는 조바심, 성공에 대한 강박 관념 때문이다. 그렇게 자라난 아이들은 본능적으로 출세를 위해서 앞만 보고 달리는 유형의 인간이 되게 마련이다.

임어당은 『생활의 발견』에서 그렇게 자라난 인간의 심리를 이렇게 표현했다.

누구나 다 자기 이외의 무엇인가가 되어보고 싶다고 생각한다.

즉 누구나 꿈을 꾸고 있다. 병졸은 하사가 되는 꿈을 꾸고, 하사는 대위의 꿈을 꾸고, 대위는 소령이나 대령의 꿈을 꾸고 있다.

그러나 대령 자신이 만일 사람이 된 사람이라면 자기가 대령으로 있는 것을 그다지 대단하게 생각하지 않는다. 그는 점잖은 말투로 자기가 대령으로 있는 것은 동료들에게 봉사하는 역할에 지나지 않는다고 말한다. 또 사실 따지고 보면 그런 정도인 것이다. 잘난 사람을 보고는 '훌륭하시군요' 하고 세상 사람들은 말하지만 그 말을 듣는 사람이 정말 훌륭하다면 반드시 이렇게 대답한다.

'훌륭하다니, 도대체 무슨 말이지?'

그렇기 때문에 세상이란 일품요리점과 비슷하다.

옆 테이블에서 주문한 음식이 자기의 것보다는 훨씬 잘 눈에 뜨이고 훨씬 더 맛있게 보이는 법이다.

임어당의 이 말은 자신의 뜻대로 사는 사람과 그렇지 못하고 남의 눈을 의식해서 사는 두 종류의 사람을 표현한 것이다. 여기서 대령은 '사람이 된 사람' 으로서 자신의 뜻대로 임무에 충실할 뿐이다. 그러나 많은 '출세 지향주의자' 들은 내면적인 충실보다는 항상 남의 떡이 맛있어 보여서 자꾸 다른 것을 넘보는 것이다.

이제 우리는 이 두 가지 인간형이 어떻게 인생을 개척해 나가는가를 지켜봄으로써 '자유인으로 제대로 사는 인간' 이 되는 길을 배우게 될 것이다.

▶▶▶자연의 가르침

심장

인간 활동에서 가장 중요한 역할을 담당하는 것은 '심장' 이다.

잘 알려져 있다시피 심장은 혈액을 전신으로 순환시켜 산소를 공급하는 역할을 하는 기관으로 24시간 동안 활동하는 데 20여 톤의 석탄을 3m 높이로 쌓아 올리는 것과 같은 양의 엄청난 에너지가 든다고 한다. 이렇게 중노동을 하는 심장이 어떻게 50년, 70년, 100년 동안을 계속해서 견딜 수 있는 것일까?

사실은 이렇다. 사람들은 심장이 항상 움직이고 있다는 생각을 하지만, 실제로는 수축하는 순간마다 일정하게 휴식을 취하고 있는 것이다. 그래서 1분당 70회라는 정상적인 속도로 심장이 뛰고 있을 때, 심장은 24시간 중에 9시간밖에는 활동하지 않는다. 심장은 24시간 내내 풀가동하고 있는 것 같지만 이처럼 하루에 15시간 정도의 휴식을 취하며 일하기 때문에 100년씩 견딜 수 있는 것이다. 그래서 지나치게 심장에 무리를 주는 일을 한 사람은 장수를 하지 못한다.

끊임없이 일을 하면서도 쉴 때 쉬고 일할 때 일하는 심장이야말로 '제대로 사는 인간' 이 가야 할 길을 보여주는 좋은 예다.

(2) 자기 자신을 아는 사람

■ 21세기의 화두 : 너 자신의 재능을 알라

"21세기의 지식경제사회에서 성공하려면 자기 자신을 잘 알아야 한다."

이 말은 현대 경영학의 대부로 불리는 피터 드러커가 21세기에 던진 화두다. 그는 각 개인이 올바른 가치관을 가지고 자신이 가지고 있는 장점을 살리면서, 최선의 방법을 찾아서 일을 수행해야만 성공할 수 있다고 강조하고 있다.

그중에서도 그가 가장 강조하는 것은 바로 '자기 관리에 대한 스스로의 책임' 이다.

지식정보화 물결이 지나가면서 새롭게 등장한 지식정보사회는 엄청난 센스와 통찰력, 시대를 관통하는 힘을 읽는 종합력이 필요한 시대이기 때문이다. 그 능력은 부단한 노력과 훈련을 통해서 체득되는 것이기 때문에 남들보다 많은 시간을 바쳐서 그 일에 매달려야만 한다.

이 시대는 물론 열심히 일하는 사람을 필요로 하고 있기는 하지만 열심히 일한다는 데만 만족하지 않고, 지식을 활용해 부가 가치를 창출하는 전문가를 더 필요로 하는 시대이다.

이제 시대가 바뀌었다.

직장인들도 자신의 아이디어와 재능만 있다면 자기 분야의 전문가가 되어 오너가 되지 않더라도 자기만의 시간과 여유를 가질 수 있는 시대가 되었다.

■ 세상에서 가장 어려운 일

생텍쥐페리의 유명한 소설 『어린 왕자』 중에 이런 말이 나온다.

"세상에서 가장 어려운 일이 뭔지 아니?"
"흠… 글쎄요. 돈 버는 일? 밥 먹는 일?"
"세상에서 가장 어려운 일은 사람이 사람의 마음을 얻는 일이란다. 각각의 얼굴만큼 다양한 각양각색의 마음을. 순간에도 수만 가지의 생각이

나는 21세기 디지털 사회에서는 사람의 마음을 얻는 일이 돈 버는 일이고 밥을 먹는 일이라고 생각한다. 과거의 '닫힌 사회'에서는 획일적인 지시를 받는 공장이나 사무실이 즐비했지만 21세기 '열린 사회'에서는 언제 어디서나 마음먹은 대로 누구라도 의사소통이 되는 시대이므로 서로의 '마음을 얻는 일'이 자신이 '하고자 하는 일'이 된다.

지난 40년간 한국 사회는 열심히 일하는 성실한 사람이 이끌어왔다.

서구에서 근 300년에 걸쳐서 이룩한 산업화를 우리 사회는 단 40여 년 만에 따라잡았다. 그동안 '성실'과 '근면'은 우리 사회의 가장 중요한 덕목이었다.

그러나 21세기는 더 이상 '맨땅에 헤딩' 하는 방식으로 살 수 있는 세상이 아니다. 어디로 가는지 모르고 시키는 일만 성실하게 한다고 해서 인정받을 수 있는 세상은 더 더욱 아니다.

우리보다 앞서 있는 서양의 산업 사회라는 모델이 있을 때는 이미 완성된 성공 방식에 따라 정해진 일만 열심히 하면 됐다. 그러나 이제 우리 사회는 그런 성실한 사람을 더 이상 요구하지 않는다.

이미 우리는 세계 최강의 IT강국이 되어서 우리 나름의 성공 모델을 만들어 나가고 있다.

드러커의 말대로 지식기반사회는 '창의적인 두뇌'들이 이끌어 나간다.

그저 성실하기만 한 사람에게는 절대 기회가 오지 않는다.

서로의 마음을 얻는 일에 자신이 하고자 하는 일이 있고, 자신의 재능이 있고, 자신의 미래가 있다는 것을 명심하라.

이 말은 남과 다른 방식으로 살아야 한다는 이야기다.

자기만의 창의적인 사고를 가지고 사는 사람은 자신이 원하는 삶을 살아갈 수 있다는 이야기다.

만약 여러분이 창의적인 사고를 가지고 있다면 엄청난 사회적 성공보다는 자기만의 일에서 성공을 거두는 것, 즉 자유인이 되어 자신의 의지대로 사는 삶을 목표로 할 것이다.

■ 무엇이 성공이고 가치있는 일인가?

이쯤에서 우리는 현대인들이 말하는 성공에 대한 정의를 하고 넘어가야 할 것 같다.

일반적으로 성공이라고 하면 명예, 부귀, 권력, 이 세 가지를 성취하는 것을 뜻한다. 이것은 자본주의가 지구상에 나타난 이후 사람의 행복을 저울질하는 잣대가 되어왔다. 이 성공이란 말은 사람들로 하여금 가난과 무명, 실패의 공포를 딛고 일어서게 만드는 원동력이 되었고 행복의 다른 이름이기도 했다.

그러나 이 성공, 이 행복에는 어딘가 부족한 점이 있고 무엇인가 빠진 듯한 점이 많다.

돈, 지위, 명예 중 어느 하나, 아니, 전부 다를 가졌다고 하더라도 나는 그 사람이 성공했다거나 행복해진 것은 아니라는 생각이다.

위의 세 가지 중 하나만 가지고 있는 것도 성공을 한 것은 틀림없다.

하지만 세상 사람들이 말하는 그런 성공을 거둔 사람들 중에는 왜 그다지 마음의 여유가 없고 두서가 없이 바쁜 사람들만 있는 것일까?

그들은 항시 무엇엔가 쫓기는 것처럼 산다.

가만히 주변을 둘러보라. 우리 주위에서 성공했다는 말을 듣는 이들 중에서 마음의 여유를 가지고 넉넉한 인생을 즐기고 있는 사람이 과연 얼마나 되는가?

나는 마음을 조용히 여미고, 있는 그대로 자기의 시간을 음미하면서 삶을 관조하는 사람이 진정 행복한 사람이라는 생각이 자꾸 든다. 나아가서 정신적 수양과 물질적 향상이 동시에 이루어질 때 가치있는 삶, 온전한 삶에 도달할 수 있다는 생각을 해본다.

우리 중 많은 사람들이 "외부로의 여행"에서 길을 잃고 방황하고 있음을 나는 알고 있습니다. 외부로의 여행에는 재물을 얻어 부자가 되거나 권력자가 되는 일이 포함돼 있습니다. 이제 우리는 생활의 안위를 위해 필요한 물건은 거의 가지고 있습니다. 그럼에도 불구하고 물질의 풍요가 우리의 모든 문제들을 해결해 주지는 못합니다. 우리는 몹시 고독해하고, 방황하고, 당황하고 있습니다. 다른 방향으로 여행하려는 경향이 있는데 그것이 바로 "내부로의 여행"입니다. 내가 내부로의 여행에

커다란 흥분을 느끼는 것은 평생 동안 아동에 대해 연구한 결과 우리가 아이들에게 제공해 줄 수 있는 것 중에서 가치있는 유일한 것은 재산이 아니라 우리의 인격이라는 사실을 자각했기 때문입니다.

『살며 사랑하며 배우며』란 책에서 레오 버스카글리아가 한 말이다.

엄청난 성공을 거두는 것보다 자기만의 일에서 성공을 거두는 것, 성공은 '재산이 아니라 우리의 인격' 이라는 사실을 자각하는 그것이 우리가 추구하는 '제대로 사는 인간' 의 목표다.

자신을 있는 그대로 보이려고 하지 않고 좀 더 훌륭한 지위에 있거나 돈이 많은 사람처럼 보이려고 애쓰는 사람들을 보면 마치 어릿광대를 보는 듯해서 고소를 금치 못하는 경우가 많다. 자신의 인격보다는 자신이 가지고 있는 것으로 자신의 크기를 내보이려고 하고, 없는 것을 있는 척하기 때문에 웃음거리가 되는 사람들을 보면 가련하기조차 하다.

■ 새로운 유형의 자유인

그래서 이 시대는 '제대로 사는 인간' 이라는 새로운 유형의 자유인을 필요로 한다.

사람은 자기가 구할 수 있는 범위 내에 안주하고, 자기가 처리할 수 있는 범위에서 진실을 찾는 것이 중요하다. 그리고 무엇보다도 자신만의 일로 성공하려면 자신의 재능이 무엇인지를 알아야 한다.

사람은 많은 꿈이 있고 능력이 있다고 해서 한꺼번에 여러 가지 일을 할 수 없다. 자칫하면 그것이 사람을 번잡스럽게 만들고 두서없이 만든다.

한 가지 목표를 달성한 후에 나머지 일을 해도 늦지 않다. 일에 우선순위를 두고 나머지 일들은 대충 무시하고 나아가라.

영국의 시인인 테니슨은 이렇게 말했다.

자기 존중, 자기 인식, 자기 통제 이 세 가지가 우리를 자주적인 인생으로 이끌게 된다.

이제부터 우리는 자주적인 인생을 살아가기 위한 플랜을 마련해야 한다. 자기 자신을 존중하고, 자기 인식에 철저하며, 자기 통제가 가능한 사람이야말로 자신의 의지대로 삶을 살아갈 수 있는 자유인이며 인생을 제대로 사는 사람이라고 불러 마땅한 존재일 것이다. 우리는 어떻게 그러한 자유의 경지에 도달할 수 있을 것인가?

■ 좋아하는 것에 재능이 숨어 있다

우선 결론부터 말하자면 자신에게 어떤 재능이 있는지를 깨닫고, 그 재능을 갈고닦는다면 누구든지 그 분야에서 두각을 나타낼 수 있다고 말하고 싶다.

실패를 두려워하며 남의 눈치를 보다가는 아무 일도 못한다. 일단 목표가 정해지고 마음을 굳혔다면 용감하게 밀고 나가야 한다.

그러나 대부분의 사람들은 자신의 재능이 무엇인지 모른 채 일생을 보낸다.

자신의 재능을 심각하게 고민해 보지 않고 TV나 영화에 등장하는 멋진 것들에 매혹되어 기분 내키는 대로 자신의 미래를 내던진다. 아니면 그저 좋은 대학에만 들어가면 성공하리라는 막연한 기대에 섣불리 전공을 선택해 재능과는 동떨어진 공부에 매달린다.

그런 사람들은 좋은 기회가 와도 자신의 특기를 살리지 못하고 나중에 뼈아픈 후회를 하게 된다.

어떤 사람은 수학에 재능이 있고, 어떤 사람은 예능 분야에 재능이 있다. 그런데 예능 분야에 재능있는 사람이 회계 업무를 하거나 수학에 재능있는 사람이 예능 분야에서 일한다면 그 사람의 미래는 불을 보듯 뻔하다.

때로 자신의 재능을 알고 있는데도 부모의 강요로 다른 길을 선택해 인생을 망치는 경우도 있다. 좋아하지도 않는 일을 평생 해야 한다고 생각하면 정말 아찔하다. 그런 노력은 헛되고 스트레스만 쌓여 사회적으로도 좋지 못한 결과를 가져온다.

무엇보다 중요한 것은 스스로의 재능을 알고 그 재능을 개발해야 한다는 것이다. 세상에서 자신만의 재능을 개발하는 것보다 중요한 일은 없다.

여러분이 그것을 찾아낸다면 스스로의 자아를 실현할 방법을 찾게 되고, 만족스러운 미래를 설계할 수 있으며, 현명하고 좋은 인간관계가 가능하다. 그러면 매우 유능하고 매력적인 인간이 될 수 있다.

만일 자신의 재능이 무엇인지를 모르겠다면 스스로에게 끊임없이 물어보아야 한다.

'내가 제일 좋아하는 것은 무엇인가?'

자기가 좋아하는 것에 자신의 재능이 숨어 있다. 사흘이고 1주일이고, 몇 달이 걸리더라도 그것을 찾아내야 한다.

여러분이 어떤 분야에 재능이 있고, 그래서 그 일을 직업으로 선택할 수 있다면 더할 나위 없이 행복할 것이다. 싫어하는 일을 억지로 하기보다 좋아하는 일을 마음껏 하면서 돈도 벌 수 있다면, 그것처럼 즐거운 일도 없다.

'나는 이미 나이가 들어서 틀렸어' 라고 생각하는 사람이 있다면 그것은 틀린 생각이다. 만약 여러분이 그런 생각을 하고 있다면 '나는 아무 것도 버리기 싫어' 라고 하는 내면의 욕구를 자신이 버리지 못하고 있는 것이다.

가만히 가슴에 손을 얹고 생각해 보라. 그러면 스스로 자신이 무엇을 버려야만 자신의 '자아' 를 되찾을 수 있는가를 깨닫게 될 것이다.

나의 아버지는 내가 어렸을 적에 이런 말씀을 종종 해주셨다.

"사람은 누구나 칼집을 가지고 있지. 그 칼집 속에는 명검이 들어 있어. 그런데 아무도 그 속에 그런 칼이 들어 있는 줄을 몰라. 어떤 사람은 그게 칼집인 줄도 잘 모르고 죽어. 네가 진짜 훌륭한 사람이 되려면 칼

집에서 그것을 꺼내 쓸 줄 알아야 한다.”

나는 나이가 들어서 그것이 나만이 가진 재능을 찾는 일이란 것을 깨달았다.

그리고 그 재능은 하늘이 나에게만 내린 명검이란 것을 깨달았다.

나는 여러분도 자신의 명검을 꺼내 쓸 줄 알아야 한다고 생각한다.

■ 눈 높이를 맞추는 작업

사람의 마음을 얻는 일처럼 자기만의 일을 찾는 데는 ‘눈 높이를 맞추는 작업’ 이 필요하다. 직업에 귀천이 있다는 말은 이제 옛말이 되었다. 자기의 적성에 맞는 직장에서 최선을 다할 때, 그 사람은 삶의 보람을 충분히 느낄 수 있다.

자신의 소질과 능력을 발견하고 개발하여 가면서 ‘무엇이 될 것인가?’ 를 차츰차츰 구체화시키는 것이 좋다.

이 소질과 능력을 발견하고 개발하는 데에 따라서 인간은 자신의 뜻대로 살 수도 있고, 반면 다른 사람의 뜻을 받들며 살 수도 있는 것이다.

전자는 자신이 해야 할 일을 알고 시행하며 사는 사람이고, 후자는 자신이 해야 할 일에 대해서 깨닫지 못한 사람이라고 볼 수 있다.

앞으로 이 두 가지 유형의 인간형이 어떻게 나누어지는가를 추적하는 일은 흥미진진하면서도 의미심장한 일이 될 것이다.

우선 우리는 타고난 재능은 사람마다 다르다는 것을 인식하는 것이 중요하다. 어떤 사람은 노래를 잘하고 어떤 사람은 그림을 잘 그린다. 선천적으로 게임을 잘하는 사람도 있고, 게임을 못하는 사람도 있다.

여기서 나는 제안을 하고 싶다.

'아침형 인간'도 좋고, '퇴근 후 3시간'을 잘 보내는 것도 좋지만, 만약 여러분이 어떤 분야에서 뛰어난 재능을 가지고 있다면 그것부터 찾아야 한다. 나아가서 그것을 자신만 누릴 것이 아니라 주위의 친구들에게도 나누어주는 도량을 지녔으면 한다.

게임을 잘하는 사람은 게임을 잘 못하는 사람의 입장에서 게임을 가르쳐야 한다. 그래야 그 사람과 같이 게임을 하면서 놀 수 있기 때문이다. 그런 일은 무척 어려운 일이기도 하지만 가장 쉽고 보람된 일이기도 하다.

내가 보아온 '제대로 사는 인간'들은 자기만의 일에 몰두해 있는 탓에 대부분의 성실한 사람들과 잘 어울리지 못하는 사람들이다. 말하자면 제대로 사는 인간들은 '나 홀로 성공 지향적 인간'들이 많은 셈이다.

그러나 알고 보면 그들은 혼자서만 성공하고자 하는 독불장군들과는 다른 사람들이다. 그들은 혼자의 일에 몰두해 있는 탓에 다른 사람의 일을 거들떠도 보지 않고 세상일과는 무관한 것처럼 사는 사람들이다. 그들은 남의 성공을 시샘하거나 질투하지 않으며 남을 밟고 올라서는 일도 하지 않는다.

오히려 자기 자신과 같은 꿈을 꾸는 사람을 만나면 무척 반가워하고 함께 그 길을 걷기를 원한다. 그들 중에 성공한 사람들은 자신과 같은 꿈을 꾸는 사람들에게 더불어 꿈꿀 수 있는 광장을 만들어주는 작업에

열을 올리는 사람들이 많다.

미국의 사상가이며 시인인 에머슨은 인류 공통의 정신력에 대해서 이렇게 말했다.

모든 사람에게는 하나의 공통된 마음이 있다. 사람은 누구나 그 공통된 하나의 마음으로 들어가는 입구, 같은 전체로 들어가는 입구인 것이다. 이 보편의 정신에 접촉한 사람은 실존하는 모든 것, 또는 행하여질 수 있는 모든 것에 가능성을 갖고 있는 사람이다. 이것이야말로 오직 하나뿐인 최고의 힘이기 때문이다.

그리하여 서로에게 눈 높이를 맞추는 작업이 필요한데 여기에 대해서는 Step5에서 구체적으로 살펴보기로 한다.

■ 자기 분수에 만족하는 사람

나는 나이가 들어가면서 사람이 일생을 살면서 누릴 수 있는 것은 그다지 많지 않다는 것을 깨닫고 깜짝 놀란 일이 있다.

10대와 20대에는 세상에서 할 일이 너무 많아서 가슴이 터질 것만 같았던 기억을 가지고 있는데, 결혼을 하고 아이들을 거느리고 30대, 40대가 되면서 내가 소망하는 삶은 기껏해야 행복한 가정을 유지하면서 잘살았으면 하는 것뿐이었다.

　물론 사업을 더 키우고 싶었고, 해외로 나가서 모험을 하고 싶었고, 세계적인 명작을 쓰고 싶은 욕망은 끊임없이 나를 사로잡았다.

　하지만 사업이 어려워지고 전업 작가의 길을 걸으면서 나는 먹고살기 위한 글을 써야 했고, 커가는 아이들 뒷바라지를 하느라고 내 많은 꿈과 욕망들을 접어야 했다. 그리고 나의 선배들도 젊은 날에는 누구나 나와 같은 꿈을 꾸었지만 현실의 벽에 부딪쳐서 차츰 자신의 분수를 알아갔다는 사실을 깨달았다.

　따지고 보면 아무리 많은 재산을 가진 사람도 결국은 여덟 자 길이의 잠자리면 족하고 하루에 세 끼 이상을 먹지 못한다.

　분수를 모르고 자기의 몸과 마음과는 정반대인 사람이 되려고 하는 사람처럼 어리석은 사람은 없다. 사람이 분수를 지키려면 『채근담』에 나오는 이 말을 늘 염두에 두는 것이 좋을 것 같다.

　집이 커서 천 칸 넓이라 하더라도 잠잘 때에는 여덟 자 길이면 족한 것이고, 전답이 많아서 만경창파같이 곡식이 많아도 하루에 두 되 쌀이면 그만이다. 내 집 담이 남과 같이 높지 못하고 내 곳간의 쌀이 남과 같이 많지 못하다고 애달파할 것은 없다. 남의 것을 부러워하지 않는다면 생활의 괴로움을 절반은 덜 수 있다.

　그러나 분수에 맞게, 분수를 지키며 산다는 것은 쉬운 듯하면서도 쉽지 않은 것이 사실이다. 사람들은 개구리 올챙이 적을 생각하지 못한다고, 종종 자신의 분수를 잃고 날뛰기 일쑤이다.

거기에다 상대적 빈곤을 느끼는 것이 현대인들이다.

당장 먹고사는 것이 문제가 아니라 자신의 직장 동료나 이웃, 친지들과 비교해서 자신은 그들만 못하다고 생각한다.

또한 사람들은 자기가 행복하기를 원하는 것보다 남에게 행복하게 보이기에 더 애를 쓴다. 남에게 행복하게 보이려고 애쓰지만 않는다면 만족한 삶을 살기란 그다지 힘든 일이 아니다. 개구리가 황소와 배 불리기 경쟁을 하다가 배가 터진 경우나 뱁새가 황새를 따라가려다가 가랑이가 찢어졌다는 말처럼 사람들은 자기 분수를 모르고 산다. 자신의 실력은 생각하지 않고 작은 회사가 큰 회사와 무리한 경쟁을 하다가 파산당한다. 부잣집에서 큰 차를 탄다고 가난한 사람이 시샘을 해서 큰 차를 사서 타고 다니는 경우도 마찬가지이다.

직위에 맞게, 자기가 처한 입장에 맞게 처신하는 것이 불행과 욕(辱)됨을 막는 길이다.

자기 몸에 맞지 않는 욕망에 사로잡히는 것은 치수가 맞지 않는 남의 옷을 빌려 입으려고 하는 것과 같다. 여러분에게는 여러분의 노래가 있다. 그대의 노래를 발견할 때 그대는 행복하리라. 자기의 몸과 마음과는 정반대인 어떤 다른 사람이 되려고 하지 말라. 그것은 불행의 시초이다.

이 말은 E. 팔트라는 사람이 남긴 유명한 말이다.

이제 여러분은 자신에게 맞는 옷, 자신이 제대로 부를 수 있는 노래를 찾아 나서야 한다.

　분수를 모르고 자기의 몸과 마음과는 정반대인 사람이 되려고 하는 사람처럼 어리석은 사람은 없다.

　『탈무드』에 이런 말이 있다.

　"어떤 사람을 현명한 사람이라고 하는가?

　어떤 일에서건 무엇인가를 배우는 사람이다.

　어떤 사람을 강하다고 하는가?

　자기 자신을 이기는 사람이다.

　어떤 사람을 부자라고 하는가?

　자기의 분수에 만족하는 사람이다."

▶▶▶카네기의 가르침

고민을 극복하는 첫 번째 법칙

격정하느라 현재의 삶을 미루거나 "지평선 너머 신비의 장미 정원"을 꿈꾸고 있지는 않은가?

과거에 일어났던 일을 후회하느라 현재를 망치고 있지는 않은가? 아침에 일어나면 주어진 24시간을 최대한 활용하기 위해 "오늘을 잡는다"는 결심을 하는가?

"오늘 속에서 생활한다면" 보다 보람찬 인생을 살 수 있지 않을까?

언제부터 이 교훈을 실천할까?

다음주?

내일?

아니면 오늘?"

― 『카네기 성공론(How To Stop Worrying And Start Living)』

(3) 24시간 사회

■ 아침형 인간에서 저녁형 인간으로

이제 우리는 각 개인의 재능을 발견해서 개발해야 한다는 결론에 도달했다. 하지만 개인적 재능이란 어떤 것인가?

사회가 받아들이고 용납하는 범위 안에서 개인의 재능과 능력은 발휘되는 성질을 가지고 있다. 그렇다면 우리는 이제 그 바탕이 되는 우리 사회가 어떻게 이루어져 있는지를 알아야 할 것이다.

그럼 지금부터 현대 사회가 왜 이렇게 성공 지향적 사회로 변해왔는지 상황을 간략하게 더듬어보기로 하자.

인간은 수십만 년 동안 전깃불이 없는 자연환경 속에서 살아왔기 때문에 당연히 해가 뜨면 일어나고 해가 지면 잠을 자야 하는 아침형 인간이었다.

문명이 발달하고 도시가 생겨나면서 많은 인간들이 도시 생활에 젖어들고, 밤의 모임을 즐겨 갖기 시작하면서 밤을 낮처럼 사용하는 저녁형 인간들이 태어났다.

그들은 주로 지배 계층 사람들이었는데 밤이면 밤마다 파티를 열고, 주연을 벌이면서 낮이 아닌 밤의 문화를 만들어내기 시작했다.

전 세계적으로 도시화가 이루어지면서 밤의 문화는 더욱 확산되었다. 많은 대중들도 집회나 모임에 참석해서 밤새워 술을 마시거나 게임을 하면서 밤을 지새우게 되었고, 가정에서도 책을 읽고 음악을 듣는 등 많은 사람들이 저녁형 인간이 되어갔다.

특히 전기가 발명된 이후 그런 생활은 절정에 이르렀고 모든 것이 바뀌었다.

■ 24시간 사회, 24시간 인간형의 탄생

에디슨이 백열등을 발명한 후 100년 남짓한 사이에 세계의 도시들은 불야성을 이루었고 밤과 낮의 구별이 전혀 없는 24시간 사회가 도래했다.

공장은 24시간 돌아가기 시작했고, 자동차와 기차, 기선과 비행기들은 24시간 내내 쉬지 않고 달렸고, 전화벨과 텔렉스, 팩스는 24시간 쉬지 않고 울려댔고, 물건을 파는 가게들도 24시간 동안 문을 열고 있다. 식당, 대형할인점, 영화관, 주유소, 편의점, 식당, 복사집, 헬스클럽 등 24시간 영업을 하는 업소는 점점 늘어나고 있는 추세다.

최근 밤중에 동대문 쇼핑몰에 가본 사람들은 알 것이다.

젊은이들은 밤 12시에도 친구들과 만나 밤새 쇼핑하고, 쇼핑몰 안에 있는 오락실과 극장에서 게임이나 심야 영화까지 즐기며 실컷 놀고 나서 새벽 첫 지하철을 타고 집으로 돌아간다. 이처럼 밤에 활동하는 올빼미족의 증가는 이제 일반적 현상이 됐다.

또한 20세기 말에 등장한 인터넷은 전 세계에 거미줄처럼 망이 짜여져서 24시간 내내 잠자지 않고 인터넷에 매달려 있는 24시간형 인간들을 만들어냈다.

그러다 보니, 사람들은 수십만 년 동안 몸에 쌓여온 생체 리듬을 잃어버렸고, 온갖 소음과 어지러움을 겪으며 스트레스에 휩싸였다. 그래서 어떤 이들은 과거의 농경 시대 사람들처럼 아침형 인간으로 돌아가야 한다는 주장을 하기도 한다.

그러나 그렇게 돌아가기에 세상은 이미 돌이킬 수 없을 정도로 복잡하게 변해 버렸다. 24시간 편의점이 처음 생겼을 때만 해도 대부분의 사람들은 그 효율성을 반신반의했다. 하지만 지금은 아무도 그 편리성에 감탄하지 않으며 오히려 당연하게 여기고 있다.

요즘엔 슈퍼마켓, 극장, 주유소, 식당 등 상업적 분야뿐 아니라 교육 및 의료 분야의 24시간 개방 압력도 강하게 제기되고 있다. 아울러 웬 만한 공공 서비스나 은행 업무도 24시간 언제든 이용이 가능하다.

◼ 자기중심형 디지털 인간

21세기 인류 사회의 또 다른 특성은 아날로그 시대를 대신해서 본격적인 디지털 사회가 되었다는 점이다.

디지털 기술은 우리의 생활 방식을 이렇게 완전히 바꾸어놓은 디지털 혁명을 초래했다. 이제 사람들은 컴퓨터, 핸드폰, 카메라, MP3 등 디지털 기기와 인터넷이 없이는 거의 살 수가 없다. 이제 이메일 주소나 휴대폰을 가지고 있지 않은 사람은 시대에 뒤떨어진 원시인 취급을 받는 것이 오늘날의 현실이다.

아날로그 시대가 시간을 24시간으로 나누어 8시간 일하고, 8시간 자고, 8시간 쉬는 리듬을 가지고 있었다면 디지털 시대는 일하는 시간을 별로 중요하게 여기지 않는다. 현대인들은 24시간 연속으로 일할 수 있고 24시간 내내 잘 수도 있다. 생산성만 있으면 되는 것이다.

그들은 하루 종일 한 자리에 앉아서 엄청난 양의 멀티미디어 정보를 탐색하고, 쇼핑을 하고, 음악을 듣고, 영화를 보고, 심지어 컴퓨터 동화상을 이용하여 직접 얼굴을 마주 보며 서로 이야기를 나눈다.

네티즌들은 자기만의 공간에서 스스로 자신의 삶을 꾸려 나가기 때문에, 점점 더 많은 사람들이 자기중심적인 생활 방식을 추구하고 있다.

거의 모든 사람들이 어떤 식으로든 네티즌이 되어가고 있고, 네티즌들은 사이버 공간에서 거의 무엇이든 혼자 할 수 있다.

그들 중 일부는 이미 출퇴근이나 직장의 동료들과는 무관한 생활을 하는 사람들이 많다. 그들은 뛰어난 컴퓨터 능력으로 사이버 공간 속에서 자신만의 디지털 시간을 만들어서 사용하고 있는 것이다.

그러나 그들은 서로에게서 격리되어 이전보다 더 외로움을 느끼게 되었다. 그들에게는 시간이 흐르는 것이 아니라 사이버 공간에서 디지털 기호처럼 부유하고 있기 때문이다.

사람들은 모든 것을 공유하는 듯하지만, 인터넷 바다의 외로운 섬처럼 혼자만의 공간에 떠 있는 것이다.

■ 현실도 디지털이다!

인터넷의 사이버 공간 속에서는 지역 간, 국가 간의 경계가 없다.

여러분은 지금 어디에 있든 뉴욕에 있는 도서관이나 파리에 있는 박물관에 갈 수 있다. 전 세계에서 일어난 일을 실시간으로 보고 들을 수 있고, 다른 나라에서 열린 강연회나 음악회도 볼 수가 있고, 인터넷을 통해서 서로 얼굴을 보고 이야기하며 새로운 친구를 사귈 수 있다.

또한 많은 회사들이 사이버 공간에서 업무를 처리하고 있고, 일반 상거래뿐만 아니라 국제 무역 거래도 신속하고 안전하며 경제적이라는 이유 때문에 사이버 공간에서 대부분 이루어지고 있다.

이런 디지털 혁명 덕분에 이제 인간은 컴퓨터하고만 대화를 나누고, 시간은 디지털로 흐르고, 사람들은 사이버 공간에서 만나고 있는 것이 현실이 되었다.

그러면서 그들은 한편으로는 현대 경쟁 사회에서 보이지 않는 다른 사람들을 따라잡아야 하는 엄청난 압박을 받고 있다. 모든 사람은 이웃인 동시에 경쟁자이다.

▶▶▶ 통계학의 가르침

해결할 수 없는 문제로 고민하고 시간을 허비하는 인간

"우리가 하는 걱정거리의 40%는 절대 일어나지 않을 사건,

30%는 이미 일어난 사건,

22%는 사소한 사건,

4%는 우리가 바꿀 수 없는 사건들이다.

즉 96%의 걱정거리가 쓸데없는 것이고

나머지 4%만이 우리가 대처할 수 있는 진짜 사건이다.

그럼에도 불구하고 대부분의 사람들은

어차피 해결할 수 없는 문제로 고민하고 시간을 허비한다."

—어니 젤린스키, 『느리게 사는 법(Don't Hurry, Be Happy)』

중에서

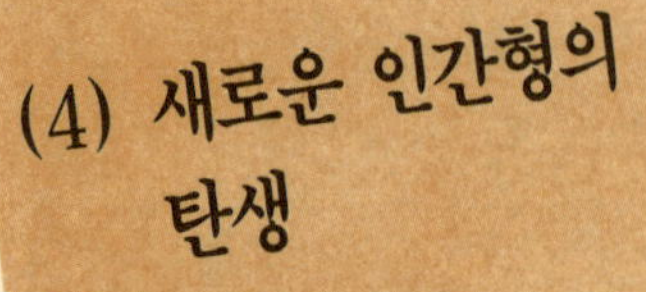

(4) 새로운 인간형의 탄생

■ 15분 단위로는 살 수 없다

24시간 사회는 사람들에게 많은 풍요로움을 가져다주었고, 모든 사람이 사회적으로 정해진 시간의 속박에서 벗어나 각자 필요대로 시간을 사용할 수 있는 길을 열어가고 있다.

하지만 이러한 미래 사회에 대한 우려의 목소리도 만만치 않다.

24시간 사회가 더 많은 노동 착취를 가져올 것이라는 비판도 있고, 낮에는 일하고 밤에는 자도록 만들어져 있는 사람 몸의 신체 리듬을 깸으로써 인간의 삶에 적지 않은 부작용과 문제가 발생할 것이라는 비판론도 있다.

또한 신기술의 발달은 인간에게 편리함을 주었지만 동시에 지속적인 간섭 수단으로 작용되어서 사람들이 일로부터 도망칠 비상구가 없어져가고 있다는 우려가 높아지고 있다.

완벽을 강조하는 회사일수록 성공을 담보로 직원들을 숨조차 제대로 못 쉬게 만들 가능성이 높다. 그런 회사일수록 인간의 창의력보다는 단순한 노동력을 빨아먹고 착취하는 전근대적 회사다. 그런 회사들은 직원들에게 15분 내지 30분 단위로 업무 시간을 쪼개어 업무를 진행할 것을 요구하고 있다.

모든 회사는 완벽하고 성실한 직원을 원한다. 그리고 거기에 견디지 못하는 인간은 중도에 포기하고 좌절하고 만다. 대부분의 사람들이 거기에 적응하려고 피나는 노력을 기울이고 있음은 물론이다. 여기서 한 개인의 창의성은 마멸되고, 완벽한 규칙, 완벽한 룰에 따라 움직이는 기계의 나사못 같은 존재가 되고 만다.

하지만 '제대로 사는 인간'은 그런 회사를 거부한다.

■ 세상에는 노력해서 안 되는 것이 있다

100m를 10초에 뛸 수 있는 사람이 있고 20초에 뛸 수밖에 없는 사람도 있다. 대부분의 사람들은 훈련과 노력으로 그 차이를 극복할 수 있지만 선천적으로 타고난 벽을 넘어설 수 없는 사람들도 많다.

그런데 인간의 비극은 그런 선천적인 벽을 인정하지 않으려는 데서 나타난다. 신입 사원은 누구나 '지옥 훈련' 같은 극기 훈련을 해야 하고, 거기서 우수한 성적을 올려야만 회사는 그를 받아들인다.

'몸을 굽실거려 웃는 것을 억지로 하면서 남에게 아첨하는 수고로움은 여름날 땡볕에 밭일을 하는 것보다 훨씬 고되다.'

이것은 맹자의 말이다.

모든 기업은 '손님은 왕' 이란 모토를 내걸고 목숨을 걸고 자기 회사에서 만든 제품과 서비스를 팔고자 한다. 그 회사의 종업원 된 자는 고객들에게 자신의 간이라도 빼어 줄 듯이 굽실거려야 하고 아무 잘못이 없어도 잘못을 빌어야 한다.

필자도 한때 사업을 한답시고 이리 뛰고 저리 뛰면서 많은 사람들을 상대해 본 적이 있다. 그야말로 사람 중에는 별의별 사람이 다 있다는 것을 나는 그때 느꼈다. 멀쩡한 물건을 트집을 잡아서 시비를 거는 고객을 대할 때면 그 고통은 맹자의 말처럼 땡볕에 밭에 나가 일하는 것보다 훨씬 더하다는 것을 깨닫게 해주는 것이었다. 만약에 그런 일들이 적성에 맞지 않는다면 그 사람은 마치 지옥을 살고 있는 듯한 기분일 것이다. '제대로 사는 인간' 은 그런 삶을 거부한다.

나는 그래서 거북이는 토끼가 될 수 없다는 사실을 깨닫고 각자에게 맞는 행복지수를 찾는 것이 중요하다고 말하고 싶다.

세상에는 노력해서 안 되는 것이 있다.

그것을 알게 되면 사람들은 쓸데없는 노력을 안 하게 된다.

■ 적당히 채우고 적당히 버려라

현재 자신이 처해 있는 상황에 만족하는 사람은 별로 없다.

누구나 지금은 미약하지만 장차 많은 것을 이룰 수 있다는 장밋빛 꿈을 가지고 있다. 그러한 꿈이 있었기에 인류는 찬란한 문명을 이룩할 수 있었다.

그러나 많은 사람들이 자신의 장밋빛 꿈을 이루면 좀 더 나은, 좀 더 많은 다른 것을 원하고 추구하게 된다.

더구나 인간의 불행은 99가지를 가진 자는 100개를 채우기 위해서 1개를 가진 자의 것을 빼앗고자 한다는 데 있다. 그러나 100개를 가진 자는 100개를 채우면 더 많은 것을 바라게 되고, 그런 한계를 모르는 속성을 가진 탓에 많은 것을 이룬 인간일수록 행복과는 거리가 멀다.

적당히 채우고 적당히 버리고 '대충 사는 지혜'가 필요하다.

그러나 '대충 사는 것'은 제멋대로 살라는 말이 아니다. 적당히 버릴 것은 버리고 제대로 살아보란 뜻이다.

이 말은 현대 사회의 꽉 짜여진 구조 속에 끼어서 자기 자신이 누구인지, 왜 그 일을 해야만 하는지도 모르고 낙오자가 되지 않기 위해서 아침부터 밤까지 24시간 내내 완벽한 삶을 살려는 사람들에게 제대로 살아보란 뜻에서 던지는 화두이다.

이 말은 곧 다 가져가려고 아등바등하지 말고 쓸데없는 것들은 대충 버리고 자신이 원하는 일만 하면서 살아보란 소리다.

일본의 사업가이며 작가인 혼다 켄이 쓴 『유태인 대부호의 가르침』이란 책에서 유태인 부호인 게라 씨가 20대의 젊은 저자에게 이렇게 말했다.

회사에 오랫동안 다니면 인생에서 살아남기 위한 힘을 알기 전에 그 힘에 휩쓸리고 만다네. 따라서 일시적으로 회사에 속할 수는 있어도 영혼까지 맡기지는 말게나.

게라 씨는 혼다 켄에게 회사 생활에 대한 이야기를 계속해서 이렇게 들려준다.

부자가 되고 싶다면 회사원으로 일하는 기간을 가능하면 짧게 하는 것이 좋네. 자신이 필요로 하는 기분 정도로 다니는 것이 좋네. 그렇게 가벼운 마음으로 다니지 않으면 현대 기업 사회의 희생자가 되고 말 걸세. 그들은 회사를 나가서 실패한 사람들의 이야기를 자주 들려주면서 자네가 다른 생각을 하지 못하도록 할 것이기 때문이지.

여기서 나는 부자가 되기 위해서 회사원 생활을 일찍 접으라고 게라 씨의 말을 인용한 것이 아니다. 다만 한 개인이 기업 조직에 자신의 영혼마저 팔아버린 것처럼 '회사 인간'이 되지 말고 자신의 행복을 추구하는 선에서 적당히 직장 생활을 했으면 하는 바람일 뿐이다.

인간이 유인원처럼 숲 속에서 살 때는 부지런한 것과는 거리가 먼 게으른 삶을 살았다. 역사 시대를 맞이한 이후에도 인간은 하루에 5시간 이상 일을 한 적이 없다. 인간이 극단적으로 일의 노예가 된 것은 150년 전 산업 혁명이 일어나고 나서의 일이다. 산업 혁명으로 촉발된 자본주의의 발달과 진보 사상은 날이 갈수록 고된 노동을 인간에게 요구했다. 자본가들이 많이 일해야 잘살 수 있다는 배금주의 사상을 세상에 퍼뜨림으로써 사람들은 더 많은 물건을 만들어내고 더 많은 물건을 파는 데 혈안이 되었다.

이제 세상은 이 많은 물건들이 왜 만들어지는지 모를 정도로 재화가 넘쳐나게 되었다. 그런데도 현대 사회는 생산과 소비가 증가해야만 되는 시스템을 끊임없이 가동하고 있다. 그러나 성장만이 살길이라는 경제 시스템은 환경 파괴와 인성 파괴를 만들어내고 있을 뿐이다.

인류는 여기서 멈추어야 한다는 것을 모르고 있다.

이제 우리는 무엇을 위해서 일하는지에 대해서 심사숙고해야 될 때에 이르렀다. 승진과 출세를 위해서 앞만 보고 내달리는 삶이 과연 우리에게 무엇을 가져다주었는가?

여러분은 오늘도 낙오자가 되지 않기 위해서 아침부터 밤까지 24시간을 뛰고 있다. 그러나 여러분은 과연 살아남기 위한 힘을 가지고 있는가?

아마 여러분은 비로소 의문을 품게 될 것이다. 아니, 진작 그런 조짐에 대한 무의식적인 생각을 하고 있었는지도 모른다.

나는 여기서 일만 할 것이 아니라 생각 좀 할 시간을 가지고 일을 하라고 권하고 싶다. 스스로를 이성적이고 객관적인 눈으로 바라보아야 한다. 여러분은 마음만 먹으면 달라질 수 있다.

일할 때는 개미가 되고 놀 때는 베짱이가 되라.

이 말은 '제대로 사는 자유인' 이 되기 위한 첫 번째 관문이다.

사람들은 개미 따로 베짱이 따로인 사고에 젖어 있다. 그러나 사람에게는 개미가 될 수 있고 베짱이가 될 수 있는 전략적 능력이 있다.

그래서 나는 많은 사람들에게 삶의 목표를 바꾸라고 말한다.

이제부터 일할 때는 개미가 되고 놀 때는 베짱이가 되는 방법을 배워야 한다.

아울러 나는 여기서 적당히 채우고 적당히 버리는 여유를 가지는 것에 대해서 말하고자 한다. 몇 시간 덜 일하고 조금 덜 쓰는 좀 더 단순한 삶에 대해서 사람들은 너무 모르고 있다.

현대인 중 누구도 시간을 더 갖기 위해 소비를 줄이고 싶어하지는 않는다. 입으로는 웰빙이며 휴(休)테크를 잘도 논하고 있지만 누구도 조금 덜 일하고 조금 덜 쓰는 매력적인 삶에 대해서는 생각조차 하지 않는다.

가령 연봉이 1억인 사람은 다음 해에는 그보다 높은 연봉을 받기 위해서 더욱더 매진해서 불철주야 일에 매달리게 되어 있는 것이 현대 문명의 시스템이고 그것은 아주 당연하게 받아들여지고 있다.

대부분의 성실한 사람들은 당장 먹고사는 것에 지장이 없고, 나아가서 노후 대책이 다 되어 있을지라도 연봉 1억의 직장을 때려치운다는 것은 생각조차 할 수 없다.

'제대로 사는 인간'은 그런 삶을 거부한다.

■ 인생을 제대로 살아보자

게라 씨의 이야기를 조금 더 하자면 그는 세상의 인간을 자유인과 부자유인 두 부류로 나눈다.

한마디로 말하면 부자유인은 일상적인 일을 하지 않으면 생활할 수 없는 사람이네. 반면 자유인은 매일 아무 일도 하지 않아도 풍요로운 생활을 할 수 있는 사람이지. 세계 어느 곳이라도 문제없이 갈 수 있다네. 경제적으로나 정신적으로도 자유롭기 때문에 자유인이라고 부른다네.

그러면 여러분은 물을 것이다. 회사를 그만두고 자기 사업을 하면 모두 자유인이 될 수 있단 말인가?

대답은 '그렇지 않다'이다.

독립을 해서 성공적으로 사업을 하는 사람 중에는 조금도 자기만의 시간을 가지지 못하는 사람들이 허다하다. 그들은 자신이 없어도 돌아갈 수 있는 비즈니스 시스템을 만들어내지 못했기 때문에 직장인들처럼 시간에 허덕이면서 살고 있다.

아니, 어쩌면 자주 바뀌는 정책 때문에, 힘겨운 인간 관리 때문에, 어려운 자금 사정 때문에 파김치처럼 찌들어 있을지도 모른다.

게라 씨는 상대방에게 제공하는 상품이나 서비스가 사람을 기쁘게 하는 정도에 따라 보수와 직책이 정해진다고 말한다. 때문에 성공은 집안, 학벌, 외모, 재능, 운과 같은 요인에 의해 결정되는 것이 아니라고 말한다.

■ 전혀 다른 인간형이 태어날 것이다

여기서 여러분은 자신의 출발점을 찾아야 한다.

21세기는 앞에서 살펴본 대로 지역 간, 국가 간의 경계가 무너진 디지털 사회다. 아울러 집안, 학벌, 외모보다 내 자신이 상대방이 원하는 매력적인 상품이나 서비스를 가지고 있으면 어필할 수 있다.

만약 여러분이 게이머라면, 게임을 좋아하고 자신이 세상에 태어나서 그것으로 승부를 걸고 싶은 판단이 선 게이머라면 게임에 몰두함으로써 전 세계의 게이머들과 연결되는 것이 21세기 사이버 사회다.

이러한 사이버 사회에서는 자신의 인생을 스스로가 100퍼센트 책임진다는 생각을 가져야 한다.

그 외에는 아무것도 신경을 쓸 필요가 없다.

나머지 일은 신경을 쓰지 않고 대충 살아도 된다.

이것이 '제대로 사는 자유인'이 되기 위한 최고의 전략이다.

만약 여러분이 현재 1억 연봉을 받는 사람이라도 현재 하고 있는 일이 스트레스를 가중시키고 점점 적성에 맞지 않고 머지않아 건강에 적신호가 켜질지도 모른다고 생각하고 있다면, 그러한 삶에서 벗어나야 하는 것이 아닐까?

이 말은 인생을 정리하란 말이 아니다. 아직 젊고 능력을 인정받고 있고 패기가 남아 있을 때 대충 버리고 제대로 사는 법에 대해서 생각해 보아야 한다는 것이다.

'제대로 사는 인간'은 매사에 지나침을 경계하고, 자신이 살고 싶은 인생을 분명히 하며, 그것에 집중하면서 중용의 도를 지키며, 사소한 것은 대충 버리고 사는 생활을 추구한다.

여러분이 장차 행복한 삶을 원한다면 언제든지 자신에게 거짓말하는 성공만을 추구하는 삶을 그만둘 수 있어야 한다.

내가 무엇을 좋아하는지를 놓치지 말고 내 자신의 인생을 살아야 한다. 내가 행복하다는 것은 내 본성과 만나고 있다는 뜻이며, 인생을 제대로 사는 길은 본성이 바라는 대로 사는 것이다.

　나의 행복을 추구하는 것이 이기적인 것이 아니다. 어떻게 태어난 인생인데 자신의 자유와 행복을 포기한 채 한갓 문명의 나사 부품으로 자신을 허비할 수 있단 말인가?

　자신의 자유와 행복을 추구하려면 여러분은 인간은 혼자서 살 수 있는 존재가 아니란 것을 깨달아야 한다.

　앞으로의 사회는 더욱 다양화 되고 더욱 경쟁적으로 변해갈 것이다. 그때 여러분이 자유인으로 제대로 살기를 원한다면 자유인들만이 지니는 인간관계의 고리를 만들어내야 한다.

　사회가 계속해서 물질적 성공을 최고의 가치로 여기며 나아갈수록 자유와 행복을 추구하는 인간의 욕구는 더욱 커질 것이다.

　나는 앞으로 그러한 인간들이 새로운 공동체를 형성하여 새로운 패러다임의 문화를 창출할 것이란 전망을 하고 있다.

　또한 물질적 문명화가 지속될수록 가정의 전통과 사회 구성원으로서의 직분은 여전히 중요한 도덕적 가치로 남아서 새로운 공동체 운동에 호응할 것이다.

▶▶▶▶우화의 가르침

새 버전의 '개미와 베짱이'

이솝 우화에 나오는 '개미와 베짱이' 는 여름 내내 열심히 일하는 개미가 주인공인데 요즘에 나온 새 버전의 이야기에서는 베짱이가 주인공이다.

여름 내내 몸을 혹사한 개미는 산업 재해로 허리 디스크가 발병해 모아둔 돈을 모두 치료비로 써버리고 빈털터리가 되었다. 그러나 개미가 일할 동안 여행이나 다니며 노래나 불렀던 베짱이는 여름에 돌아다녔던 이야기로 책을 써서 베스트셀러 작가가 되었다. 뿐만 아니라 허리 다친 개미들을 모아놓고 자신의 이야기로 토크 쇼를 진행하는 유명 엔터테이너가 되었으며 또 흥얼거리던 노래들을 취입하여 '인기가요 톱 10' 과 같은 음악 프로에 빠지지 않는 인기 가수가 되었다.

(5) 자신감이 생명이다

■ 성공의 3가지 조건

세상에서 자신만이 잘할 수 있는 재능을 발견하고, 그 재능을 제대로 개발한 사람은 대개 매사에 자신감이 넘치는 매력적인 사람인 경우가 많다. 그는 유능하고 자신감이 넘치는 이미지를 가지게 된 탓에 사람들의 마음을 사로잡고 정말로 생명력이 넘치는 행복한 사람이 될 수 있다.

'제대로 사는 자유인'은 그런 사람들의 전형이다.

역사상 자기 분야에서 일가를 이루고 성공한 사람들의 대부분이 '제대로 사는 인간'들이다.

그들의 성공은 자신감 속에 스스로 지닌 재능이 묻어 나오는 탓에 가능한 것이었다.

그들에게는 성공에 이르는 3가지 공통적 조건이 있다.

첫째, 자신이 좋아하는 것을 한다.
둘째, 자신이 좋아하는 것을 확실하게 일로 만든다.
셋째, 또한 그 일이 다른 사람들의 행복과 이어지게 만들 줄 아는
　　　　능력을 가지고 있다.

이 3가지 조건이야말로 보통 사람과 자유를 누리며 '제대로 사는 인간' 을 갈라놓는 분기점이 되는 성공의 법칙이라고 할 수 있다.

이제부터 우리는 이야기를 부드럽게 전개하기 위해서 이 3가지 조건에 맞추어서 인생을 살아간 위인들의 삶을 추적하게 될 것이다.

여기 매 순간마다 엄정하고 자신감 넘치는 자기 관리를 통해서 역사에 긴 생명력을 발휘하고 있는 세 사람의 예를 살펴보자.

■ 자신의 재능을 창조한 철강왕 카네기

사업가로서 20세기 문명에 지대한 영향을 끼친 철강왕 카네기의 일화다.

어느 날 소년공으로 시작하여 석유와 철강 사업으로 세계 굴지의 부호가 된 카네기에게 신문 기자가 찾아와 말했다.

"성공의 비결이 무엇이었는지, 젊은이들을 위해 말씀 좀 해주십시오."

카네기는 웃으면서 대답했다.

"어떤 직업을 택하든 끊임없이 그 직업의 일인자가 되겠다고 다짐하는 것입니다. 그 직장에 없어서는 안 될 사람이 되라는 뜻이죠."

카네기는 이어서 이렇게 덧붙였다.

"그것은 내 체험에서 얻은 확신입니다."

"그 체험을 구체적으로 말씀해 주시겠습니까?"

기자가 부탁하자 카네기는 진지하게 말했다.

"나는 집이 가난해서 열두 살에 방적 회사의 화부(火夫)로 취직했습니다. 나는 공장에서 제일가는 화부가 되겠다고 결심하고 열심히 일했지요. 내가 성실하게 일하는 태도를 보고 어떤 사람이 우편 배달부가 되도록 추천해 주었습니다. 그때도 나는 미국에서 제일가는 우체부가 되겠다고 결심하고 한 집 한 집 번지와 이름을 암기했기 때문에 배달 구역 내에서라면 모르는 골목이 없을 정도가 되었지요. 이런 노력이 결코 헛되지 않아 나는 사람들에게 인정받는 우편 배달부가 되었답니다. 그것을 또 높이 사는 사람이 나타나서 곧 전신 기사로 채용되었지요. 그런데 거기에서도 역시 일인자가 되겠다는 각오로 노력을 게을리 하지 않았기 때문에 결국 오늘의 철강왕이 될 수 있었지요."

어린 시절의 카네기는 자기의 적성이나 소질 따위를 생각할 겨를도 없이 먹고살기 위해서 일을 해야 했다. 카네기는 그런 환경 속에서 최고가 되는 길만이 성공할 수 있는 방법이란 것을 몸으로 체득하고 그런 실천을 한 것이다.

인간은 어떠한 환경 속에 놓이더라도 최선을 다하면 그 분야의 최고가 될 수 있다는 것을 그는 온몸으로 보여준 사람이다.

요즘에야 우리의 생활환경이 나아져서 자신의 재능에 맞는 학과를 선택하고, 거기에 맞는 직장과 직업을 선택할 수 있게 되었지만, 얼마 전까지만 해도 태어나는 것 자체로 운명이 결정되던 시기가 있었다는 것을 우리는 생각해야 할 것이다.

그리고 아직도 우리 주위에는 어려운 환경 때문에 카네기처럼 밑바닥을 더듬고 살고 있는 사람들이 있다는 것을 알아야 한다.

많은 사람들이 사회적으로나 역사적으로 크게 성공한 사람들은 원래 천재적인 재능을 타고 태어났기 때문에 그것이 가능하다는 생각을 하고 있다. 하지만 우리 주위에는 카네기처럼 역경을 딛고 어떠한 일이 주어지든 최선을 다하는 것으로 자신의 전 존재를 밀어 올린 사람들이 많다는 것을 알아야 한다.

물론 가장 행복한 사람은 일찍부터 자신의 재능을 알고 그것을 개발해서 자기 분야의 자기 세계를 구축하여 일가를 이룬 사람일 것이다. 따라서 여러분은 카네기에 비해서 좀 더 자유로운 환경에서 태어나 앞날을 자기 마음대로 꿈꿀 수 있는 것을 행복이라 생각하고 최선을 다해서 자신의 재능을 개발해야 할 것이다.

자신이 좋아하는 것을 한다는 것과 자신이 좋아하는 것을 확실하게 일로 만든다는 목표를 확실하게 세워서 정진하는 것이 중요하다.

■ 함신익의 오케스트라

함신익은 한국에서보다 세계적으로 더 화려한 명성을 날리고 있는 젊은 지휘자다.

그는 미국 아이비리그의 명문인 예일 대학의 지휘 교수이자 예일대 심포니의 상임 지휘자이며 또한 텍사스 에벌린 필하모닉 상임 지휘자로 미국에서 화려한 명성을 날리고 있다.

그러나 함신익에게는 단돈 2백 달러를 들고 미국 유학길에 올라 강의실에서 새우잠을 자며 공부를 해야 했던 어려운 시절이 있었다. 그는 그 어려운 시절을 사람들과의 대화를 통한 뛰어난 리더십으로 돌파해 나갔다.

이스트만 음대 대학원에 들어간 함신익은 교과 과정 중에 실제로 지휘봉을 잡고 연습할 수 있는 시간이 1주일에 20분 정도밖에 안 되자 특유의 친화력과 리더십을 발휘하여 스스로 개인 오케스트라를 만들어냈다.

함신익은 자기가 만든 오케스트라가 뛰어난 음악성을 가지게 하기 위해서는 무엇보다도 서로를 알고 조화로운 협력을 해야 한다는 생각을 했다. 그래서 그는 이스트만 학생들 중에서 연주 실력이 괜찮은 사람들을 골라서 그들을 주말에 자기 집으로 초청했다.

"나는 한국에서 온 함신익입니다. 나는 언젠가는 세계적인 지휘자가 될 것이라는 확신을 가지고 여러분과 함께 공부하고 있습니다. 우리 집에 오면 한국식 뷔페가 기다리고 있으니 음식을 들면서 오케스트라 이야기를 하도록 합시다.”

그런 그의 초청에 많은 사람들이 호응을 했다.

그는 아내와 함께 밤을 꼬박 새우며 만두, 잡채, 볶음밥 등 푸짐한 한국 음식을 만들어놓고 그들을 기다렸다.

결과는 대성공이었다.

한국 음식의 맛과 함신익의 열정에 매료된 학생들은 15인조 오케스트라를 구성하는 데 적극적으로 참여를 했다. 나중에는 서로 들어오려는 사람들 때문에 오디션을 봐야 할 정도로 함신익의 ‘깁스 오케스트라’ 는 유명해졌다.

그의 정열에 감동한 학교 측은 당시 일반 연주 단체와의 1년 임대료가 50만 달러에 달하는 홀을 무료로 제공했고, 그에게 월터 헤이건상이라는 지휘자상을 수여했다.

그리하여 함신익은 그곳에서 이른바 ‘이스트만의 함신익 전설’ 을 만들어냈다. 그는 1백 50대 1의 경쟁률을 뚫고 한국인 최초의 예일대 교수가 되었다.

그리고 2002년 8월, 텍사스의 에벌린 시는 함신익의 지휘자로서의 탁월함을 인정하여 ‘함신익의 날’ 을 선포했다.

이러한 함신익의 성공은 자신의 재능에 대한 자부심과 무엇이든지 할 수 있다는 확고한 신념, 많은 사람을 자기편으로 만들 줄 아는 진취적인 리더십이 있었으므로 가능한 일이었다.

함신익이야말로 자신이 좋아하는 것을 확실하게 일로 만든 대표적인 사람이라고 할 수 있겠다.

■ 헨리 포드가 이룩한 것

'자동차 왕' 헨리 포드는 대학 졸업장이 없다. 하지만 그는 세계적인 포드 자동차 회사를 만들었고, 근대적 대량 생산 방식에 의하여 자동차를 대중화시키면서 자동차 왕이 되었다.

그는 가난한 농부의 아들로 태어나 소년 시절부터 신문팔이, 점원, 기계공 등의 일을 하면서 어려운 환경 속에서 자라났다. 그는 언젠가 자동차를 만드는 것이 꿈이었다.

드디어 포드는 16살이 되던 해, 꿈에도 그리던 '미시간 차량 회사'라는 기계 제작소에 들어갔다. 그러나 그는 일주일 만에 다른 일을 찾아야 했다.

아무도 고치지 못한 기계를 그가 30분 만에 고친 것이 그 이유였다. 자기 자리를 빼앗길까 봐 겁이 난 공장장이 쫓아낸 것이다.

하지만 그는 좌절하지 않고 자기 인생의 고비마다 최선을 다한다. 이후 그는 여러 회사를 다니면서 기술을 익혔고, 드디어 뛰어난 기술자가 되었다.

그는 마침내 온갖 어려움을 이겨내고 '부자들의 장난감인 자동차를 서민들의 생필품으로 바꾸겠다'는 신념으로 1903년 자동차 회사를 설립한다.

이러한 창업 정신은 1913년 컨베이어 벨트 생산 방식을 만들어냈고 자동차 대량 생산의 기틀이 마련한 것이다.

그는 컨베이어 시스템을 통해 1공정에 18분이 걸리던 제조 시간을 5분으로 단축했다. 그리하여 다른 자동차 회사들이 만든 차가 2천 달러를 호가할 때, 포드 T형 자동차의 값을 2백 60달러로 낮출 수 있었다.

T형 자동차는 보통 사람들의 필수품이 되기 시작하면서 단종될 때까지 1,500만 대나 팔려 나갔고, 거대한 미국 경제력의 밑받침이 되었다. 드디어 포드는 자동차 왕이 되었다.

자신감을 가지고 매사에 매달리게 되면 인생에는 언제든지 역전의 찬스가 온다. 바로 헨리 포드가 이런 생각을 하면서 스스로를 만든 사람이다. 그는 기계공으로 힘든 일을 하고 있으면서도 항상 자신이 만들 자동차 회사를 열심히 설계하고 있었다. 그 꿈이 있었기에 포드는 자동차 왕이 될 수 있었다.

헨리 포드의 벽난로 위엔 이런 문구가 있었다.

"네 손으로 장작을 패라. 이중으로 따뜻해진다."

■ 내일을 향해 사는 거야

1970대, 오일 쇼크가 세계를 강타하고 있을 때, 다 쓰러져 가는 자동차 회사 크라이슬러를 기적적으로 회생시킨 아이아코카는 자서전에서 이런 재미있는 희망의 말을 남긴다.

지난달에는 무슨 걱정을 했었지?
작년에는?
그것 봐라. 기억조차 못하고 있잖니.
그러니까 오늘 네가 걱정하고 있는 것도 별로 걱정할 일이 아닌 거야.
잊어버려라.
내일을 향해 사는 거야.

인생을 살다 보면 때로 자기가 택한 길이 불만스러워질 때도 있을 것이다. 또 자기가 정한 길보다 더 자기에게 적합한 길이 있는 것처럼 보일 때도 있을 수 있다.

그러나 여러분은 오랜 심사숙고 끝에 자신의 길을 선택했을 것이다. 그리고 그동안 자신의 능력에 대한 여러 가지 검증도 받았을 것이다.

이제부터는 자기 자신을 믿고 자기가 택한 일에 대한 확고한 신념을 가져야 한다. 그런 의지의 싸움터가 이 세상이고, 이 싸움은 남들과의 싸움이기도 하지만 자기 자신과의 싸움이기도 하다는 것을 알게 될 것이다.

매일 매 순간 가치 판단을 하기 위한 자기 관리가 필요하다.

지금 하는 일이 진정으로 가치있는 것인가를 매일 매 순간 검토하고 깊이 생각하라. 가치 판단을 잘하는 사람은 흥하고, 가치 판단을 잘하지 못하는 사람은 성공을 이루기 힘든 법이다.

자기의 커리어적인 명확성을 가지고 사회에 진출한다면 여러분은 더욱 의욕을 갖고서 여러분의 길을 열기 위해서 노력할 수 있을 것이다.

　윗사람은 아랫사람을 업신여기지 않고, 아랫사람은 윗사람을 넘보지 않는다. 자신을 바로잡고 남에게 구하지 아니하면 원망하는 마음이 없으니 위로 하늘을 원망하지 아니하며 아래로 남을 허물하지 않는다. 그러므로 군자는 평탄에 처하여 명을 기다리고, 소인은 위험에 행하여 행(幸)을 바란다.

　공자는 이렇게 말했다.

　"활쏘기는 군자의 태도와 유사한 점이 있다. 정곡(正鵠)을 맞히지 못하면 돌이켜 그 자신에게서 원인을 찾는다."

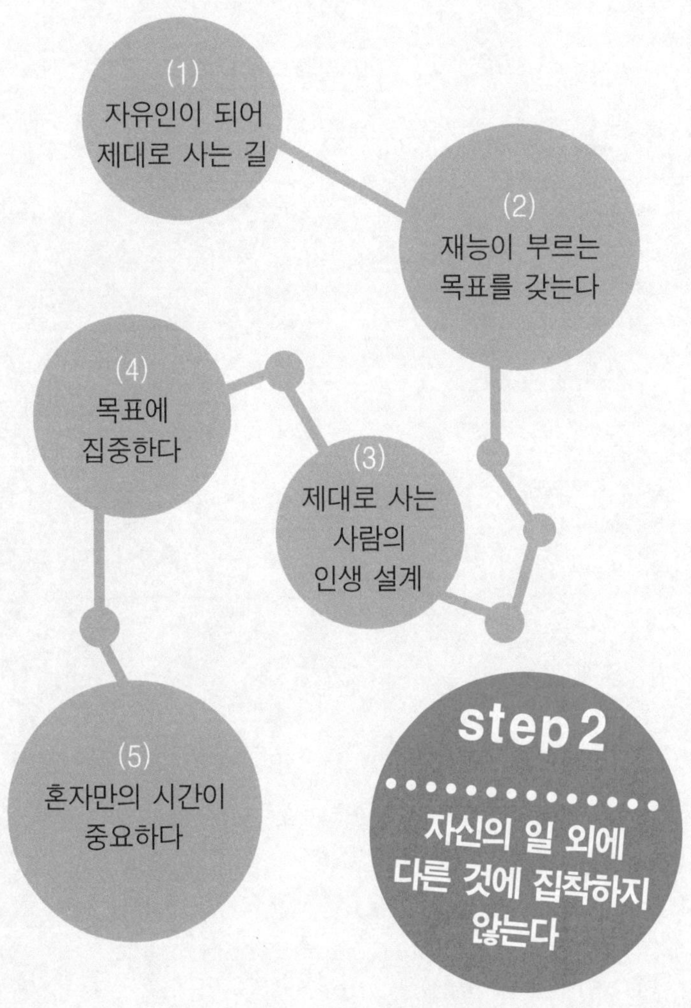

이 책은 성공에 대한 소박한 꿈을 여러분에게 제시해 줄 것이다!

이 책을 다 읽고 나면 여러분은 제대로 사는 삶, 나아가서 진정한 삶과
성공이 무엇이란 것을 깨닫게 될 것이다!

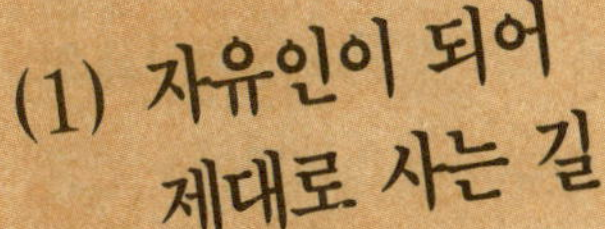

(1) 자유인이 되어 제대로 사는 길

■ 만족은 가난한 자를 풍부하게 하고 풍부한 자를 가난하게 한다.
—벤자민 프랭클린, 『가난한 리처드의 달력』

■ 인생의 목적

철학자 아리스토텔레스도 인생의 목적은 바로 '행복'을 추구하는 것이라고 말했다.

우리가 여기서 함께 자유인으로 제대로 살아가는 일에 대해서 생각하고 있는 것도 행복을 찾기 위한 노력에 다름 아니다.

우리는 언젠가는 자신이 원하는 '행복'을 얻을 수 있다는 신념 때문에 어려운 학업을 마치고, 취직해서는 지옥 훈련도 마다하지 않고 감수하며, 남들과의 생존 경쟁을 벌이며 힘든 과정을 버텨내고 있다.

많은 사람들이 돈이나 성공을 좇는 것도 그것들이 행복을 가져다준다고 믿기 때문이다. 사실 성공한 사람들은 부와 명예를 얻고 품위있고 인간다운 삶을 누리고 있다. 최첨단의 시설이 갖추어진 타워팰리스 같은 호화로운 저택에 살며, 남들이 일하는 평일에 골프를 치고, 멋진 요트를 타고 긴 휴가를 보내며 유쾌한 인생 항로를 달린다.

그러나 과연 그럴까?

앤드류 매튜스는 『마음 가는 대로 해라』에서 '인생의 목적'에 대해서 이렇게 말하고 있다.

산스크리트 어에는 '인생의 목적'이라는 의미로 '다르마'라는 말이 있다. 다르마의 법칙에 따르면 우리 각자는 이 세상에서 가지고 있는 고유한 재능이 있다. 그 재능을 표현할 수 있을 때 우리는 기쁨을 느끼게 된다. 그 법칙에 따르면 우리 대부분은 '내가 무엇을 얻을 것인가'가 아니라 '내가 무엇을 줄 것인가'라고 물을 때 그러한 재능을 발견하게 된다고 한다.

빌 게이츠는 세계 최고의 갑부 중 한 사람이다. 그가 하는 이야기를 들으면 그는 돈보다는 소프트웨어에 더 관심이 있는 것이 분명하다. 엘비스 프레슬리는 돈을 벌기 위해서가 아니라 음반을 내기 위해 노래를 시작했다. 부자가 되는 것은 목표가 아니라 부산물로 따라오는 결과이다.

그러나 너무나 많은 사람들이 그러한 인생의 목적인 '다르마'보다, '내가 무엇을 줄 것인가'보다 부와 명예를 얻기 위해 너무 급하게 앞으로만 내달리는 탓에 세상은 이상한 소굴로 변해가고 있다.

▣ 대단한 은혜를 입은 사람

일찍이 영국의 철학자 토머스 칼라일은 이런 말을 했다.

자신의 일을 발견한 사람은 이미 대단한 은혜를 입은 사람이다. 그런 사람은 그 이상의 것을 추구해서는 안 된다. 그 일이 그가 평생 동안 추구해야 할 일이기 때문이다. 스스로가 찾아낸 일에 열중하는 순간, 그 사람의 영혼은 순식간에 조화를 이룰 수 있다.

나는 여기서 '대단한 은혜를 입은 사람' 은 '그 이상의 것을 추구해서는 안 된다' 는 말에 주목해야 한다고 말하고 싶다. 이 말은 자유인으로서 '제대로 사는 인간' 의 나아갈 길과 사명을 한마디로 규정한 말이다.

자신의 일을 발견한 사람은 그 일에 몰두함으로써 모든 것을 얻을 수 있다. 한 가지를 잘하면 열 가지는 따라오는 법이다.

그런데도 사람들은 세속적인 성공에 눈이 어두워져서 한 가지를 성공하면 공연히 다른 곳에 눈을 돌리고 허튼짓에 몰두하다가 그동안 이룬 자신의 업적마저도 갉아먹고 만다. 우리는 명망있는 교수, 의사, 작가들이 TV에 출연을 하다가 조금 인기가 오르면 본업은 등한시하고 정치판을 기웃거리거나 광고 모델 따위가 되어 어쭙잖은 모습을 보이다가 이도저도 아닌 사람으로 전락하는 것을 수도 없이 목격하고 있다.

그리고 더 많은 이들은 자신의 재능이나 진로에 대해서 제대로 결정을 하지 못하고 우물쭈물 시간을 보내며 청춘을 낭비하기 일쑤이다.

거기에 대해서 독일의 시인 괴테는 이렇게 말하고 있다.

만약에 오늘을 헛되게 보낸다면 내일도 또 다음날도 일정한 계획이 없이 헛되게 보내게 될 것이다. 어떤 일에 대한 결정을 내리지 못하면 그것은 자연히 미루어지게 되고 시간이 지남에 따라 점점 후회하게 될 것이다. 어떤 일을 행동으로 옮기는 것, 거기에는 커다란 용기가 포함된다. 당신이 계획한 일은 어떠한 것이나 다 당신이 할 수 있다고 생각하고 과감히 시작하라. 망설임에서 벗어나 일단 시작만 하면 그것을 향한 당신의 마음이 불붙게 될 것이다. 그러므로 시작하라. 그러면 장차 끝을 보게 될 것이다.

그래서 '제대로 사는 인간' 은 자신의 일에만 전념함으로써 자신이 원하는 일을 성취한다. 그것이 우리가 이제부터 말하는 진정한 의미의 성공이다.

■ '자아실현'을 모르는 피곤한 인간들

독일의 작가 하인츠 쾨르너는 『지혜로운 사람 요하네스』에서 자아 정체성을 잃어가고 있는 인류에게 이렇게 문제를 던지고 있다.

주인공은 어느 날 아침 산책을 나갔다가 숲을 마음껏 음미하기 위해서 회사에 나가는 것을 포기하고 홀린 듯이 숲 속으로 계속 걸어 들어가다가 한 신비로운 노인을 만난다. 그 노인 요하네스가 주인공에게 묻는다.

"그럼 자네가 누구인지, 자네, 내게 말해 줄 수 있겠나?"

나는 이 장난이—아니, 어쩌면 장난이 아니라 진지한 대화였을까?—재미있게 생각되었다.

"그럼요! 제 이름은 클라우스 볼프, 나이는 서른, 직업은 세일즈맨, 아직 독신이구요. 벌써 저에 대한 정보를 몇 가지나 알게 되셨죠?"

요하네스는 고개를 저었다.

"그런 정보로는 자네의 이름, 나이, 직업, 가족 사항 정도나 알 수 있을 뿐, 정작 자네 자신에 대해서는 아무것도 모르겠는걸. 그 얘기만으로는 자네가 누구인지 전혀 알 수 없다네."

"그럼 좋아요. 저 역시 당연히 인간이구요."

나는 약간 흥분해서 말했다.

"자네가 인간이라는 건, 누구나 다 안다네. 자네, 나를 놀릴 셈인가? 어디 다시 한 번 말해 보게나. 자네가 누군지."

나는 입을 다물고 말았다. 내가 누구였던가? 별 생각 없이 매일 들어왔고 또 나 스스로에게 던지기도 했던 질문. 피상적으로는 이미 수천 번이나 대답했던 질문이다. 그러나 지금 이 순간, 나는 내가 누구인지에 대해서 아무런 대답도 할 수 없었다. 한마디도.

지금 이 책을 읽고 있는 여러분도 자신이 누구인지 대답하지 못하고 있을 것이다.

여러분도 그저 남에게 뒤처져서는 살아남기 힘들다는 조바심 때문에 앞으로만 내달린 탓에 자신이 누구인지 돌아볼 겨를조차 없었을 것이다.

그렇다. 우리의 시대는 성공에 대한 강박 관념만을 가진 인간을 양산함으로써 스스로 지치고 피곤한 사회를 만들어가고 있다.

세상에는 서로가 서로를 이겨야만 하는 무한 경쟁이 벌어지고 있다. 인간은 지구 환경을 파괴하면서까지 서로를 이기기 위한 게임에 몰입해 있다.

나는 그것이 과연 행복을 추구하는 인간이 가진 진정한 모습인가? 하고 의문을 제기하지 않을 수 없다.

많은 사람들이 성공하기 위해서 초과 근무를 하고, 회사에서 내린 어떠한 결정도 기꺼이 따른다. 하지만 그들은 나이가 들어서 자신이 끔찍한 인생을 살았다는 사실을 알게 된다.

우리가 추구하는 행복은 지위의 높낮이나 돈의 많고 적음이 아니라 '자아실현'을 통해서 얻어지는 법이다. 자아실현은 자신의 모든 잠재적 능력을 최대한으로 발휘하여 가치있는 삶을 누리고자 하는 욕구다. 자아실현의 욕구는 인간으로서의 완성을 목표로 삼고 있는데, 인간적 완성을 목표로 삼고 날마다 노력을 거듭하다 보면 인격적으로나 직업적으로 여러분의 재능은 점점 빛을 더해가고 그 이름이 높아지게 되는 것이다.

■ 담대하게 생각하고 과감하게 행동한 사나이

자기 자신의 재능을 일찍이 깨닫고 자신감이 생명이라는 것을 제대로 보여준 한 사나이가 있다.

로마 시대 때의 이야기다.

카이사르가 갈리아 지방 총독을 지내며 로마의 영토를 서유럽 일대로까지 확장하고 로마 시민들 사이에서 인기가 하늘을 찌르자 위기를 느낀 원로원은 카이사르에게 군대를 해산하고 로마로 돌아오라는 명령을 내린다.

BC. 49년 1월, 카이사르는 그 명령이 자기를 축출하려는 원로원의 음모라는 것을 알았다. 그는 명령을 따를 수도 안 따를 수도 없는 처지가 되었다.

명령을 따라 로마로 들어갈 경우 원로원은 누명을 씌워서 자신을 제거하려 할 것이 뻔했고, 그렇다고 명령을 따르지 않을 경우 국법을 위반한 반역자가 되어 마찬가지 입장이 될 것이기 때문이다.

카이사르는 진퇴양난의 고민에 빠졌다.

심사숙고한 끝에 그는 결단을 내렸다.

그는 그 유명한 "주사위는 던져졌다"라는 말과 함께 로마 원로원의 음모를 격파하기 위해서 자기 휘하의 군대를 이끌고 루비콘 강을 건넜다. 카이사르의 정예 부대는 로마를 순식간에 장악했다.

그 과정에서 폼페이우스를 비롯한 그의 정적들은 달아나거나 그의 포로가 되었다. 그런데 로마를 평정한 카이사르는 수많은 정적들을 아무 조건 없이 석방해서 사람들을 놀라게 했다.

그는 최대의 정적 폼페이우스 파 사람들까지도 석방하는 관용을 베풀었다. 그가 석방한 사람들 중에는 에노발부스가 포함되어 있어서 사람들은 더욱 놀랐다. 에노발부스는 로마 원로원에 의해 카이사르 후임으로 갈리아 총독에 임명된 인물이었던 것이다. 따라서 카이사르에게는 달아난 폼페이우스와 맞먹는 최대의 적이었다. 이런 사실을 안 키케로는 카이사르의 용기와 관용에 탄복을 하면서 친구에게 이렇게 말했다.

"적을 용서하는 카이사르와 자기 편을 버리고 달아난 폼페이우스는 얼마나 다른가!"

그리고 키케로는 카이사르에게 편지를 보내 그의 관대한 조치에 대해서 칭찬을 아끼지 않았다. 카이사르는 행군 중인데도 답장을 보내왔다.

"나를 잘 이해해 주는 당신이 하는 말이니까, 내 행동에서는 어떤 의미의 잔인성도 찾아볼 수 없다는 당신의 말을 믿어야 할 겁니다. 그렇게 행동한 것 자체로 나는 이미 만족하고 있지만, 당신까지 찬성해 주니 만족을 넘어서서 기쁘기 한량없소. 내가 석방한 사람들이 다시 나한테 칼을 들이댄다 해도, 그런 일로 마음을 어지럽히고 싶지는 않소. 내가 무엇보다도 나 자신에게 요구하는 것은 내 생각에 충실하게 사는 거요. 따라서 남들도 자기 생각에 충실하게 사는 것이 당연하다고 생각하오."

카이사르의 이런 여유는 고매한 인격과 자부심 넘치는 자신감에서 생겨난 것이다. 나아가서 카이사르는 관용과 포용으로써 정적들을 대하면서 보다 큰 틀의 정치를 할 수 있으리란 구상을 하고 있었던 것이다. 상대에 대한 배려, 특히 정적을 그렇게 과감하게 용서할 수 있었던 자체는 상당한 용기가 필요한 것이다. 그것이 아무리 정치적인 제스처일지라도 범인들은 그런 용단을 내리지 못하는 법이다.

이렇게 자아실현을 달성한 사람은 슬기로운 생각이 넘쳐흐르고, 분별력이 있는 행동을 하므로 누구에게나 환영을 받고 누구나 친구가 되고 싶어한다.

하지만 인류 사회는 그러한 지혜와 슬기를 잃어가고 있다.

■ 행복의 조건 : 이따금 쉼표를 찍고 살아라

세상을 살면서 우리는 필요 이상으로 욕심을 내는 사람들을 많이 본다.

우리는 성공했다고 존경받는 지도층 사람들이 쓸데없는 욕심을 부리다가 감옥으로 가거나 자살을 하는 장면을 TV나 신문에서 종종 만난다.

최근 우리 사회에는 지도층 인사들의 자살이 줄을 잇고 있는데 그때마다 우리는 저런 사람이 왜 저렇게 돼야만 했을까 하는 의구심을 갖는다.

그만한 지위와 돈과 명예를 가지고 있다면 얼마든지 잘살 수 있을 텐데 왜 무모한 욕심을 부려서 패가망신을 하는가?

그것은 한마디로 자기 욕심을 절제할 줄 몰라서 생기는 일이다.

중국 속담에는 이런 말이 있다.

"분수를 알아서 만족할 줄 아는 사람은 욕됨이 없고, 만족할 수 있는 사람이 부자다."

또 예기(禮記)에는 이런 말이 있다.

"인생의 낙은 과욕에서보다 절욕(節慾)에서 찾아야 한다. 올바른 마음을 가지고 욕심을 제어하면 그 속에 절로 낙이 있으며 봉변을 면하게 되리라. 허욕을 버리면 심신이 상쾌해진다."

그럼에도 불구하고 사람들은 하나를 가지면 더 많은 것을 바라는 습성이 있다. 그래서 사회적으로 성공한 사람들의 대부분은 행복하지 못하다.

요즘의 직장인들은 나이가 들고, 직급이 올라갈수록 불안해진다. 컴퓨터 등 신세대 지식으로 무장한 젊은 사람들이 치고 올라와서 설 자리가 없어지는 느낌이 들고 하루하루가 불안해진다. 그들은 휴일까지 반납해 가며 컴퓨터를 배우고 그야말로 '열심히' 일해보지만 불안이 해소되기는커녕 점점 더 역부족을 느낀다. 그것은 '사오정', '오륙도' 만의 일이 아니다. '삼팔선' 이란 말이 나돌 정도로 삼십대들에게도 그런 위기는 오고 있다.

단언하건대 이런 방식으로는 자기 삶의 주인이 될 수 없다.

차라리 어느 정도 성공을 거두었다면 이따금 쉼표를 찍고 사는 것은 어떨까?

■ 결심한 만큼 행복해진다

'인간은 자신이 결심한 만큼 행복해진다.'

이 말은 링컨이 한 유명한 말이다.

나는 젊은 시절부터 두고두고 이 말을 진리의 말로 가슴에 새기고 있다.

사실 인간의 행복은 자신의 내부에서 비롯되는 것이지, 외부의 상황에서 비롯되는 것은 아니다. 사람은 누구나 행복해지기를 원하지만 그 행복을 얻는 방법은 단 하나밖에 없다는 것을 간과하고 있다.

그것은 자기의 기분을 마음대로 움직일 수 있는 힘을 기르는 방법이다. 왜냐하면 행복이란 외적인 조건에 의해서 얻어지는 것이 아니라, 자기의 마음가짐에 따라서 얻을 수도 있고 놓칠 수도 있기 때문이다.

거듭 말하지만 행복이나 불행은 재산이나 지위에 따라서 결정되는 것이 아니다.

'무엇을 행복이라고 생각하며 무엇을 불행이라고 생각하는가?'

그것은 개개인의 사고방식에 따라서 나누어지는 것이다.

가령, 같은 곳에서 같은 일에 종사하는 두 사람이 있다고 가정해 보자.

두 사람은 비슷한 재산과 지위를 가졌음에도 불구하고 한 사람은 행복한 반면, 다른 한 사람은 불행한 경우가 있다.

왜 그럴까?

그것은 사고방식이 서로 다르기 때문이다.

한 사람은 인생의 목적이 무엇인지 구체적으로 생각도 해보지 않은 채 어쩌면 허겁지겁 순간에 맞추어 살고 있을 것이다. 그는 그저 막연하게 주위 상황이 변하는 것에 맞추어서 "이런저런 일을 하며 살고 싶다"고 생각하며 살고 있다. 그런 사람들의 대부분은 하루의 계획도 없이 그저 시간에 쫓기듯 산다.

그러나 다른 한 사람은 같은 시간에 같은 업무를 하더라도 여유있게 일을 처리한다. 만약 그날 해야 할 일이 많다면 그 많은 일 중에서 다만 우선순위가 있을 뿐이지 쫓길 이유는 하나도 없다. 그는 자기 인생의 목적에 맞추어 계획을 세우고 업무에 임한 탓에 자신이 인생이나 시간에 쫓길 필요가 없는 것이다.

그는 계획을 너무 무리하게 세워 끌려 다니다 보면 자신의 계획 아래에서 허덕일 뿐이란 것을 알고 있다.

여기서 두 사람의 행복과 불행은 나누어진다.

어떤 회사의 일이든 특별한 경우를 제외하고는 끊임없이 쫓기기만 하면서 하루를 보내도록 스케줄이 짜여 있는 경우는 없다. 대개의 경우 각자 개개인에게 부여된 24시간 중에는 일할 시간, 휴식 시간, 심지어 공부할 시간도 마련되어 있다. 아무리 혹독한 회사라고 해도 대개의 경우 회사 시스템은 사람이 숨 쉬고 살아가도록 마련되어 있다. 미리 준비된 사람은 느긋하게 일하는 반면 그렇지 못한 사람은 분주하게 시간에 쫓기면서 산다.

때로 우리는 늦장 부릴 여유도 필요하다.

현대 사회에서는 때로 생각지도 않은 해프닝이 발생하는 것이 상례다. 정해진 약속 장소에 시간에 맞추어서 가는데 갑자기 차가 막힐 수도 있고, 퇴근 시간에 긴한 약속이 있어서 바삐 나가는데 직장 상사가 느닷없이 일을 맡길 수도 있다. 계획은 이러한 해프닝마저 감안하여 여유있게 세워야 한다.

그 계획은 계획을 세우는 그때 당시로만 끝나지 말고 1년 365일 내내 언제나 불시의 해프닝을 커버할 수 있어야 한다. 보다 나은 여유있는 계획은 여유있는 생활을 보낼 수 있게 한다. 여러분의 여유있는 생활은 회사가 아닌 바로 여러분이 결정하는 것이다.

■ 진정 제대로 사는 인간이란?

앞에서 살펴보았듯이 우리가 이 책에서 앞으로 성공한 사람이라고 부를 사람은 자기만의 일을 찾아서 적극적으로 일을 즐기며, 세상을 재미있고 즐거운 눈으로 바라볼 수 있는 능력을 가진 사람이다.

그들은 지위의 높낮이나 돈의 많고 적음, 다른 사람들의 시선 따위에는 아랑곳하지 않으며 세상사의 잡다한 것들은 대충 넘어가면서 사는 사람들이다. 그들은 자기 일 외의 세상일에 무덤덤한 탓에 타인을 위협의 대상으로 느끼지 않고 남을 시기하거나 폄하하는 따위의 행동은 하지 않는다. 그들은 사람이 할 수 있는 일이 그다지 많지 않다는 것을 알고 있다. 그래서 세상사의 많은 일을 대충 무시하고 자기만의 일에 매달린다.

괴테와 더불어 질풍노도 시대의 대표적 시인인 실러의 이야기다.

그는 '빌헬름 텔' 같은 불후의 명작을 쓴 공로로 정부로부터 귀족의 작위를 받게 되었다. 그러나 그는 그런 작위 따위에는 아무런 관심도 없었다. 그는 세속적인 영예에 대해서는 아무런 흥미가 없었기 때문에 그 사실을 아무에게도 이야기하지 않았다. 그래서 그가 귀족이 되었다는 것을 아는 사람조자 없었다.

그런 어느 날 실러의 서재에서 원고를 찾던 그의 친구가 어지럽게 널려 있는 원고 더미 속에서 웬 서류 하나를 발견했다. 그것을 읽어본 친구는 깜짝 놀랐다.

그것은 실러를 귀족으로 봉한다는 증서였다. 친구는 깜짝 놀라서 소리쳤다.

"이렇게 중요한 것을 자칫하면 휴지로 만들 뻔했잖아. 잘 간수해 두었어야지."

그것을 받아 든 실러는 대수롭지 않게 말했다.

"그런가?"

실러는 별로 소중히 보관하려고도 하지 않고 다시 열심히 원고를 찾기 시작했다.

이렇게 세속적인 영예에 초연했던 실러야말로 헛된 것에 집착하지 않고 제대로 된 인생을 살아가는 자유인이었던 셈이다.

실러와 같은 자유인은 성공이나 돈, 명예, 권력은 물론 남의 이목이나 비아냥거림 따위에 초연하다. 또한 그들은 자신의 앞날에 대해서도 그다지 걱정하지 않는다.

대부분의 사람들은 아직 눈앞에 닥치지도 않은 미래의 일에 대해서 지나치게 걱정함으로써 현재의 불행을 초래하고 있다. 과도한 성공에의 집착이 그것이다. 미래를 지나치게 걱정함으로써 그들은 자신을 파괴하고 다가올 미래의 모든 것을 허물어뜨리고 있다. 그러나 자기만의 일을 찾아서 나아가는 사람들은 미래를 낙관하며 미래의 일은 그때 가서 걱정해도 늦지 않는다고 생각한다.

우리는 그들을 '자유인이 되어 제대로 사는 인간'이라고 부르기로 하자.

'제대로 사는 인간'은 스스로의 유능함에 가치를 둔다.

많은 사람들이 자기 신뢰, 자기 존중을 내던지고 남에게, 회사에게 복종하는 생활을 하고 있다. 그러나 자부심이 강한 '제대로 사는 인간'은 자기만의 일을 미리 찾아내서 일의 재미에 몰두해 있음으로써 삶의 역경을 헤쳐 나가는 데 능동적이고 유리한 고지를 점령한다.

여러분 스스로에게 물어보라.

"나의 일은 내가 정말 재미있어서 하는 일인가?"

아니라고 생각되면 지금이라도 때려치우고 나만이 할 수 있는 재미있는 일을 찾아야 한다. 나만의 재미를 적극적으로 추구하는 능력을 통해 우리는 매일 새로워지고, 사는 게 재미있어지고, 마침내 성공도 따라와서 더욱 행복해질 수 있다.

우리에게 주어진 인생은 한 번뿐이다. 그리고 자신이 원하는 일을 하고 나 자신의 자아를 실현할 수 있는 기회도 단 한 번뿐이다. 그 사실을 깨닫고 발견하는 순간 여러분은 변한다.

여러분은 이제 앞에서 던진 '요하네스의 질문'에 대답할 수 있는가?

그 대답을 하는 순간 여러분은 몸과 마음을 다 바쳐 자신의 인생에 뛰어들기 시작한다. 자신을, 자기 자신을 삶 속으로 아낌없이 던져 넣은 것이다. 이제 여러분이 보고 듣고 만지고 냄새 맡고 맛보는 모든 것은 여러분 자신이며, 여러분은 그것을 느끼는 순간 가장 완벽한 존재다.

이 책은 그 소중한 행복을 여러분에게 찾아주기 위해서 씌어졌다.

이 책은 여러분에게 자아실현이 없는 성공, 자신의 행복을 내던진 성공은 무의미하다는 것을 가르쳐 줄 것이다. 이 책은 끊임없이 행복을 추구하는 사람들의 바이블이 되어 여러분을 진정한 행복으로 이끌 것이다.

괴테는 『파우스트』에서 이런 멋진 말을 했다.

"자신을 가지면 남들도 나를 신뢰한다."

나를 믿으니 남도 나를 믿는다는 것이다.

▶▶▶ 괴테의 가르침

인격과 개성이 가장 중요하다

너를 이 세상에 보낸 그날처럼

태양은 성좌를 향해 인사하며 서 있고,

어느덧 너는 무럭무럭 자랐구나.

너를 이 세상에 보낸 그 법칙에 따라서

너는 너에게서 벗어날 수 없는 너 자체일 수밖에 없고,

예언자들까지도 그렇게 말하였도다.

어떠한 시간이나 권력일지라도

약동하고 발전하는 낙인찍힌 이 형태를 바꿀 수는 없도다.

(2) 재능이 부르는 목표를 갖는다

■ 성공한 사람들의 경우

우리는 많은 예술가 중에 일찍부터 자신의 재능을 발견해서 자신만의 분야를 개척한 사람들을 알고 있다.

모차르트는 7살 때부터 유럽 연주 여행을 다녔으며, 20여 세 때 이미 36개의 교향곡을 작곡했다. 물론 그 당시는 부모의 영향이 무엇보다 큰 시대였다는 점을 간과할 수 없지만 아직까지도 그는 조기에 자신의 재능을 발견하여 유래를 찾아볼 수 없을 정도로 성공을 거둔 사람이다.

그는 어떤 편지 속에서 다음과 같이 말한 적이 있었다.

시대적 불운으로 그의 삶은 비참했을지 모르지만 그는 인류 역사에 대단한 은혜를 준 사람으로 기록되고 있지 않은가?

스티븐 스필버그가 영화에 빠져들기 시작한 것은 12살 때였다.

그 후 그는 영화감독을 꿈꾸기 시작했는데, 학교에서 가르치는 학과 공부는 시시하고 아무런 도움도 되지 않는 것만 같았다. 당연히 그의 학과 점수는 형편없었고, 거의 낙제 점수에 가까운 성적을 기록했다. 그는 학교에서 내주는 숙제를 피하기 위해 더욱더 영화에 매달렸다. 그는 촬영한 필름을 편집한다는 핑계로 1주일에 한 번 정도는 아예 학교에 나가지도 않았고 학교에 가지 않으려고 꾀병을 부렸다. 그의 어머니는 아들의 재주가 다른 곳에 있다는 것을 알아차리고 그런 사실을 뻔히 알면서도 아들이 원하는 대로 해주었다.

어머니 리아는 남편 아놀드에게 캠프 여행을 기록하도록 8밀리 코닥 무비 카메라를 선물했는데, 그 카메라는 곧 스필버그의 것이 되어버렸다. 그는 가족의 전속 카메라맨이 되어 많은 장면들을 찍었다. 그때부터 그는 영화에 빠져들어 시나리오를 쓰거나 영화 장면을 그려보곤 했다. 그는 부모님과 세 여동생을 자신의 영화에 출연시키는 것을 좋아했다.

16세부터 그는 자신의 영화에 자본을 끌어들이는 놀라운 능력을 발휘하기 시작했다. 그의 첫 번째 장편 영화인 '불빛(Firelight)'은 8밀리 영화였다.

그 자신의 능력으로 공항을 폐쇄하고, 지방 병원까지 자신의 촬영지로 만드는 추진력으로 영화를 완성했다. 배짱이 두둑했던 그는 피닉스 극장을 찾아가 로비를 한 끝에 자신의 영화를 상영하게 만들었다.

그리하여 불과 5백 달러를 들여 만든 영화로 1천 달러의 순이익을 만들어냈다. 영화와 자본의 관계를 그는 이미 이해하고 있었던 것이다.

고등학교를 졸업한 스필버그는 캘리포니아 주립대학 롱비치에 입학했다.

대학을 다니는 동안에도 그는 유니버설 스튜디오를 마치 자기 집처럼 자유롭게 드나들었다. 회사 간부인 양 양복을 입고 유니버설 스튜디오에 들어가 촬영 장면들을 참관했고, 심지어 영화 관계자와 친분까지 맺었다.

그때 만난 사람이 유명한 TV드라마 제작자인 사인버그였다.

스필버그는 자신이 제작한 '앰블린'이란 영화를 보여주었는데 사인버그는 그 작품을 보더니 대번에 반해서 계약을 제의했던 것이다.

사인버그는 스필버그가 아직 대학생이란 것을 알고는 이렇게 말했다.

"반드시 대학을 졸업해야만 할 필요는 없어. 자넨 지금 당장 영화감독이 되고 싶지 않은가?"

스필버그는 며칠을 고민한 끝에 자신의 진로를 선택했다.

'제대로 사는 인간'은 자신의 재능을 발견하게 되면 대학 졸업장 따위는 필요없다는 것을 보여준다.

스필버그는 일찍부터 자기 분야를 확실하게 공부하고 실력을 다졌기에 그 후 수많은 영화를 만들었고, 세계에서 흥행 수입이 가장 높은 감독이 될 수 있었다. 스필버그는 흥행에서만 앞서는 감독이 아니라 영화를 만드는 아이디어와 기술력, 대중이 선호하는 취향을 제대로 알았고,

영화의 여러 장르를 넘나들면서 새로운 영상 세계를 주도적으로 만들어 내는 감독으로 기억되고 있다.

현대의 사업가 중에도 자신의 일을 일찍 발견하여 성공을 거둔 사람들이 있다.

그 대표적인 사람으로 세계 최고의 부자 빌 게이츠를 들 수가 있다. 빌 게이츠는 어린 시절에 이미 자신이 좋아하는 것이 무엇인지를 알았다.

그는 처음 컴퓨터를 보자마자 마음이 사로잡혔다. 컴퓨터에 관련된 모든 책을 읽었고, 며칠 동안 잠도 자지 않고 컴퓨터에 매달리곤 했다. 그렇게 컴퓨터에 미친 빌 게이츠는 13세 때 프로그래밍을 시작했고, 하버드 대학을 중퇴한 20세 때에는 마이크로소프트사를 설립했다. 그는 컴퓨터가 자신의 꿈을 실현시켜 줄 것이라는 믿음으로 기회를 놓치지 않았던 것이다. 자신의 꿈이 무엇인지를 아는 사람에게는 대학 졸업장 따위는 아무런 의미도 없다.

■ 누구나 성공과 자기 계발을 꿈꾸는 시대

우리가 속한 21세기는 변화가 많고 가치관이 요동치는 시대다.

특히 IMF 사태 이후 우리 사회는 자신의 삶에 대해서, 인생의 목적과 성공에 대해서 너도나도 많은 관심을 가지게 되었다.

그동안 자신에게 주어진 일에 만족하며, 조직의 일원으로 만족하며 착실하게 살던 많은 사람들이 세기 말의 변혁을 맞이하여 거리로 내몰리면서 일어난 현상이다.

신문에는 경제, 비즈니스난이 새롭게 커다란 면을 장식했고, 서점에는 재테크, 자기 계발, 성공학 관련 책들이 그동안 소설이 누리던 자리를 차지하며 빼곡하게 들어찼다.

이제는 보통 사람들도 성공과 자기 계발을 꿈꾸는 시대가 되었다. 그리고 왜 진작 자신의 재능의 부름을 알지 못했을까, 하고 후회를 하고 있다.

IMF 이후, 인터넷의 발달은 그러한 개인 의식의 변화에 괄목할 만한 영향력을 끼치기 시작했다.

특히 인터넷이 길러낸 신세대들은 인터넷을 통해서 자신의 재능의 부름을 재빨리 알아차리는 효과를 얻고 있다. 그리하여 그들은 개인적인 취미나 소일거리를 창업으로까지 연결시켜서 자신만의 경제적 영역을 구축하기에 이른다.

이러한 현상은 젊은이들에게만 한정된 것이 아니다. 이것은 10대에서부터 노년층에 이르기까지 광범위하게 일어나고 있는 현상으로 자리 잡고 있다.

그러한 현상에 덧붙여 한마디를 거들자면 이렇다.

우리는 먼저 이 시대를 움직이는 산업의 변화에 주목해야 한다. 그리하여 사라져 가는 직업이 무엇이며, 새롭게 떠오르는 유망 분야가 어떤 것인지를 알아야 한다.

흔히들 생각하는 분야는 사람들에게 인기가 있는 분야이다. 그러나

　그 인기가 오늘의 눈으로 보는 인기일 뿐이라면 문제가 있다. 미래를 내다보고 얼마나 현명한 결정을 할 것인지는 순전히 개개인의 몫이다.

　이제 여러분은 자신의 재능이 부르는 목표를 알고 있을 것이다.

　여러분은 대단한 은혜를 입은 사람으로서의 당당함을 가지고 있다. 만약 그렇지 못한 상태라도 별로 걱정할 것은 없다. 목표를 정하는 일을 지나치게 복잡하거나 무거운 일로만 생각할 필요는 없다. 처음에는 간단하고 분명한 목표, 자신의 내면이 진실로 원하는 것을 목표로 세우면 된다. 『진짜 그렇게 된다』의 저자 삭티 커웨인은 그 과정을 이렇게 설명하고 있다.

　원하는 것을 얻는 과정에서 가장 혼란에 빠지기 쉬우면서도 가장 중요한 부분은 자신이 '정말로' 원하는 것이 무엇인지를 밝히는 일이다. 필자 개인의 삶을 되돌아보아도 이는 틀림없는 사실이다. 원하는 것을 발견하고 이를 이루고야 말겠다는 강한 목적의식이 싹트고 나자, 별 노력을 기울이지 않았는데도 쉽게 그 일이 성취되었다. 그것도 바라는 것을 분명하게 깨달은 지 불과 몇 시간 혹은 며칠 만에 말이다. 정말로 바라는 것이 무엇인지를 깨닫는 순간, 필자는 마치 컴퓨터를 켰을 때처럼 의식이 환하게 밝아지면서 모든 것들이 빠르게 움직이기 시작하는 것 같은 느낌을 받았다. 머지않아 기필코 그 목적을 이루게 되리라는 강한 확신과 함께. 그러나 이처럼 분명하게 목적을 깨닫게 되기까지는 일정한 양의 에너지와 시간이 필요하다.

여러분은 이제 '목적을 이루게 되리라는 강한 확신' 을 가지고 그 일에 자신의 에너지를 투입하면 된다.

잘 알려진 것처럼, 21세기는 20세기를 주도한 제조업보다는 지식 산업으로 대체될 것이다. 그런 과정은 이미 빠르게 진행되고 있으며, 이와 관련된 첨단 학문 분야가 유망 분야로 떠오르고 있다.

21세기에는 다양한 사회 현상이 벌어질 것이다. 노령화 사회가 전 지구적으로 확산될 것이며, 여성의 사회 진출 또한 가속화되어 남녀평등 사회가 구현될 것이다. 로봇과 인공 지능 컴퓨터가 사회의 많은 부분에서 인간의 역할을 담당할 것이다. 새로운 법률적 지식과 그와 관련된 보험, 상담, 심리 치료, 사회 복지 관련 직종 등 생소해 보이는 전문 분야가 속속 생겨날 것이다.

직업은 일차적으로 생계 유지의 수단이다.

과거의 전통 사회에서는 직업을 선택하는 데 있어 개인의 의사와 관계없이 부모로부터 사업을 물려받거나 국가로부터 어떤 역할이 주어졌다. 그래서 과거의 직업은 자신의 신념이나 의지의 표현이라기보다는 단지 밥벌이 수단에 불과했다. 그러나 21세기는 직업을 선택할 수 있는 무한한 자유가 주어져 있다. 자신의 적성과 성격, 흥미와 가치관에 따라 다양한 직업을 선택할 수 있다.

이제 자신에게 특별하게 주어진 재능과 능력을 발휘할 수 있는 가장 적합한 직업을 찾아야 한다. 그 직업을 통해 자신의 능력을 최대한 발휘할 때 진정한 자아실현이 가능하다.

　무엇보다도 자기의 시대를 읽을 줄 아는 힘이 있어야 한다. 자기 시대의 사람이 되어 자신에게 어울리는 분야를 찾아 들어가야 한다. 그것은 누구에게나 해당하는 첫 번째 관문이라 할 수 있다. 자기 시대에 적합한 인물이 되어 성공하려면 적어도 30년 이후를 내다볼 수 있는 안목을 지녀야 한다.

▶ ▶ ▶ 지그 지글러의 가르침

자기만의 프로그램

성공하는 사람은 자기만의 프로그램을 갖고 있다. 그는 자기가 거칠 과정을 설정하고 거기에서 벗어나지 않는다. 그는 계획들을 입안하고 그것들을 실천한다. 그는 자기의 목표를 향해 곧바로 나아간다. 그는 자기가 가고자 하는 곳을 알고 꼭 거기로 갈 것임을 안다. 그는 자기가 하는 일을 사랑하고 자기 욕망의 대상에게로 자기를 데려다 줄 그 여행을 사랑한다. 그는 늘 열망으로 끓어오르고 강한 집념으로 가득 차 있다. 이런 사람이 바로 성공한 사람이다.

(3) 제대로 사는 사람의 인생 설계

▣ 꿈은 자기를 닮아간다

자신의 재능이 부르는 목표를 가진 사람은 그 목표에 걸맞는 인생을 설계한다. 그는 일에 우선순위를 정하고 중간에 어떠한 유혹이나 난관이 생기더라도 무시하고 최초의 목표에 집중하는 인생을 보낸다. 이것이 '제대로 사는 인간'이 추구하는 삶의 방식이다. '제대로 사는 인간'은 자신이 타고난 재능과 영혼을 희생해 가면서 세상에 타협하는 일을 하지 않고 세속적인 성공에 연연하거나 집착하지 않는다. 그들은 주도적으로 자신의 삶을 살아가는 탓에 직무를 수행할 때는 자기만의 원칙을 따르며, 필요한 일은 모두 스스로 해결한다. 이런 자족적인 인간은 꿈은 자기를 닮아간다는 말을 증거한다.

　그러나 많은 사람들은 젊어서는 그러한 인생을 꿈꾸다가도 그와 다른 인생을 살고 있다. 인도의 초대 수상 네루는 이런 말을 했다.

　승리는 목표가 아니다. 목표에 이르는 하나의 단계이며 장애물을 제거하는 데 지나지 않는다. 목표를 잃으면 승리도 공허하게 된다.

　세속적인 성공을 꿈꾸는 사람들은 자신의 성공, 혹은 타인과의 경쟁에서 승리를 거두기 위해서 자신이 불리한 국면에 이르면 처음의 목표를 무시하고 승리 자체가 목표가 되고 만다. 그렇게 궤도 수정을 한 승리는 불의를 초래하기도 하고, 많은 저항을 불러들여서 종내 파국을 초래하기도 한다. 설령 별다른 어려움이나 비난을 받지 않고 세속적인 성공을 거두었다고 해도 본인의 가슴속에는 '이것은 진정한 성공이 아니야' 란 회환이 남아 있게 마련이다.

　'제대로 사는 인간' 은 승리가 목적이 아닌 자신의 재능이 부르는 목표를 향해서 나아감으로써 자신의 꿈을 이루어야 한다는 것을 숙지하고 있다. 성숙한 사람일수록 삶을 주도적으로 살고 자신의 목표에 확고한 믿음을 가지고 있다.

　마음속에 자신을 그리고 있으면 그 사람의 인생은 마음에 그린 대로 된다고 한다. 그렇게 인생의 목표를 정하고 그것에 일생을 거는 사람이 성공할 수 있다.

◼ 자아실현은 창조성에서 온다

사람들은 누구나 자신의 삶을 주도적으로 살고 싶어한다.

내가 내 인생을 책임지며 대인 관계에 있어서도 보다 우월한 입장에서 자신을 내세우고 살고자 하는 것이 인간의 본성이다.

그러나 그렇게 주도적으로 자신의 인생을 총괄하고 지휘하고 산 사람들 중에는 제 잘난 멋에 겨워서 주위 사람을 아랑곳하지 않는 사람들이 많다. 놀라울 정도로 똑똑하고 누구보다도 탁월한 능력을 가진 사람들 중에 그런 사람들이 있다.

그런데 그런 사람들은 기존의 제도권 아래서 일어나는 일에는 선도적인 능력을 발휘할 줄 알지만 새로운 형식들을 만들어내고 창의적인 일을 고안해 내는 데는 대개 무능하다. 주로 사람들이 '저 사람 성공했어' 하는 사람들 중에 그런 사람들이 많다. 그런 사람들은 자신의 삶을 주도적으로 사는 사람들이 아니고 단지 남들 위에 군림하기 위해서 자신의 정열을 불사르고 있을 뿐이다.

우리가 말하는 '제대로 사는 인간' 은 그런 사람이 아니다. 그들은 남의 위에 군림하기 위한 일에 골몰할 뿐, 역사에 기록될 만한 창의력을 발휘하는 사람들은 따로 있다.

프란체스코 알베로니는 『남을 칭찬하는 사람 헐뜯는 사람』에서 창의력을 가진 사람에 대하여 이렇게 말하고 있다.

창조적인 사람은 생활 속에서 환멸과 회의, 불확실함과 혼란에 맞닥
뜨린다. 질서만을 중시하는 사람은 미리 정해진 방향을 따라 움직이고,
어디서 출발해 어디서 끝나는지를 알고 싶어하기 때문에 이런 불확실함
을 참아내지 못한다. 그런 사람은 우연, 모험, 헤아릴 수 없는 것에 여지
를 주지 않고 모든 요소들을 통제하고 싶어한다. 그런 사람이 예술가라
면 공인된 양식을 따를 것이다. 신문 기자라면 대중들이 기대하는 것을
말하려고 애쓸 것이다. 학구적인 학자라면 흥분하지 않고 동료들에게
비판을 받지 않으려고 노력할 것이다. 한 번 계획을 세워놓으면 외부 상
황이 변했다는 생각이 들어도 어디까지나 그 계획을 따를 것이다. 모든
것이 그 언제든지 질서 정연해야만 하니까. 하지만 창조성을 위해서는
자신 안에 혼란과 무질서를 받아들여야만 한다. 창조적인 사람은 책을
쓰던 중에 좋은 생각이 떠올라 쓰던 것과는 전혀 다른 책을 쓸 수 있다.
창조적인 기업가는 새로운 기회를 잡을 수 있는 시장이 생겼다는 것을
알게 되면 계산을 모두 다시 하고 필요하다면 계획을 수정한다. 이것은
끈기가 부족해서가 아니다. 끈기는 충분하고 넘치게 있지만 절대 타성
에만은 굴복하지 않는다는 것이다. 그저 이미 결정된 것을 존중하기 위
해서만 일하지는 않으리라는 것이다. 창조성은 또한 모험과 결부되어
있기 때문에 용기를 필요로 한다. 모험은 현실적인 위험을 의미한다. 실
수할 위험, 길을 찾지 못할 위험 말이다. 결과가 정말 불확실할 수도 있

고 좋지 않게 끝날 수도 있다. 창조적인 기업가는 실제로 자신의 운명을 모험에 건다. 이 때문에 계속 나타나는 끝없는 문제들을 풀기 위해 완전히 자신을 바친다. 도덕적 지식 자원을 남김없이 모두 다 써버린다. 창조성의 핵심은 아주 강한 질서 성향과 질서를 지배하고 더 높은 차원의 질서를 재구성하기 위해 혼란과 무질서에 맞서는 능력이 동시에 나타나는 데 있다.

그런 일을 하는 사람들은 묵묵하게 자기만의 목표를 향해서 전진하는 사람들이다. 그들은 별로 똑똑해 보이지도, 능력있어 보이지도 않는 사람들이지만 '끝없는 문제들을 풀기 위해 완전히 자신을 바친다.'

나는 진정으로 인생에서 성공한 사람들은 그들이라 말하고 싶다.

그 사람들은 남들에게는 대수롭지 않아 보이는 일일지 몰라도 자신만의 뚜렷한 인생 목표를 정해놓고 그에 따라 추호도 흔들림 없는 삶을 살아간다. 자신의 인생 목표만을 위해서 다른 사소한 것은 다 버리는 사람, 그들이 우리가 추구하는 '제대로 사는 인간' 이고, 진정 성공한 자유인의 모습이다.

■ 주도적인 삶을 살아라

여러분은 지금 거기에 맞는 목표를 세우고 있는가?

성실하게 일생을 살았다고 자부하는 사람도 어느 때에 이르면 자신의 성실함이 바보 같다는 생각을 하게 되고, 남달리 비상한 재주와 권모를 가지고 성공에 이른 사람은 말년에 이르면 자신이 많은 죄를 지었다고 생각하게 되는 것이 이 세상이다.

노년에 이르러 자신이 살아온 길을 돌이켜 보았을 때 후회없는 사람이 얼마나 될까?

여러분이 아직 30대 이전이라면 지금까지 꿈꿔왔던 여러 가지 꿈을 정리할 때다. 자신의 재능에 비춰 하고 싶은 일을 분명하게 정해야 한다. 누구나 한꺼번에 여러 가지 일을 다 잘할 수는 없다. 무엇을 할 것인지를 정하기에 앞서 다시 한 번 인생의 궁극적인 목표가 무엇인가를 생각해 보자.

우리는 앞에서 그것이 '자아실현'을 통한 '행복 추구'라고 정의한 바 있다.

그것은 자기가 하고자 하는 일을 만족스럽게 성취하고, 인생을 긍정적인 마음으로 사는 것이라고 할 수 있다. 우리는 언젠가 내가 원하는 행복을 얻게 될 것이라는 신념 때문에 삶의 어려운 과정을 극복해가며 희망을 잃지 않고 살아가는 것이다. 그것은 자신의 잠재적 능력을 최대한 발휘해 가치있는 삶을 누리고자 하는 욕구이기도 하다.

이러한 자아실현 욕구는 인간으로서의 완성을 목표로 삼아야 한다.

인간적 완성을 목표로 삼고 날마다 노력을 거듭하다 보면 인격적으로나 직업적으로 여러분의 재능은 점점 빛을 더해 이름이 높아진다.

자아실현을 이룬 사람은 슬기로운 생각이 넘쳐나고, 분별력있게 행동하므로 누구로부터도 환영받는다. 이러한 자아실현의 수단은 자신의 재능을 펼쳐 나갈 수 있는 일을 통해 이루어진다. 그 일의 만족스러운 성취가 자아실현의 출발점이 되는 것이다.

▣ 자기만의 계획표를 만들어라

10년 후, 20년 후의 나는 어떻게 변해 있을까?

이런 궁금증을 가지고 여러분의 인생 계획표를 짜도록 하라.

현대인은 이십대가 되면 싫든 좋든 사회에 첫발을 내디뎌야 한다.

그리고 삼십대가 되면 어느덧 사회의 한구석에서 자신만의 자리를 잡고 있을 것이다. 그 삼십대를 바라보게 되는 어느 날 10년 전에 짠 계획표대로 자신이 살고 있는지 돌이켜 보는 스스로를 상상해 보라. 무척 흥미로울 것이다. 아마도 자신의 재능을 철저히 알고 계획표를 짰다면 그 계획표에 가까운 삶을 살고 있을 것이다.

그런데 인생 계획표를 짜는 데 구체적으로 몇 가지 참고할 것이 있다.

첫째, 자신의 내면의 부름에 순응하라는 것이다.

'제대로 사는 인간'이 추구하는 가장 우선의 것은 자신의 본질적인 것을 찾는 것이다.

내가 이 세상에 태어나서 가장 하고 싶고, 해야만 할 일이 무엇인가를 알아내고 그 내면의 부름에 순응하는 자신의 영혼을 개발하는 일이다.

아울러 여러분은 확고한 자신의 내면의 부름에 순응하기 위해서 시대의 흐름을 읽어야 한다. 21세기는 많은 것들이 너무도 빨리 변화하는 시대다. 그 변화의 흐름을 제대로 읽을 줄 아는 능력을 갖추어야 한다. 아무도 시대의 흐름을 거슬러 올라갈 수는 없기 때문이다.

둘째, 포기하는 것을 배워야 한다는 것이다.

자신의 일이 아닌 것, 반드시 내가 하지 않아도 되는 것, 사소한 것들은 대충 버리고 살아도 된다. 거듭 말하지만 한 가지만 잘하면 열 가지는 따라서 온다.

나는 공연히 자신의 일이 아닌 곳을 기웃거리고 다니다가 세월만 허비하는 사람들을 많이 보았다. 여러분은 스스로에게 물어보라.

지금까지 너무 많은 곳을 기웃거리지 않았는가?

행여 요행수만 바라지 않았는가?

스스로를 반성하면서 계획을 짜기를 권한다. 이 세상은 다른 곳을 기웃거리고 다닐 만큼 인생을 낭비하고 여유를 부릴 수 있는 곳이 아니다.

셋째, 근면해야 된다는 것이다.

지금까지 논의해 온 '제대로 사는 인간'에 대해서 말하면 사람들은 자기가 하고 싶은 일만 하며 인생을 살라는 뜻으로 알고 있지만, 우리가 말하는 '제대로 사는 인간'은 그런 것이 아니다. 아무리 훌륭한 재능과 명석한 두뇌를 가졌더라도 게으름을 피우면 아무 소용이 없다. 부지런하고 노력하는 자만이 성공을 거머쥘 수 있다. 근면과 재능, 이 두 가지를 겸비한다면 훌륭한 사람이 될 기본은 되어 있다.

넷째, 자신의 결점을 알아야 한다는 것이다. 아무리 훌륭한 재능을 가진 사람이라도 단점을 갖고 있게 마련이다. 자신의 결점을 확실히 아는 것은 매우 중요하다. 여러분이 여러분 자신의 주인이 되려면 자신을 철저히 알아야 한다. 먼저 자기 속에 있는 나쁜 세력을 굴복시킨다면 다른 것들은 전혀 문제가 되지 않는다.

그런 다음 다섯 번째로 미래를 내다볼 줄 알아야 한다는 것이다.

10년, 20년, 30년 후의 모습을 그려보라.

그때 여러분은 목표를 달성한 사람이 되어 있을 것인가?

자신의 초상화를 미리 그려두는 것도 좋은 방법이다. 그리고 그 꿈을 끊임없이 열망하라. 인생에서 꿈을 열망한다는 것이 얼마나 소중한지는 두말할 나위가 없다.

그러나 명심해야 할 것은, 아무리 열망이 크더라도 단순한 꿈만으로는 아무것도 되지 않는다는 사실이다. 그 꿈을 이루려면 그 열망만큼 아니, 열망보다 더 큰 노력이 뒤따라야 한다.

피터 드러커는 『현대의 경영』이란 책에서 이런 말을 했다.

"인간이 얼마만큼 일을 잘하고 얼마만큼 일을 많이 할 것인가는 그 사람 자신이 결정한다. 즉, 인간은 자신의 생산량과 그 질을 결정하는 권능을 가지고 있는 것이다."

그런데 사람들 중에는 자기 인생을 남의 것처럼 관전하는 사람들이

많다. 또 자신의 인생을 철저히 타인에게 의존하는 사람도 많다. 그것은
자신의 인생 계획표를 만들지 못하고 허송세월을 보냈기 때문이다. 자기
인생의 시간표를 갖고 있지 못한 사람은 단 한 발짝도 앞으로 나아가지
못한 채 대부분의 인생을 허비하고 만다. 그것은 그 사람의 비극이다.

목표를 설정할 때 고려해야 할 다섯 가지 요소

1. 적극적이고 건설적인 목표를 세워야 한다. '무엇을 하고 싶지 않다' 가 아니라 '무엇이 하고 싶다' 고 해야 한다.

2. 구체적인 형태로 목표를 세우고 기한을 정해야 한다.

3. 목표 달성 후 자신의 구체적인 이미지를 생각하도록 한다. 그것은 목표 달성에 도움이 된다.

4. 자신의 힘으로 달성할 수 있는 목표를 세워야 한다. 자신의 행복은 스스로의 힘으로 성취해야 한다. 타인에게 의지하지 않도록 한다.

5. 자신은 물론 주위 사람에게도 도움이 될 수 있는 목표를 세워야 한다.

(4) 목표에 집중한다

■ '제대로 사는 인간' 의 목표란?

이제 여러분은 '제대로 사는 인간' 이 어떠한 유형의 인간인가를 이해하기 시작했을 것이다.

'제대로 사는 인간' 은 세상을 아무렇게나 살고 허송세월을 보내는 사람들이 아니다. 그들은 하늘이 내린 자신의 달란트를 깨닫고 그 부름에 따라 인생 계획표를 만들고, 자기 인생의 시간표를 갖고 있는 사람들이다.

그러나 그들은 세속적인 성공을 꿈꾸는 사람들과는 확연하게 다른 세계관을 가지고 있다.

그들이 생각하는 진짜 성공은 남들에게 그것을 과시하는 물욕적 성공이 아니라, 자기 일에서 일가를 이루는 장인 정신 같은 것이라고나 할 수 있을 것이다.

'제대로 사는 인간'은 현시적 효과만을 생각하는 것이 아니라 질적으로 길이 남을 만한 성공을 거두기 위해서 자신을 몰입한다. 그들은 세속적인 성공 따위는 염두에 두지 않고 오로지 작업의 질과 그것의 완성만을 추구한다. 그들은 신명을 다해서 자신의 일에 몰두하지만 사람에게 인정받는 성공에 연연하지 않는다. 그리하여 어떤 사람이 끝내 자기의 길에서 성공을 하지 못하더라도 '제대로 사는 인간'들은 그 과정과 정신을 높이 산다.

이 말은 어떻게 들으면 사회적으로 성공하지 못한 사람을 위로하기 위한 우회적인 언사로 들릴는지도 모른다. 마라톤 경기에서 우승하는 것보다 꼴찌를 하더라도 끝까지 완주하는 사람, 페어 플레이 정신을 보여준 사람을 위로하는 말로 들어주기 바란다.

근대 올림픽이 쿠베르텡에 의해 주창되어 세계인을 하나로 모으는 데 성공한 것은 대단한 일이기는 하지만 1등만을 최고로 대우하고 2등 이하 나머지 선수들은 홀대받는 이상한 전통을 만들어냄으로써 다수가 소수를 위한 잔치에 가담하는 기형적인 축제가 되었음을 한 번 생각해 보자.

근대 올림픽의 구호는 '더 빨리, 더 높이, 더 힘차게'라는 말보다는 '더 많이, 더 따뜻하게, 더 보람있게' 정도가 되어야 할 것이다.

이것은 올림픽에 관한 담론이나 도덕적 차원의 이야기가 아니라 인간적 진실을 바탕으로 한 이야기이다.

인생에서는 1등만이 중요한 것이 아니라 2등 이하의 모든 인간이 더 중요한 대다수이다.

대다수의 보통 사람들은 1등을 축하하고 그들을 위한 갈채를 보내지만 더불어 자신들의 행복도 중요하게 생각하고 그 자유와 행복을 추구하고 있다.

많은 사람들이 행복을 추구하지만 확실하게 행복을 손에 넣었다고 볼 수 있는 것은 그 사람의 마음만이 알고 있는 일인데, 자유롭게 '제대로 사는 인간'의 성공이란 것도 그 사람의 영혼만이 알 수 있는, 행복과 동질의 것이라고 볼 수 있다.

행복해지려면 실패와 불운을 받아들일 줄 알고, 아무것도 기대하지 않을 수 있어야 하듯이 '제대로 사는 인간'의 성공은 그런 모습으로 우리 앞에 자신을 드러낸다.

퇴계 이황은 『나를 내 자신의 밧줄로 얽매지 않는다』는 글에서 이런 말을 하고 있다.

자신에게 채찍을 가하기 위해 짜여진 일과표나 프로그램에 너무 욕심을 낸 나머지 계획표만 보아도 초조해지거나 잠재의식 속에 불안감이 팽배해져 얼마 가지 않아 자신의 성취도로 시작된 일에 자신조차 감당하지 못하고 쫓기는 신세가 되고, 이윽고 새장에 갇힌 꼴이 되어 아무것도 할 수가 없게 된다. 이렇게 되면 형무소에서 생활하고 있는 것과 마찬가지로 자신의 생활이 자신의 것이 되지 못한다. 시간시간을 체크하다 보면 예기치 않은 약속이 생기거나 시간의 오차가 생겼을 때는 여유가 없어지고 무엇을 하기 위해, 하지 못한 것에 대해서 온 정신을 빼앗기게 된다. 이 정도면 자신이 짜놓은 프로그램이 아니다. 뒤늦게 오판을 깨닫고 의식적으로 자신의 계획을 뒤바꾸어 보아도 그것은 조금도 사태 개선에 도움이 되지 않을 것이다. 더욱 좋지 않은 것은 자신이 무리하게 계획했던 것을 깨끗이 관철시키려는 집착이 아니라 근본적으로 너무 무리한 욕심을 부린 계획을 세운 일인 것이다. 유일한 개선책은 다시 계획을 세우고 변수가 있는 여유가 있는 계획으로 바꾸는 것이다. 상황에 맞게 살자. 우리는 행동도 생각까지도 그 상황에 맞추어서 이루어져야 한다. 할 수 있을 때까지 추구하자.

이 말은 '제대로 사는 인간'이 자신의 목표에 임해야 하는 자세를 명확하게 설파해 놓은 대학자의 예지를 고스란히 보여주는 말이다.

■ 연습과 인내의 힘

루이제 린저는 『실패의 천재 파우스트』에서 이런 말을 했다.

조급함 또한 명예욕의 한 형태이다. 무엇인가를 잃게 되지 않을까 하는 불안에서 자연스럽게 일이 될 때까지 기다리지 못하고 성공을 위해 성공한 사람들 중에는 젊은 시절에 빛을 보지 못하다가 나이가 들어 뒤늦게 성공하는 늦깎이가 있다. 그들의 젊은 시절을 들여다보면 비참할 정도로 가난하고 힘들었던 순간들이 점철되어 있음을 알 수 있다.

하지만 그들은 자신의 목표를 잃지 않았고, 인내를 가지고 그 목표를 달성함으로써 자아실현에 성공하고 있다. 자기 분야에서 탁월한 성공을 거둔 사람은 자신의 목표를 모든 사람이 이해할 수 있게 표현한다.

나는 이들이야말로 가장 강한 사람이라고 말하고 싶다.

일본의 3대 서예가 중 한 사람인 오노 도후[小野道風]는 어려서부터 훌륭한 스승에게서 글씨를 배웠다. 그러나 스승은 한 번도 그를 칭찬해주지 않았다.

그는 하루 종일 글씨 쓰기에 매달렸지만, 스승은 그의 글씨를 보고 이렇게 말할 뿐이었다.

자세를 바르게 하고, 붓을 곧게 가지고, 글자의 1점 1획에도 마음을 다해 전력하지 않으면 숙달될 수 없다. 더 잘 쓰도록 하라.

오노 도후가 아무리 글씨를 잘 써도, 몇 해가 지나도록 스승은 도통 칭찬을 해주는 법이 없었다. 그러는 사이 오노 도후는 그만 자신이 없어져서 붓을 꺾어버리고 스승의 곁을 떠나기로 마음먹었다.

그날은 비가 부슬부슬 내리는 날이었다.

처량한 마음으로 집을 향해 걷던 오노 도후의 눈에 문득 버들가지 위로 뛰어오르려고 안간힘을 쓰는 개구리 한 마리가 띄었다. 개구리는 버드나무 가지를 향해 계속 뛰어올랐지만 번번이 실패하고 떨어졌다. 하지만 개구리는 포기하지 않고 거듭 뜀뛰기를 되풀이하는 것이었다.

오노 도후는 비에 젖는 것도 의식하지 못하고 그 동작을 지켜보았다.

개구리는 벌써 수십 차례나 실패를 번복했지만 포기하지 않았고, 그러다가 마침내 버들가지 위로 뛰어오르는 데 성공했다. 그러고는 작은 발을 나뭇가지에 올려놓고 말할 수 없이 만족스런 표정을 짓는 것이었다.

오노 도후는 가슴에 벅찬 감동이 차오르는 것을 느꼈다.

'그래! 나도 끝내 이루고야 말리라!'

그때부터 오노 도후는 성공을 서두르지 않고 매일 꾸준히 연습을 거듭해 마침내 일본 제1의 서예가가 되었다.

신약성서에 이런 말이 나온다.

'고통은 인내를 낳고, 인내는 시련을 극복할 수 있는 끈기를 낳고, 끈기는 희망을 낳는다.'

참아낼 줄 아는 사람이면 이루지 못할 일이 없다는 말이다. 인간이 현재의 고난을 참아내는 것은 마음속에 품고 있는 희망이 있기 때문이다.

■ 끝까지 집중하라

자신의 일에 무한한 열정으로 집중한 사람에 토마스 에디슨을 들 수 있다. 그는 어려서부터 많은 일화를 가지고 있다.

그는 암탉이 달걀을 품는 것을 보고 자기도 부화를 시키겠다고 달걀을 품기도 했고, 엉뚱한 짓만 해서 문제아라고 초등학교에서 쫓겨나기도 했으며, 기차 안에 실험실을 차렸다가 불을 내서 혼쭐이 나기도 했지만, 뛰어난 상상력과 탐구 정신으로 수많은 발명품을 내놓음으로써 20세기 문명을 바꾸어놓았다.

그는 언제 어디서든 자신이 세운 목표에 몸과 마음을 불사를 만큼 열정적이었다.

그는 백열전구, 축음기, 전기 기관차, 타자기, 콘크리트 빌딩의 건설 방법, 금속판 제조법을 발명했고, 영화와 전신 장치, 전화의 발명에 획기적인 기여를 했으며, 자동차의 개발과 공급, 제조 시스템에 대한 아이디어를 제공하는 등 그의 창조적이고 획기적인 발명품 목록은 믿기 힘들 정도로 엄청난 양이었다.

예를 들어 오늘날의 진공관은 그의 아이디어를 실용화해서 탄생한 것으로, 그것의 발명은 라디오, 장거리 전화, 텔레비전을 비롯한 무수한 발명품으로 이어졌다.

그렇다면 에디슨의 위대한 성공 비결은 과연 무엇일까?

그것은 다른 무엇보다도 '초인적인 집중력' 이었다.

그는 어떤 목표가 정해지면 생활 자체를 철저하게 그것에 맞추었다.

목표 그 자체가 그의 생활이었던 것이다. 우선 그는 어떤 계획을 하나 세우면 그와 관련된 책은 모조리 읽어치웠다. 그는 완전히 몰입해 피로도 잊은 채 독서의 나날을 보냈다. 그렇게 확실하게 지식을 습득한 다음에야 비로소 실험실 작업을 시작했다.

그러나 에디슨도 수많은 과정에서 일사천리로 성공을 거둔 것은 아니었다.

에디슨은 전구의 필라멘트를 만들기 위해 식물 탄화 실험만 6,000번도 넘게 했다.

그것은 하루에 10번씩 실험했다고 해도 꼬박 2년이 걸린 작업이었다. 또한 6,000번 실험했다는 것은 그만큼의 실패를 했다는 말이기도 하다. 이처럼 에디슨은 전구에 필요한 발광 물질을 찾기 위해 수년에 걸쳐 수천 번의 실패와 좌절을 겪었다.

그럴 때마다 그는 자기 자신에게 외쳤다.

"나는 실패한 것이 아니다. 나는 이제 실행되지 않는 수천 가지의 방법을 알아낸 것이다."

매우 놀라운 발상의 전환이 아닐 수 없다.

그는 무수한 실패에도 지치거나 포기하지 않았고 하나의 실패에서 방향을 수정하고, 또 다음의 실패에서 다시 수정을 함으로써 목표를 달성해 나갔다. 그의 위대한 상상력과 지성, 목표를 향한 집중력과 열의가 그를 인류 최고의 발명왕으로 만든 것이다.

젊은 시절 에디슨은 하루 평균 스무 시간씩 일했는데 그는 그것을 일이라고 하지 않고 공부라고 불렀다. 마흔일곱 살이 되었을 때 에디슨은 자신의 진짜 나이는 여든둘이라고 말한 적이 있었다. 다른 사람들이 하루에 여덟 시간만 일한다 생각하고 자신이 일하는 시간을 계산하면 그 정도가 된다는 유머였다.

에디슨이야말로 자신의 일에만 집중하는 '제대로 사는 인간'의 전형적인 인물이라고 볼 수 있다. 물론 그는 자신이 발명한 발명품에 대한 탁월한 비즈니스 감각을 가지고 있어서 사업에도 탁월한 수완을 발휘하기도 했지만, 발명가로서의 자신의 일을 한시도 게을리 한 적이 없다.

그의 한 친구는 에디슨이 잠을 자지 않을 때는 항상 공부를 하는 중이었다고 회상했다. 어느 날 그가 에디슨에게 물어보았다.

"성공을 원하는 사람은 누구나 자네처럼 하루에 열여덟 시간을 일해야 하는 건가? 그것은 너무 심하지 않은가?"

그러자 에디슨은 다음과 같이 말했다.

"그건 전혀 그렇지가 않네. 사람은 누구나 온종일 쉬지 않고 어떤 일을 하고 있지. 그렇지 않은가? 직장에서 일을 하거나, 집에서 쉬거나, 신문을 읽거나, 산책을 하거나, 생각을 하며 살고 있지. 만일 그들이 7시에 일어나 11시에 잠자리에 든다면 그들은 열여섯 시간을 활용할 수 있는 거지. 유일한 차이는, 그들은 많은 일을 하고 나는 오직 한 가지만 한다는 거야. 만일 사람들이 한 가지 목표에만 집중한다면 그들 역시 성공할 수 있는 거야. 문제는 사람들이 목표를 가지고 있지 않다는 거지. 다른 모든 것들을 포기하고 매달릴 단 한 가지 목표 말이야."

에디슨은 한 가지 일에 집중하는 자기 관리를 철저히 집행함으로써 성공의 열매를 따냈던 것이다. 만년에도 에디슨은 매일 열여섯 시간씩 공부에 매달렸다. 그는 자신이 유별난 것이 아니라 다른 사람들이 게으르다고 생각했다. 그가 천 가지가 넘는 현대 문명의 이기를 발명하면서 기록한 아이디어 노트는 3천 4백 권이나 된다.

에디슨이 자신의 발명품을 토대로 창립한 제너럴 일렉트릭(GE)은 125년이 넘는 지금도 세계 최고의 기업으로 남아 있다.

▶▶▶▶ 생텍쥐페리의 가르침

중심을 잃지 말라

만약 내가 변명하기 위해 나의 불행을 운명의 탓으로 돌렸다면

그것은 곧 나 자신이 운명 앞에 굴복했다는 뜻이다.

또 그것을 배신의 탓으로 돌리면

그것은 내가 배신에 무릎을 꿇었다는 뜻이다.

그러나 잘못을 내 탓이라고 생각하면 달라진다.

그것은 내가 새로운 가능성을 찾아야 한다는 것을,

나에게 새로운 용기와 도전이 필요하다는 것을 뜻한다…….

―생텍쥐페리, 『아라스로의 비행』

(5) 혼자만의 시간이 중요하다

■ 혼자 있는 시간을 즐겨라

제대로 사는 데 성공한 사람들은 혼자 있는 시간을 잘 활용한다.

'제대로 사는 인간'이 되기 위해서라면 여러분은 이 말을 가슴 깊이 새겨들어야 한다.

많은 사람들은 학교나 직장에서 서로 비슷한 시간을 보내며 비슷한 밀도의 체험을 한다. 학교에서 같은 반이라면 같은 선생님의 강의를 듣고, 같은 직장을 다니고 있다면 비슷한 환경에서 업무를 수행한다.

물론 같은 환경에서 공부하고 일을 하더라도 학습이나 일의 진척은 개인에 따라 조금씩 다르지만, 그다지 큰 차이가 나지는 않는다. 문제는 그 후부터다.

통계에 의하면 사람의 능력은 공적인 자리를 떠났을 때, 즉 혼자 있는 시간에 하루의 일을 어떻게 정리하고 반성하느냐에 따라 엄청난 차이가 생긴다고 한다.

하지만 사람들은 혼자 있는 걸 두려워한다.

많은 사람들이 혼자 있는 시간을 도무지 못 견뎌하고 거리를 쏘다니거나 친구들을 만나 술을 마시면서 떠들어댄다. 사람들은 동료가 없는 상태나 어떤 종류든 오락 거리가 없는 상태를 두려워한다. 사람들이 함께 있고 싶어하고 갖가지 오락에 빠져드는 것은 고독에서 도피하기 위해서다. 그들은 내면이 비어 있기 때문에 고독을 피하기 위해 혼자 있을 때도 자신의 내면을 들여다보기 싫어하고 TV를 보거나 오락 거리를 찾아 나서고 모임을 찾아 나선다.

그러면서 사람들은 무의식적으로 자신이 처한 상황을 잊어버리고 자신에게서 떠나고 싶어한다. 현대 문명은 엄청난 시스템을 갖추고서 자동화된 전문 오락 프로그램으로 무장한 채 내면이 공허한 사람들의 넋을 달래주고 있다.

그것은 조금만 관찰해 보면 알 수 있다.

현대 문명이 자랑하는 모든 매스 미디어와 문명의 도구들이 사람들이 자신의 내면을 들여다보는 것을 두려워하고 공허해하는 것을 기가 막히게 잘 막아주고 있다는 것을.

그러나 '제대로 사는 인간' 들은 그런 현대 문명의 거짓말에 속지 않는다.

자기 분야에서 일찍이 두각을 나타내는 대부분의 사람들은 그런 거리 문화에 휩쓸리지 않고 혼자 있는 시간을 아주 유익하게 활용한다.

물론 친구를 만나거나 동료들과 어울리는 일이 나쁘다는 것은 아니다. 그러나 젊은 시절 과도하게 휩쓸려 다니기에 바빠 자신의 내면을 제대로 들여다볼 겨를이 없어서는 안 된다. 혼자 있는 시간을 보낼 수 없는 사람은 진정한 자기 자신을 만날 수 없다.

여기서 나는 제안한다. 그럴 때 혼자서 벌판이나 숲으로 산책을 나가보라.

무미건조한 일상에 붙잡혀 있지만 말고 조금만 시간적 여유가 있어도 사람들로부터 떨어져서 자기 자신을 만나는 조용한 여행을 떠나보라.

그 누구도 생각하지 말고, 노래도 하지 말고, 오직 조용히 걸으며 주위에서 일어나는 일, 마음속에서 일어나는 일을 관찰해 보라. 그러면 머지않아 여러분은 일상의 무료함, 무미건조함으로부터 탈출하는 방법이 무엇이란 것을 알게 될 것이다.

어떤 종류의 오락에도 붙잡히지 말고 혼자 있으려고 해보라.

그러면 여러분은 일종의 고독을 느끼면서도 스스로 자유로운 상태가 되어감을 느낄 것이다. 그리고 차츰 홀로 있는 상태, 그 누구로부터도 방임되어 있는 그 상태를 즐기게 될 것이다.

프란체스코 알베로니는 『남을 칭찬하는 사람 헐뜯는 사람』에서 그런 여행이 가져오는 효능을 이렇게 표현했다.

이상한 일이지만 여행의 진짜 효능은 여행하면서 만나는 이런저런 것들로부터 오는 게 아니라 익숙해져 있는 우리 자아에서 탈피하는 데에서 우러나온다. 새로운 것들을 보는 것만 중요한 게 아니다. 모든 것을 다른 눈으로 보는 법을 배운다는 것 역시 정말 중요하다. 그렇게 되기 위해서는 다시 어린이가 되어, 사회적으로 인정을 받아 비대해지고 탐욕스러워진 우리의 자아를 잊어버리는 것이다. 그래서 여행을 할 때 가장 진실한 순간은 역설적이게도 고독한 순간이다.

그런 심리적 상태를 거친 사람은 차츰 자신을 남에게 의지하지 않고 오락 따위는 찾지 않게 된다. 왜냐하면 자신을 즐기는 것보다 더 이상 즐거운 위안이나 만족은 없기 때문이다. 이런 마음의 상태를 창조적인 마음의 상태라고 할 수 있다.

그렇다고 '제대로 사는 자유인'이 되기 위해서 사회생활을 하지 말라는 말은 아니다. 사람은 혼자서만 살 수 있는 존재는 아니다. 적당한 사회생활을 유지하면서 자기만의 시간을 많이 갖도록 노력해야 한다. 남들보다 먼저 자기 세계를 구축하고 맡은 분야에서 남다른 영역을 확보한 사람들은 오히려 의도적으로 한적한 곳에서 혼자만의 시간을 즐기면서 자신의 삶을 충실하게 만들 줄 안다.

■ 집념으로 비전을 제시한 기술 명장

공장 사환으로 시작해 초정밀 분야에서 한국 최고의 명장(名匠)이 된 사람이 있다.

김규환은 초등학교 졸업의 학력으로 1975년 한 회사에 입사한 이래 하루에 세 시간만 자고 일곱 시간씩 독서를 하며 독학으로 모든 것을 갈고닦았다. 그 결과 국가기술자격증에 도전할 수 있었으며 9전 10기 끝에 2급 자격증을, 4전 5기 끝에 1급 자격증을 획득했다. 그는 지금까지 2만 4천 6백 12건의 제안을 냈으며, 수입에 의존하던 62개의 기계를 국산화하는 데 기여했다. 현재 그는 대학을 졸업했고, 5개 국어를 구사하며, 수많은 기업체와 교육 기관의 초빙 1순위 연사가 되었다.

많은 사람들이 '하루에 세 시간씩 자면서 일곱 시간 동안 책을 읽는다는 것이 과연 가능할까?' 하는 의문을 갖는 것도 당연하다. 그러나 그는 목숨 걸고 노력하면 안 되는 것이 없다는 신념으로 지금도 그 일을 실천하고 있다.

"내가 아무리 초등학교도 제대로 못 나온 학력이지만, 생각해 보라. 1년 가야 책 한 권 안 읽는 놈이 하루에 일곱 시간씩 책을 읽는 놈을 이기겠는가? 당연히 책 읽는 놈이 이기는 것이다."

김규환 명장의 독서는 기계 사용 설명서를 읽어야겠다고 마음먹은 순간부터 시작되었다. 그 후 그는 기술 관련 서적과 훌륭한 사람들의 자서전이나 위인전, 문학 작품과 역사물을 비롯해 지금까지 1만여 권의 책을 읽었다.

이는 그가 혼자 있는 시간을 자기 자신의 삶 속에 고스란히 쏟아 부은 결과다. 2년 6개월 동안 집에는 이틀밖에 들어가지 않고, 일요일과 휴일도 반납한 채 회사에서 독서와 연구에 몰두해 그런 값진 결과를 얻어낸 것이다.

결국 그는 국가가 주는 훈장 두 개, 대통령 표창 네 번, 발명특허 대상, 장영실 상을 다섯 번 받았으며 1992년에는 초정밀 가공 분야 명장으로 추대되었다.

한국에는 쇠를 가공할 때, 섭씨 1도가 변할 때마다 쇠가 얼마나 변하는지 아는 사람이 없었다. 이것을 알아내려고 김규환은 국내의 모든 자료들을 뒤져 봤지만 허사였다. 그래서 공장 바닥에 모포를 깔고 2년 6개월 동안 연구에 매달렸다.

재질, 모형, 종류, 기종별로 X—bar 값을 구해 섭씨 1도가 변할 때 얼마나 변하는지 온도치수가공조건표를 만들었다. 그리고 기술 공유를 위해 연구 결과 중 일부를 산업인력 관리공단의 《기술시대》라는 잡지에 기고했다. 그러나 잡지사는 조건표는 싣지 않은 채 대략적인 내용만을 실었다.

그런데 얼마 후 세 명의 공무원이 공장을 찾아왔다. 회사에서는 무슨 일이 일어난 줄 알고 잔뜩 긴장했는데, 알고 보니 김규환이 제출한 자료가 기계 가공의 대혁명을 일으킬 만한 자료란 사실을 알고 그것이 잡지에 실릴 경우 일본에서 알게 될까 봐 노동부 장관이 직접 김규환을 데려오라고 했던 것이다. 만약 이 자료가 잡지에 실렸다면, 한국은 일본에 극비의 산업 기밀을 고스란히 갖다 바치는 결과를 초래할 뻔했다.

그 자료를 만들어내는 2년 6개월 동안 그는 집에 두 번밖에 가지 못했다. 휴가도 그와 아무런 상관이 없었다. 명절날 잠시 집에 가서 차례를 지내고 곧장 공장으로 돌아왔다. 이러한 집념과 무서운 노력이 그를 세계적인 기술 명장으로 만들었다.

여러분은 지금 김규환의 이야기를 읽으며 이것은 특별나게 성공한 사람에게만 찾아볼 수 있는 이야기가 아닌가, 하고 생각하고 있을는지 모른다.

하지만 나는 김규환을 '제대로 사는 인간'의 대표적인 인물로 꼽고 싶다.

그는 앞에서 예를 든 에디슨만큼이나 자신만의 일에 집념을 가지고 집중한 인물이다.

그는 스스로 자신에게 요구된 것만 해내는 사람이다. 2년 6개월 동안 집에 두 번밖에 가지 않을 정도로 일에 몰두하며 나머지 것들은 대충 무시하고 산 사람이다. 물론 그가 너무 일에만 매달린 탓에 집안 사람들은 서운함도 있었을 것이다. 그러나 그의 가족이 그가 성공을 거둔 지금도 그런 서운함을 가지고 있지는 않을 것이다.

프랑스의 철학자 사르트르는 '혼자 있을 때 외로움을 느낀다면 같이 있는 사람, 즉 자신이 마음에 들지 않는 것이다' 라고 말했다.

자신을 사랑하고 혼자 있는 시간을 소중히 여길 줄 아는 사람만이 자기 자신의 주인이 될 수 있다는 말이다. 자기 자신이야말로 가장 훌륭한 동반자이며, 고독을 자신을 성장시킬 수 있는 기회로 삼으라는 것이다.

■ 혼자만의 귀중한 시간

토인비는 '창조적인 사람은 한적한 곳에서 명상할 줄 아는 사람'이라고 말했다.

'제대로 사는 인간'은 혼자만의 시간을 갖고 독서를 하거나 명상을 통해 자기 내면을 들여다보는 습관을 가지고 있다. 대충형 인간은 자신을 사랑하면서 자신만의 세계를 구축하려면 반드시 자기 자신만의 시간을 즐길 줄 안다.

오늘날의 분주한 생활 방식은 우리 자신의 개성을 상실하도록 강요하고 있다. 각양의 사회 제도가 우리로 하여금 비슷한 양식으로 생각하고 행동하게 만드는 것이다. 그런 일상생활의 스트레스로 사람들은 많은 고통을 당하고 있다.

혼자 조용히 있다는 것은 정신적인 압박감을 줄이고 쉬게 해준다. 야생 동물이 다치면 조용한 곳으로 데려가 그 상처를 치료한다는 것은 잘 알려진 사실이다. 이것은 혼자 있는 것의 효과를 보여주는 사례다.

번잡하고 산만한 것들이 있는 곳에서 자신만의 시간을 갖기는 힘들다. 혼자 있는 시간은 정신 집중을 가능케 하고 많은 아이디어가 떠오르는 귀중한 시간이다. 인간이 창조한 업적들 중 대부분은 혼자만의 시간이 있었기에 가능했다.

벤자민 프랭클린은 이렇게 말했다.

"여러분의 인생을 사랑하고 있는가? 그렇다면 절대로 시간을 낭비하지 말라. 인생을 구성하고 있는 요소 중에 시간이야말로 가장 귀중한 것이다."

진정 '제대로 사는 인간'이 되기 위해서는 혼자 조용히 자신의 내면을 들여다보는 시간을 많이 가져야 한다. 그러면 대부분의 사물은 그 외면과 판이하게 다른 본질을 드러내 보인다. 따라서 여러분은 껍데기의 착각에서 벗어나 사물의 내면과 대화를 할 수 있다. 그리하여 옳은 것은 조금 물러나 자신을 숨기고 있다는 것을 알게 될 것이다.

그러면 세상의 겉모습에 대한 착각이 사라진다. 그에 따라 피상적인 것에 현혹되지 않고 올곧은 생각과 결정을 할 수 있다. 이는 자신에게 맞는 취미를 발견하는 것과 마찬가지다. 용기를 갖고, 자신이 사는 의미와 보람을 발견하도록 노력해 보라. 재산이나 쾌락을 좇는 일보다 고결한 마음에서 우러나오는 즐거움이 한층 더 품위있다는 것을 깨닫게 될 것이다.

현대인들은 재산을 모으고 쾌락을 즐기는 데는 열심이지만, 사색을 위한 기술이나 지식을 획득하기 위한 노력 속에서 발견되는 즐거움을 모르고 있다. 비록 당장은 세인의 눈총을 받더라도 자신의 내면에 이르는 사색의 통로를 만들고 지식과 진리를 탐구하는 사람이 되어야 한다. 그것만이 인간에게 언제나 변치 않는 정신적 영양분이며, 여러분의 인격을 높여주고 언젠가 진정한 성공을 가져다준다.

여기에 '제대로 사는 인간'이 꿈꾸는 일차적 성공의 모델이 있다.

▶▶▶ 리처드 칼슨의 가르침

내면의 목소리에 귀 기울이는 침묵의 시간이 지나면 경이로운 일이 벌어진다. 나의 창조적인 불길은 영혼의 수수께끼 속으로 들어간다. 영혼은 결코 일상생활과 분리될 수 없다. 영혼은 모든 순간을 위해 존재한다. 매순간 깨어 있음으로써 내면의 안내자에게 귀 기울이고 영혼의 수수께끼에 접근할 수 있다. 물론 침묵을 지킨다고 해서 무조건 영혼과 교류할 수 있는 것은 아니다. 낙담하거나 풀이 죽어 영혼의 치료사를 찾아가면, 그들은 이렇게 물을 것이다.

"언제부터 노래를 부르지 않았습니까? 언제부터 춤을 추지 않았습니까? 언제부터 신기한 이야기에 귀 기울이지 않았습니까? 언제부터 향기로운 침묵의 영토에서 불편함을 느끼기 시작했습니까?"

나는 노래하고, 춤추고, 이야기 특히 자신에 대한 이야기 를 나누면서 활기차게 살아가는 것이 영혼의 문으로 들어가는 길이라고 굳게 믿는다. 그래서 나는 날마다 노래한다. 그리고 생활 속에 춤이 자연스럽게 자리 잡을 수 있도록 노력한다. 즐겁고 유쾌한 리듬이 나와 영혼을 연결시켜 주기 때문이다. 춤과 시, 창조력과 우정은 영혼을 풍요롭게 살찌울 수 있는 비결이다.

영혼으로 향한 창문은 많다. 우리는 흔히 자아와 영혼이 서로 반대되는 개념이라고 생각하지만, 그렇지 않다. 균형이 맞지 않을 수도 있지만, 미리부터 걱정할 필요는 없다. 내면의 목소리에 귀 기울이면서 천천히 문제를 풀어나가면 되는 것이다.

중국의 고전에 따르면, 사건 자체는 별로 중요하지 않다. 정말로 중요한 것은 그 사건에 대한 반응이다. 고난을 긍정적으로 받아들이면 거칠고 울퉁불퉁했던 길이 새로운 발견과 신나는 모험의 길로 바뀔 것이다.

때때로 영혼의 충고를 받아들이기 어려운 경우도 있다. 자신의 어두운 곳을 애써 보지 않으려는 경향이 우리에게 있기 때문이다. 하지만 우리 내부에 깃들어 있는 미녀와 야수를 함께 끌어안을 수 있어야 한다. 좋은 요소와 나쁜 요소를 동시에 수용함으로써 자신의 소질을 어떻게 발휘해야 할지 배우고, 우리 내부에 숨어 있는 야수를 길들이는 방법도 알게 된다. 모든 경험은 영혼과 접촉할 수 있는 소중한 기회이다. 영혼의 목소리를 들을 때마다, 나는 정신적으로 인도받고 있다는 사실을 깨닫는다. 조용하고 평화로운 장소에서 명상에 잠김으로써 우리는 진정한 삶의 길로 안내되어, 영혼의 문을 지나 본래의 모습으로 돌아가는 것이다.

—『따뜻한 영혼을 가진 사람이 아름답다』중에서

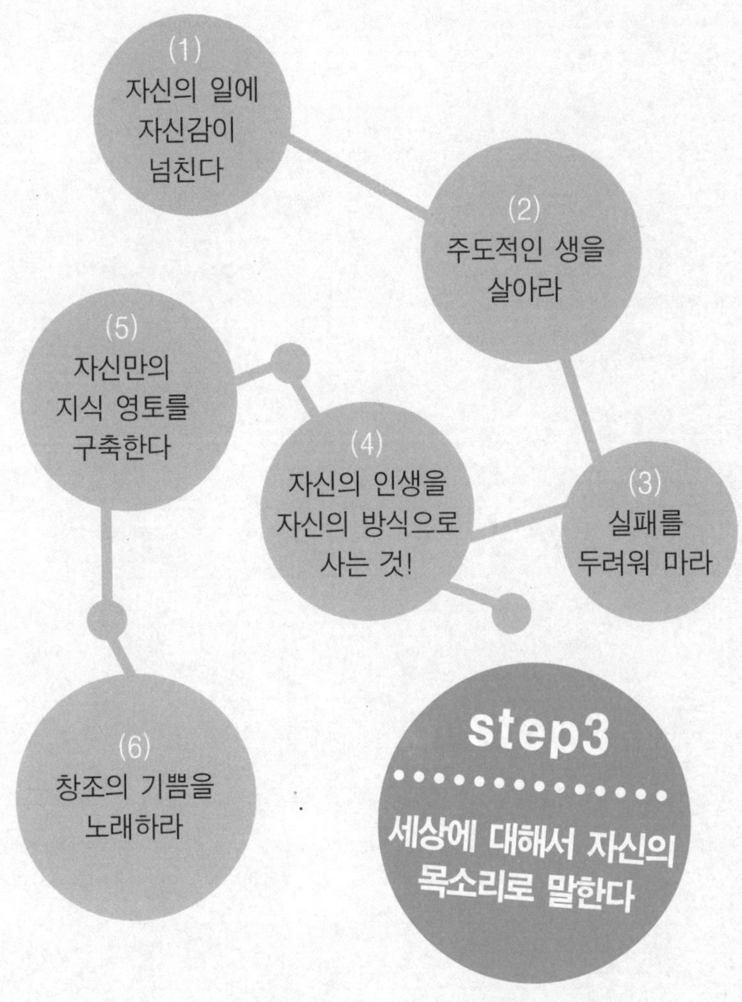

이 책은 성공에 대한 소박한 꿈을 여러분에게 제시해 줄 것이다!

이 책을 다 읽고 나면 여러분은 제대로 사는 삶, 나아가서 진정한 삶과 성공이 무엇이란 것을 깨닫게 될 것이다!

(1) 자신의 일에 자신감이 넘친다

▣ 열정을 가져라

지금까지 살펴본 것을 정리하자면 '제대로 사는 인간' 은 이런 사람들이다.

첫째, 자신에게 주어진 재능을 소중하게 여기며,

둘째, 자신의 재능을 발휘하는 것을 생의 목표로 삼고,

셋째, 자신의 일 외의 일들은 사소한 것으로 치부하여 거들떠도 보지 않는다.

그래서 '제대로 사는 인간' 의 삶은 아주 단순하다.

'제대로 사는 인간' 은 일반 사회인들과는 달리 일에 짓눌려 살지 않

는다. 그들은 어느 정도 생활할 수 있는 여건까지는 돈이 필요하다는 것을 인정하지만 지나치게 돈을 추구하지 않고 자신만의 일에만 매진하기 때문에 마음의 평화를 누리며 산다.

일반인들이 많이 관심을 가지는 주식, 부동산 등의 재테크나 남을 짓밟고 올라가는 성공 따위에 신경 쓰는 일을 하지 않는 탓에 도시 신경 쓸 일이 없어서 넉넉한 마음을 가질 수 있다.

그렇게 대충 살아가는 사람들이지만 자신의 일에 관해서는 자부심이 넘치고 뒤로 물러서지 않고 끝까지 추구한다. 그들은 일단 목표가 정해지고 마음을 굳혔다면 어떤 난관에 봉착하더라도 머뭇거리지 않고 주도권을 잡고 용감하게 도전한다.

그들은 자기가 하고 싶은 일, 해야 할 일을 하는 데 머뭇거릴 이유는 전혀 없다고 생각하며 실패를 두려워하거나 남의 눈치를 보지 않는다.

그것은 누구보다도 자기 자신을 믿기 때문이다. 이 문제는 많은 사람들이 가장 어렵게 생각하는 문제이지만 '제대로 사는 인간'은 진실하다고 확신하는 것, 자신이 할 수 있다고 믿는 것은 불가능하다는 것 자체를 믿지 않는다. 때문에 설령 주위 사람들이나 직장 상사가 제동을 걸더라도 목을 내놓고 일을 추진한다.

그러나 많은 사람들은 그러한 자신감과 열정을 가지고 있지 못하다.

아놀드 베네트는 『아침의 차 한 잔이 인생을 결정한다』에서 열정없이 사는 현대인들에 대해서 이렇게 말했다.

"특별한 사람이 아닌 한, 자신의 일에 대해서 그다지 정열을 불태우지 않는 것이 보통이다. 기껏해야 싫지는 않다고 하는 정도이다. 쉽사리 일에 착수하려 하지 않고, 시작할 때는 마지못해 하는 상태이다. 그리고 퇴근 시간이 오는 것을 이제나저제나 하고 목을 길게 빼고 기다리고 있다. 일에 전력투구한다는 것은 아예 거의 불가능한 일이다."

그러므로 '제대로 사는 인간'은 선택받은 사람들일 경우가 많다.

나는 다행스럽게도 주위에 그런 선택받은 사람들을 많이 알고 있다. 그들은 프로그래머, 작가, 화가, 기업체 CEO들인데 모두 느긋하고 만족스러운 삶을 살고 있으며 각자의 분야에서 프로로 인정받고 있다.

나는 이들로부터 다음과 같은 중요한 교훈을 얻었다.

성공한 '제대로 사는 인간'들은 자신의 일에 믿을 수 없을 만큼 열의를 갖고 있으며, 열정이 부족한 사람은 '제대로 사는 인간'이 될 수 없다.

재미있고 도전적인 일, 좋아하니까 하게 되는 그런 일은 저절로 열정이 생기고 일은 성공을 향해서 열려 있게 된다. 열정은 인생에 있어서 대단히 결정적인 요소이다. 인간은 무한한 열정을 품고 있는 일에는 거의 성공하는 것이다.

AOL(America Online)의 설립자이자 CEO였던 스티브 케이스(Steve Case)는 이렇게 말했다.

"자신의 일에 대해 확신이 있을 때, 그것이 중요하다고 스스로 믿을 때, 비로소 자신이 아주 중대한 과업을 맡고 있는 개척자 같은 느낌을 받게 된다. 물론 실수를 할 수도 있지만, 그들은 충분한 에너지와 헌신적인 태도로 그 실수를 충분히 극복할 수 있을 것이다."

■ 열정은 전염된다

열정을 가진 사람들은 주위 사람들에게 자신의 열정을 전파하는 힘을 가지고 있다. 그들은 대부분 자신이 원하는 것을 얻는 탓에 여러 가지 욕망, 걱정 등에서 벗어나 마음의 평화를 누리고 있고 그 마음의 넉넉함은 비로소 목표에 집중하는 힘을 제공한다.

어느 날 에디슨의 친구가 학교를 갓 졸업한 아들을 데리고 찾아왔다.

"이제부터 어떤 마음가짐을 가지고 살아가야 하는지 내 아들에게 좋은 이야기를 들려주게나."

에디슨은 연구실에 걸려 있는 시계를 가리키며 청년에게 간단하게 말했다.

"시계를 보지 마라. 이것이 젊은 사람들에게 전해주는 나의 소중한 충고일세."

적어도 한 가지 일을 이루려는 사람은 그 목적을 달성할 때까지 모든 것을 잊고 그 일에 열정적으로 몰두해야 한다는 말이다.

나는 내 주위에서 성공한 '제대로 사는 인간'들은 모두 일에 몰두할 때는 잠을 자는 것, 먹는 것도 잊어버리고, 어떤 사람은 하루에 18시간씩 몰입하는 것을 본다. 그런데도 그들의 얼굴은 온화하고 마음의 평화를 만끽하는 빛을 띠고 있다. 그들의 마음의 평화와 집중의 힘은 주위 사람들에게 그 결과를 빛처럼 뿌리는 효과를 자아낸다.

그러한 상태를 단 카스터는 『마음을 바꾸면 세상이 달라진다』에서 이렇게 표현하고 있다.

여러분 자신에게 확신이 있을 때는 오만하지 않고, 위압을 주지 않고, 뽐내지도 않을 것입니다. 두려움을 안고 있지 않기 때문입니다. 여러분의 마음에 공포나 저항이 없을 때는 여러분은 다른 사람들을 두려움도 걱정도 없이 사랑하고 또 협력할 수가 있습니다. 여러분 자신의 실재의 법칙을 알 때 그것을 다른 사람에게 적용할 수가 있습니다. 그 요령은 여러분 자신을 다른 사람의 처지에 두는 일입니다. 그것을 하는 데는 꽤 높은 상상력이 필요하지만 그러나 여러분은 할 수 있습니다. 여러분의 동기가 바른 것을 확인하고, 그리고 바른 동기는 다른 사람에게서 욕구의 회답을 가져온다고 아십시오. 만일 여러분이 미움, 공포, 소유욕, 관념 같은 동기에 사로잡혀 있다면 여러분은 그저 어려움 속에 머리를 처박게 될 것입니다. 여러분은 사랑과 동정과 서로의 이익이 되는 욕구에 의한 동기가 있어야 할 것입니다. 인생에서의 성공과 실패는 결국 우리가 다른 사람들과 얼마나 잘 어울릴 수 있느냐 하는 데에 달려 있습니다.

그때 여러분의 열정은 주변 사람을 감동시키며 그들에게 전염된다. 다시 말하지만 그렇게 일을 열정적으로 하려면 여러분이 정말 사랑하는 일을 해야 한다. 그것은 선택과 용기가 필요한 일일 수도 있다.

■ 선택의 문제

여러분은 여기서 조심해야 한다.

미숙한 열정은 자칫 잘못하면 젊은 혈기나 객기로 보는 곱지 않은 주위의 시선이 있을 수 있다. 물론 '제대로 사는 인간' 들은 그런 시선이나 비판을 아랑곳하지 않는 사람들이다. 우리는 누구나 선택의 힘과 능력을 가지고 있다. 하지만 여러분은 무엇을 할 것인가에 대해서 너무나 안이하게 선택한 것은 아닌가?

여러분이 아직 사회 초년생이라면 반드시 자신을 돌아보아야 한다.

본질적인 문제는 그 선택이 무엇보다 자기 능력에 맞고, 자기 자신에게는 마음의 평화를 주고, 자신의 일에 대한 열의가 높아져 잠자고 밥 먹는 것도 잊을 정도로 열심히 심취할 수 있는 것이어야 하며, 타인을 위하고 인류에 공헌하는 일이어야만 한다는 것이다.

모든 창조적 사람들은 남의 일에 마음을 쓰기보다는 자기 자신의 일에 더욱 신경을 쓰는 편인 탓에 아직 성숙하지 않은 사람이 지나치게 주위의 시선을 아랑곳하지 않는 열정과 파격을 보일 때 그것은 자신의 미숙함을 그대로 드러내기도 하므로 조심해야 한다.

만약에 결혼한 사람이 자신의 일밖에 모르고 집안 식구를 돌보지 않고 일에만 몰두해 있다면 그는 미숙한 사람이다. 살아가면서 우리는 수많은 사람들과의 관계 속에 있고 그들에 대한 의무를 지니고 있다. 아무리 자기 자신의 일만 하고 산다고 해도 가족, 직장, 이웃을 무시하거나 등한시하고 살 수는 없는 것이 인간의 삶이다. 이런 관계들을 모두 무시하고 자신만의 삶, 자신만의 행복을 추구하는 것이 '제대로 사는 인간'이라고 생각하는 사람이 있다면 그 사람은 잘못된 판단, 잘못된 선택을 하고 있는 것이며 미숙한 사람이다.

인간의 삶이란 자신을 낳아주고 길러준 가족과 사회 공동체를 벗어나서 행복할 수 없다. 그렇다고 일일이 매사에 사람들과의 관계만을 중시하라는 말은 아니다.

아무리 '제대로 사는 인간'으로 살더라도 기본적인 인간관계의 예의를 갖추고 살아가는 것이 성숙한 인간의 자세라는 것을 말하고자 함이다. 쉽게 말하면 어른으로서의 성숙한 태도를 견지하면서도 '제대로 사는 인간'으로 살아갈 수 있다는 말이다.

'제대로 사는 인간'은 자신의 삶을 아주 단순화시킨 가운데 자신의 역할을 최대한 줄인다. 자신의 사회적 위치를 최대한 줄임으로써 자신이 수행할 의무를 최소화하는 것이 '제대로 사는 인간'으로서의 성숙한 자세다.

프란체스코 알베로니가 미숙한 인간에 대해서 한 말을 들어보자.

"미숙한 사람들은 그렇게 행동하기를 거부한다. 그들은 오로지 한 역할에만 자신을 바치며 모든 힘을 하나에 쏟아 부어 그곳에서 최고가 된다. 이 단계에 이르면 그는 자신이 다른 분야에서도, 심지어 아무것도 하지 않았고 할 줄 모르는 분야에서도 똑같이 최고로 평가받아야 한다고 주장한다. 수학을 뛰어나게 잘하고 컴퓨터의 마술사일지는 모르지만 아내와 자식과 동료들을 전혀 이해하지 못하며 모든 사회적인 관계들을 제대로 유지하지 못하는 사람이 있다. 정신적으로나 감정적으로 도덕적인 깊이가 전혀 없이 어린아이 수준에 머물러 있는 이런 유형의 천재들이 몇몇 있다."

로큰롤의 황제 엘비스 프레슬리는 그런 유형의 대표적인 사람이다.

엘비스 프레슬리는 돈을 벌기 위해서가 아니라 음반을 내기 위해 노래를 시작한 대충형적 인간이지만 그의 말년은 행복하지 못했다. 그는 전 세계적인 인기와 엄청난 부를 거머쥐었지만 자신의 정체성을 찾지 못하고 습관적으로 마약을 복용했고 영혼의 허기를 탐식(貪食)으로 달랬다. 그는 공연이 끝나고 숙소로 돌아오면 세 번씩이나 마약 주사를 맞았고 토할 정도로 많은 음식을 먹어야만 잠들 수 있었다. 그는 죽는 날까지 그런 생활을 하다가 젊은 나이에 쓸쓸하게 죽어갔다. 그에게는 모자라는 것이 없어 보였지만 그는 아무것도 가진 것이 없었다. 그는 자신이 진정으로 무엇을 원하고 있는지를 알지 못했던 미숙한 사람이었다.

　그것은 지나치게 빨리 성공한 사람들일수록 그러한 경향이 있다. 자기 자신의 인격이 완성되기 전에 인생의 쓰디쓴 맛을 모르고 성공한 사람들은 처음에는 성공에 도취한 삶을 살다가 자신의 성공에 짓눌린 생을 살게 되는 것이다. 그래서 윈스턴 처칠은 '성공이 끝이 아니다'란 말을 했다. 그라시안의 말을 들어보자.

　"정신은 육체라는 깨어지기 쉬운 그릇에 담겨 있지만 하루하루 자기완성을 향해 나아간다면 머지않아 정상에 도달할 수 있을 것이다. 우리는 달착지근한 유년기와 떫은맛을 내는 청년기를 거치면서 성장한다. 환락만 추구하는 나쁜 버릇, 보잘것없는 것만을 추구하는 경향, 경박한 취미를 가지는 시기가 있는 것이다. 비록 드물기는 하지만 청년기의 행동에서 가끔씩 성숙의 싹을 찾아볼 수도 있다. 그러나 역시 아직은 시간이 되지 않았기에 미숙한 단계에서 벗어나지 못한다. 경험과 나이에서 오는 불완전성을 감추기 위해 억지로 진지한 척하는 경우도 있다. 하지만 조금만 긴장을 풀어도 어리석은 일을 저지르고 만다."

　자기를 성숙하게 만들고 높이는 비결은 서두르지 않고 자신의 실력을 기르고 자신을 잊는 것, 그것이 진정한 자아실현을 만들어낼 것이다.

　특히 21세기 지식정보화 사회에서는 모든 시스템과 정보가 급변하고 있으므로 과거 시대의 인식을 가지고 일을 진행하는 것은 금물이다.

주관적 판단이나 자유 의지보다는 객관적 검증이 필요한 시대가 되었다. 쉬운 예로 여러분이 그림을 그린다고 치자. 옛날에 화가가 되려는 사람은 캔버스와 물감, 그리고 영감만 따라주면 되었다. 그러나 디지털 시대인 지금은 디지털 매체가 요구하는 도구를 이해하는 전문 지식이 따라주어야 화가로서의 역량을 발휘할 수 있는 시대가 되었다. 이 새로운 것을 제대로 이해하지 못한다면 여러분의 열정과 천재성은 물거품이 되고 말 것이다.

항상 자신을 유지할 수 있는 자양분을 자신에게 공급해 주어야 하고, 끊임없는 자기 성찰과 노력을 통해서 자신을 강화시켜 나가야 한다.

이런 이야기가 있다.

어느 날 오후, 무덤 파는 인부가 자신의 일에 열중하여 너무 깊이 구덩이를 파 내려간 나머지, 일이 끝났을 때 밖으로 기어올라 올 수가 없었다. 밤이 찾아오고 날이 추워지자 그는 더욱 곤란한 처지가 되었다. 그는 도와달라고 소리를 질렀고, 마침내 지나가던 술 취한 사람의 주의를 끌었다.

"날 좀 꺼내주시오! 추워 죽겠소!"

술 취한 사람은 무덤 속을 내려다보았다. 그리고 마침내 어둠 속에서 떨고 있는 인부를 발견했다.

"추울 수밖에, 친구."

술 취한 사람이 주변 흙을 구덩이 속으로 차 넣으며 말했다.

이 이야기를 우스운 우화 정도로 생각하지 말기 바란다. 여러분은 자신도 모르게 엘비스 프레슬리의 길을 걷고 있는지도 모른다. 스스로 무덤을 파는 그런 우를 범해서는 안 된다. 그것은 여러분의 선택에 달려 있다.

▶▶▶미켈란젤로의 가르침

무엇이 대충인가?

성공한 사람들 중에서 과정을 중시한 사람으로는 미켈란젤로를 들 수 있다.

한 친구가 미켈란젤로가 대리석상을 조각하고 있는 아틀리에에 놀러 와서 대리석상이 거의 완성된 것을 보고 돌아갔다. 그로부터 두 달 후, 다시 놀러 온 그 친구는 깜짝 놀랐다. 미켈란젤로는 여전히 일에 매달리고 있었지만, 석상은 두 달 전과 거의 달라지지 않았기 때문이다.

친구가 물었다.

"이게 뭔가? 자넨 두 달 동안 게으름을 피웠단 말인가?"

"게으름을 피우다니? 난 지난 두 달 동안 정말 열심히 일했다네."

그가 피로에 지친 얼굴로 대답했다.

"이쪽을 다듬고, 여기를 다시 닦고, 여기 이 부분을 부드럽게 했다네. 하지만 아무리 해도 마음에 들지 않아. 아직 입 언저리를 조금 더 가다듬어야 하고, 다리 근육에 힘을 불어넣어야 하는 일이 남았지."

친구가 물었다.

"하지만 너무 오래 끄는 게 아닌가. 그렇게 사소한 일에 시간을 허비해서야 어떻게 대작을 만들겠나?"

미켈란젤로가 진지한 얼굴로 대답했다.

"그럴지도 모르지. 하지만 나는 아무리 사소한 것이라도 제대로 만들고 싶다네. 그리고 제대로 된 작품은 세심한 주의와 불굴의 노력을 통해서만 비로소 완성된다고 믿고 있다네."

그렇게 한 작품 한 작품에 정성을 기울인 덕분에 미켈란젤로는 세계미술사에 불후의 명작을 남길 수 있었다. 조심스럽고 치밀한 노력 과정이 없었다면 어떻게 불후의 명작이 탄생했겠는가?

성공을 위해서라면 계단을 밟고 올라가듯 차근차근, 공든 탑을 쌓아 올리듯 정성스런 과정이 필요하다. 그것은 공부를 하거나 직장에 다니거나 사업을 하더라도 똑같이 적용되는 이치다.

(2) 주도적인 생을 살아라

■ 주도적 인간이란?

이제 여러분은 '제대로 사는 인간' 이 추구하는 삶의 중심을 이해하게 되었을 것이다.

'제대로 사는 인간' 되기의 어려움은 내가 가진 것을 대충 버리고 사는 것이 삶의 질곡을 불러들이는 역작용을 하지 않아야 한다는 데서 기인한다. 하지만 여러분이 최고의 정열과 정성을 가지고 살아간다면 아무런 어려움도 없을 것이다.

삶은 여기에 있으며 내가 직접 살고 있다는 것!

여러분이 그것을 깨우치고 전폭적으로 자신의 삶을 껴안고 살아간다면 그것은 이미 인생을 최고로 하는 기본 자세를 터득한 셈이 된다.

이제 여러분은 '스스로 자기 생활의 주인이 되겠다는 결심으로 원칙과 가치에 따라 스스로 운명을 개척해야 한다.'

어떠한 환경 아래서도 그러한 주도성을 터득한 사람은 매우 성공적인 삶을 살 수 있다. 무엇보다도 중요한 것은 '자신에 대한 자각' 이다. 그러한 자각은 자신의 삶을 성숙하게 바라보는 시선을 주고 주도적인 행동을 하게 만든다.

"나는 정말 인생을 성공적으로 살 자격이 있어."

만약 여러분이 이런 주도적 생각과 신념을 가지게 되었다면 여러분은 이제 선택받은 사람의 대열에 들어선 셈이다.

주도적 삶에 대해 많은 부분을 할애한 스티븐 코비의 『성공하는 사람들의 7가지 습관』을 보자.

혹자는 '주도적' 이라는 말을 밀어붙이고 공격적이거나 또는 비정함의 의미로 해석하는 경우가 있다. 그러나 사실은 전혀 그렇게 않다. 주도적인 사람은 무모하게 밀어붙이지 않는다. 이들은 스마트하고, 가치 지향적이며, 현실을 파악할 줄 알며, 또한 무엇이 필요한지 안다.

간디를 보라. 그는 자신의 반대파들이 의사당에 모여 대영제국의 인도 국민에 대한 탄압을 성토하면서 그가 합류하지 않는다는 사실을 비난하고 있을 때, 시골에서 조용히, 천천히, 그리고 눈에 띄지 않게 자기 자신의 '영향력의 원' 을 농민들에게 넓혀가고 있었다. 그 결과 간디에 대한 지지, 신뢰, 그리고 믿음의 열기가 점차 전국적으로 확산되었다. 간디는 비록 아무런 공식적 지위나 정치적 지위도 갖지 않았지만, 자신이 가진 열정, 용기, 단식과 도덕적 설득을 통해 '영향력의 원'을 확대시켰고, 드디어는 3억의 인도인을 지배하던 영국을 마침내 무릎 꿇게 했다.

간디와 같은 주도적 인간은 그 시대의 사회적 배경, 사회의 원칙을 존중하면서 자신의 창의력과 재능을 발휘한다. 그리하여 그의 주도적인 힘은 그 시대의 정신을 리드하기 시작한다. 주도적 인간은 자신의 직무를 수행하기 위해 올바른 원칙을 따르며, 필요한 일은 모두 적극적으로 수행해 간다. 그리고 주도적인 자각은 흥분과 희망을 주고 새로운 사회적 분위기 만들어낸다.

■ 성공의 권리를 떳떳이 주장하라

'제대로 사는 인간'은 주도적으로 사회를 이끌어 나가는 사람이 아닐 수 있지만, 자신의 일을 주도적으로 행함으로써 주위 사람들에게 많은 영향력을 끼친다.

앞에서 살펴본 대로 미숙하지 않은 주도적인 행위는 다른 사람들에게 환영을 받고 자신에게는 성공을 가져다준다. 주도적인 사람은 우선순위를 가지고 자신의 일을 실천함으로써 영향력을 발휘하며, 그것을 효과적으로 행사하고 있다.

배리 파버의 『지금 당장 시작하라』란 책을 보자.

금융의 귀재이자 억만장자인 모티 데이비스는 나에게 이렇게 말했다. "일확천금을 얻은 사람들, 거액의 유산을 상속받은 사람들, 복권에 당첨된 사람들은 결코 부의 가치를 알지 못합니다. 그런 사람들은 자신의 부가 노력의 대가가 아니라고 생각하기 때문이죠."

어떤 것을 위해 열심히 노력하여 그 목표에 도달한 사람들만이 이렇게 외칠 수 있다.

"나는 성공할 권리가 있다. 성공을 위해 진정 노력했기 때문이다."

여러분이 목표를 위해 반드시 해야 할 일상의 작은 일들을 게을리 하지 않았다면, 여러분이 인간관계를 쌓고 질문하고 접촉하고 결과를 공유했다면, 여러분이 치열한 경쟁에서 당당히 승리했다면, 혼신의 노력을 다해 기대 이상의 성과를 거두었다면, 그렇다면 여러분은 성공의 권리를 떳떳이 주장할 수 있다.

이렇게 자신의 성공의 권리를 주장할 수 있는 경지에 오른 사람은 행복한 사람이라고 말할 수 있다.

크리슈나무르티는 그것이 아주 대단한 일이 아니고 누구나 우리의 일상 속에서 할 수 있는 일이라고 말한다.

"여러분이 손수 어떤 일을 한다면, 가령 손수 나무를 심어서 그 자라는 것을 보고, 그림을 그리거나 시를 쓰고, 혹은 나이가 들어 마을에 다리를 놓아준다거나 공직에서 행정적인 수완을 발휘했을 때 여러분은 그런 일이면 얼마든지 잘할 수 있다는 자신감을 갖게 됩니다."

자신의 일에 적극성을 갖지 못하면서 그 일에 종사하는 것은 비굴한 자세이다. 그런 일은 포기해야 한다.

만약 여러분이 '제대로 사는 인간'을 꿈꾸고 있다면 당장 사표를 쓰라.

◾ 결과보다 과정이 중요하다

'제대로 사는 인간'은 과정을 무시하고 목표 달성에만 연연하지는 않는다.

기본없이 거둔 성공은 내실이 없고 모래 위에 지은 집처럼 쉽게 무너진다는 것을 알고 있기 때문이다. 승리를 훔치지 않고 의연한 자세로 승리를 낚는 법을 알고 있는 것이다.

그것은 기본을 지켜야만 성공을 거둘 수 있다는 철학적 명제이기도 하다.

독수리의 예를 들어보자.

독수리는 절벽 위에다 보금자리를 만든다. 가시를 물어다 지은 둥지에 알을 낳고 새끼를 기른다. 그리고 새끼들이 어느 정도 자라나면 둥지의 깃을 모두 걷어내고 가시만 남게 한다. 그때부터 새끼들은 가시만 남은 둥지에서 불편하고 위태로운 생활을 한다.

어미 독수리는 그 무렵부터 새끼들에게 나는 방법을 가르치는데, 그 방법 또한 혹독하기 그지없다. 새끼 독수리를 업고 하늘 높이 올라가서는 새끼를 떨어뜨리는 것이다. 그러면 새끼는 필사적으로 날갯짓을 하게 되고, 지켜보던 어미는 새끼가 땅에 떨어지려는 순간 쏜살같이 내려가 다시 새끼를 업어 올린다. 그러고는 다시 떨어뜨리고 업기를 거듭하면서 나는 법을 훈련시킨다. 그런 훈련이 모두 끝나면 마지막 단계로 비바람이 치는 날을 택해 새끼와 함께 폭풍우 속을 비행하는데, 마침내 그 훈련을 성공적으로 마치면 어미는 구름 위까지 올라가 장대한 햇볕이 퍼붓는 창공을 유유히 날게 하는 것이다.

이것은 새끼들을 강하게 키우기 위한 독수리들의 기본 교육이다. 그런 엄혹한 교육을 받고 자라기 때문에 독수리는 어떤 환경에서도 강한 면모를 보이며 새들의 왕으로 군림한다.

이렇게 자신을 단련시키게 된 독수리는 자신의 일에 자신감이 넘칠 것이며 열정과 힘찬 에너지를 간직할 수 있을 것이다. 성공한 사람들은 자기 자신을 스스로 새끼처럼 생각하고 하늘 높이 올라가서는 떨어뜨리는 사람들이다.

이쯤 되면 여러분은 '제대로 사는 인간' 되기가 무엇이 이렇게 힘든 것이냐고 불평을 늘어놓을지도 모른다. 더러는 이 책을 덮어버리는 사람도 있을 것이다. 그러나 나는 믿는다.

　여러분이 진정 창조력을 가진 적극적인 사고를 가진 사람이라면 자신의 인생과 일에 대하여 독수리같이 매서운 눈으로 스스로를 바라볼 줄 알 것이라고. 그리고 여러분이 하고 있는 일을 너무도 사랑하기 때문에 성공하지 않는 것이 오히려 어렵다는 것을 알고 있을 것이라고.

▶▶▶퇴계의 가르침

명예에 집착하지 말라

무릇 선비의 병폐는 뜻을 세움이 없는 것이다. 참으로 뜻이 높고 깊으면, 어찌 학문이 지극치 못하여 진리에 대한 깨달음을 걱정하겠는가. 그러므로 알맹이 없이 이름만 더하는 것을 옛사람들은 좀도둑에 견주었다. 이것이 내가 이름을 함부로 얻지 않으려는 까닭이다. 옛사람들은 학문하는 데 반드시 효, 제, 충, 신에 근본을 두고 차례로 천하의 만 가지 일에 목숨을 걸 듯 열심히 한다고 들었다. 그 목표는 물론 무엇이나 포함하지 않은 것이 없지만, 가장 먼저 시급히 해야 할 것은 가정에서 더욱 화평하는 데에 있다. 그러므로 '근본이 서면 도가 생긴다' 고 하는 것이다. 이제 집안일 때문에 공부를 할 수 없다 함은 옛사람들이 말한 것과 다르지 않을까?

바라건대 그 이름을 떨치려 하지 말고 실리를 따지는 것을 고치기 바란다. 어버이의 뜻을 잘 좇고 즐겁게 봉양하는 것으로부터 시작하라. 그리고 그 밖의 모든 일을 오직 마땅히 지켜야 할 도리에 따라 하면, 이제까지 영위해 오던 일도 틀림없이 다 그 속에 들어 있게 마련이다. 그 자세한 것은 책 속에 다 있으므로, 오직 어떻게 그것을 살펴가며 골라 읽고 힘써 행하느냐에 달렸을 뿐이다.

(3) 실패를 두려워 마라

■ 나는 항상 젊은 사람들의 실패를 흥미롭게 바라본다.
젊은 시절의 실패는 곧 성공의 토대가 된다.
실패를 하고 물러설 것인가 ? 다시 일어설 것인가 ?
젊은 사람 앞에는 이 두 가지의 길이 있는데,
그 순간에 성공은 결정된다.
　—몰트케

■ 현실에 타협 마라

많은 사람들의 삶은 후회의 연속이다.

한때 내가 원했던 것은 이런 삶이 아니었어…….

사람들은 어린 시절에 꿈도 야망도 많고 자신이 대단한 사람이 되리란 믿음을 갖는다. 하지만 진학, 취직, 승진, 돈, 사랑 등의 사회적인 경험을 하면서 많은 좌절을 겪고 자신이 위축되고 왜소해져 가는 경험을 하게 된다.

특히 '제대로 사는 인간' 은 보통 사람들보다 초기에는 많은 좌절을 겪는다. 그들은 보통 사람들보다 개성이 강하고 자신의 뚜렷한 꿈을 지니고 있는데 사회는 쉽사리 받아들이지 않기 때문이다. 그들은 사회적 현실과 타협하는 데 체질적으로 어려운 면을 많이 가지고 있다.

출세 지향적이고 돈 중심적으로 움직이는 사회에서 '제대로 사는 인간'이 가장 먼저 부딪치는 문제는 '돈이 먼저인가? 삶이 먼저인가?' 일 것이다.

본인 스스로는 아주 가치있는 일을 한다고 믿고 있지만 그가 하는 일은 돈이 되지 않는 경우가 많다. 더러는 남부럽지 않은 회사를 다니다가 사표를 쓴 사람도 있을 것이다. 정말 '사람 사는 것처럼 살고 싶다' 는 마음이 간절하기 때문이다.

많은 직장인들은 아침형 인간을 요구하는 회사의 방침에 따라 새벽같이 출근해서 밤늦게 퇴근을 하는 탓에 가족들의 얼굴도 제대로 볼 수 없는 생활을 하고 있다. 출퇴근 시간이 많이 걸리는 직장이라면, 또 야근이라도 많은 직장이라면 집에 돌아오면 쉬고 싶기만 하고 가족도 귀찮게만 느껴질 것이다. 그는 때로 집에 도착하자마자 씻지도 못하고 지쳐 쓰러지듯 잠이 들 때도 있다. 그리고 날마다 이 생활을 계속해야만 하나를 곰곰이 생각할 것이다.

'나는 살아가는 것이 아니라, 죽어가고 있는 것이다.'

이런 참담한 기분에 사로잡힌 어느 날 그는 사표를 던지고 만다. 적게 벌더라도 자기만의 일을 즐겁게 할 수 있다면 행복할 수 있을 것만 같다.

■ 사람 사는 것처럼 살아라

여기서 누구나 '제대로 사는 인간'은 생각하게 된다.

그리고 내가 만족하는 자유로운 삶을 생각하게 된다. 자기 자신이 원하지 않는 일을 하면서 살아간다는 것은 인생의 낭비일 뿐만 아니라 자신을 죽이는 일이다.

그러나 많은 사람들은 두려움과 고민에 잠긴다.

만약 지금 하는 일을 내던지게 된다면 이 불경기 속에서 꿈을 펼치기는커녕 백수로 지내게 될지도 모른다.

나는 진정 여러분이 '제대로 사는 인간'의 길을 가려면 여기서 결단을 내려야 한다고 말하고 싶다.

버트런트 러셀은 망설이는 사람들에게 이렇게 말했다.

"우리의 고민이란, 어떠한 일을 시작했기 때문에 생긴다기보다는, 할까 말까 망설이는 데서 더 많이 생기는 것 같다. 이것도 아니고 저것도 아니고 하여 오래 생각함은 조금도 문제의 해결에 도움이 되지 않는다. 어떻게 하겠다고 결심할 것이 긴요하다. 미리 실패를 두려워할 것은 없다. 성공하고 하지 못하고는 하늘에 맡기면 된다. 모든 일은 망설이는 것보다 불안전한 때 시작하는 것이 한 걸음 앞서는 것이 된다."

어떤 사람의 위대함은 그가 단번에 높은 곳에 뛰어오른 것이 아니라 자신의 믿음을 향해서 한 걸음 내딛는 데서 시작된다.

거듭 말하지만 지금 나는 여러분에게 직장을 내던지라고, 하는 일을 내던지라고 선동하고 있는 것은 아니다. 다만 그렇게 일생을 보내는 것보다는 '제대로 사는 인간' 의 길을 걷는 것이 보다 인간적인 길이란 것을 보여주고 있는 것뿐이다.

'대가가 있든 없든 내가 만족하는 삶' 을 사는 것이 여러분이 자신의 가치를 찾는 일이며, 적게 벌더라도 즐겁게 일할 수 있다면 그것이 여러분 삶의 주인이 되는 길이란 것이다.

물론 여러분은 두려울 것이다.

물가는 계속해서 오를 것이고 자라나는 아이들의 교육비며 자신과 배우자의 노후 대책은 어떻게 할 것인가? 힘들더라도 지금 다니는 직장에서 버티어내기만 한다면 그런 위험을 걱정할 필요는 없을 텐데.

그러나 그러한 두려움이 많은 사람들을 망치고 있고 죽어가게 만들고 있다.

여러분은 자신의 마음 속 깊은 곳으로부터 이런 울림을 듣고 있을 것이다.

"두려움을 극복하는 유일한 방법은 거기에 맞서는 것이다. 우리는 항상 자신에게 필요한 학습 경험을 끌어당기고 있기 때문에 종종 자신이 두려워하는 경험을 불러들이게 된다. 그러므로 만일 무분별하게 빚을 지게 될까 두려워하면 그런 상황에 처했을 때의 모든 것을 알게 되는 기회가 온다. 만일 고독을 두려워하면 고독을 불러들이게 된다. 만일 실패를 두려워하면 실패하게 될 것이다. 그것이 삶이 우리를 성숙하게 만드

앤드류 매튜스가 『마음 가는 대로 해라』에서 한 말이다.

여기서 나는 감히 말한다. 자기만의 일을 찾는 것은 삶의 진실을 찾는 일이며, 그러한 진리를 추구하다가 다소 실패를 한들 스스로가 보상을 할 것이라고. 그것은 바로 자신의 열망과 존재의 깊은 곳으로부터의 약속이다.

여러분이 이 세상에서 존재할 권리가 있으며, 다른 사람들이 여러분에게 정당하게 대하도록 요청할 권리가 있다고 믿는다면 마음속 깊은 곳으로부터 타오르는 열망을 실천하라. 용기있는 자만이 사람 사는 것처럼 사는 '제대로 사는 인간'이 될 수 있다.

■ 자신의 가치를 알라

적을 알고 나를 알면 백전백승이라고 했다.

그런데 사람들은 자신을 모르기 때문에 자신과의 싸움에서 늘상 지고 만다.

우리는 이미 자신의 타고난 재능과 자신의 목표, 나아갈 길에 대해서 긴밀한 논의를 해온 탓에 많은 부분에서 공감대를 가지고 있다. 하지만 여러분이 이 책을 놓고 잠 안 오는 밤에 스스로를 생각하고 자신을 마주

하게 될 때 자신을 이길 수 있는가?

　여러분의 목표가 확실하다면 지금 자신이, 자신의 목표에서 얼마쯤 떨어져서 서 있는가를 알 수 있을 것이다. 여러분은 과연 원하는 목표에 얼마나 가까이 도달해 있는가? 전심전력을 다해 달렸다고 목표에 가까이 가 있다고 생각하는가? 여러분은 용기있게 행동하고 꾸준히 인내하는 것보다는 그저 실패할 걱정부터 하고 있는 것은 아닌가?

　여러분이 스스로를 믿고 자신의 가치를 높이기 위해 노력하고 있다면 여러분의 참된 개성을 만날 수 있을 것이다. 그것은 여러분 자신과 그러한 능력을 사용하는 재능에 대한 이해가 늘어가고 있음을 뜻한다. 여기서 단 카스터의 말을 들어보자.

"그러한 특성을 여러분이 표현함에 따라서 그 표현이 깊어갈수록 여러분은 무한의 신성을 가진 대생명력으로 확대해 간다는 사실이 수긍이 가지 않습니까? 여러분의 신념과 상상력에는 끝이 없고 이성의 힘에도 끝이 없으며, 그리고 사랑, 평화, 위력, 아름다움과 기쁨에도 끝이 없습니다. 그러므로 그러한 것들로 이루어지고 있는 여러분은 사실상 끝이 없는 존재라고 생각하는 것이 진실이 아니겠습니까? 지금까지 우리의 몸 안에서 찾아낸 능력이나 특성 말고도 우리의 몸 안에는 무엇인가를 채택하고 결심하는 능력도 있습니다. 어떻게, 또 어느 정도까지 그 능력을 사용할 것인가를 여러분은 선택할 수 있는 것입니다. 또 이러한 무한의 특성들 중에서 어느 것을 어떻게 표현할 것인가도 여러분은 선택할 수 있습니다. 이 사실은 선택과 결심하는 힘을 가지고 여러분이 스스로 선택하여 인품과 성격을 쌓아 올릴 수 있다는 뜻이 됩니다. 선택하는 마음속의 힘뿐 아니라 선택한 방향에 따라서 행동하는 힘도 여러분에게는 있습니다.”

이 말은 지나치게 우주적이고 신비적인 낙관주의자의 말처럼 들리기도 할 것이다. 나는 ‘제대로 사는 인간’ 으로서 자기 자신을 만나는 과정은 약간은 신비적이고 우주적이기도 하다는 생각이다. 인간만큼 우주적이고 신비한 존재가 어디에 있단 말인가?

여러분은 그러한 자신의 존재 가치를 인식해야 한다.

■ 단점을 장점으로 만들어라

첼로 연주자였던 토스카니니는 눈이 매우 나빴다.

그래서 그는 연주에 들어가기 전에 항상 악보를 외웠다. 하루는 오케스트라의 지휘자가 몸이 아파서 지휘를 할 수 없게 되었다. 지휘할 사람이 없어 모두가 걱정하다가, 악보를 항상 외우고 다니던 토스카니니가 임시 지휘자로 발탁되었다. 그는 베르디의 ‘아이다’ 를 완벽하게 외워서 지휘함으로써 그 특출한 자질을 인정받게 되었다.

명지휘자가 된 토스카니니는 그 후에도 항상 모든 곡을 외워서 지휘했다. 결과적으로 토스카니니가 음악사에 길이 남는 명지휘자가 될 수 있었던 것은 눈이 매우 나빴기 때문이라는 역설이다.

실패한 사람들의 잘못은 자신의 장점보다는 단점에 지나치게 신경 쓴다는 점이다. 그들은 대개 많은 소망을 가지고 있으면서 실지로는 어떤 일에도 손을 대지 못한다. 실패를 두려워하고 그 일을 달성하기까지의 고난이나 난관만 걱정하기 때문이다.

유대인의 경전 탈무드는 '가장 유능한 사람' 이란 '모든 경우로부터 배우는 사람' 이라고 가르치고 있다. 그 '모든 경우' 란 긍정적인 것뿐만 아니라 부정적인 것들을 같이 일컫는 말이다.

자유를 추구하며 '제대로 사는 인간' 은 자신이 좋아하는 일이라면 모든 것을 제쳐 두고 그것에만 열중할 수 있는 장점을 가지고 있다. 반면 사회의 복잡한 시스템, 책임과 의무감 따위에는 진저리를 친다는 것이 그들의 단점이다.

'제대로 사는 인간' 은 몰두하는 행위 그 자체가 너무 좋아서 누가 시키지 않아도 밤낮없이 그것에만 열중할 수 있는 사람들이다. 그들은 남의 눈치 안 보고 할 것 다 하고 산다. 또한 그것에서만 행복을 느낄 수 있는 사람들이다. 그렇기 때문에 그들은 의외의 곳에서 실패를 할 가능성이 많다.

그러나 '제대로 사는 인간' 은 실패를 두려워하지 않는다.

그는 실패를 두려워한 나머지 자신의 장점마저 살리지 못하고 물러서는 일 따위는 하지 않는다. 자신의 일에서 물러선다면 그 사람은 성공할 수 없다. 실패에 굴복하는 일은 정말 부끄러운 일이다. 인생에 있어서 가장 중요한 것은 넘어지지 않으려고 애쓰는 것이 아니라, 넘어졌을 때 어떤 식으로 재빨리 다시 일어서는가 하는 것이다.

비록 재주가 뛰어나지 않더라도 꾸준히 노력하는 사람에게는 반드시 그 대가가 돌아온다. 중요한 것은 실패를 성공으로 전환하는 방법을 배우는 것이다. 실패의 가치는 결코 성공에 뒤지지 않는다는 것을 아는 것이 중요하다. 실패의 고통을 넘어선 사람은 자신은 물론 다른 사람의 인생에 아주 중요한 사람이 될 수 있다.

▶▶▶ 실패의 가르침

실패를 두려워 마세요

여러분은 그것을 기억하지 못하겠지만 이미 여러분은 여러 번 실패했습니다.

처음 걸음마를 시작했을 때 여러분은 수없이 넘어졌고, 처음 수영을 배울 때 여러분은 물에 빠져 죽을 뻔도 했습니다.

안 그런가요?

처음 야구 방망이를 휘둘렀을 때 공을 맞힐 수 있었나요?

홈런을 제일 잘 치는 강타자들은 삼진 아웃을 가장 많이 당한 사람입니다.

R.H. 메이시는 7번이나 실패한 뒤에 겨우 뉴욕의 가게를 성공시켰고, 영국의 소설가 존 크리시는 753통의 출판 거절을 당한 끝에 564권의 책을 발간할 수 있었습니다. 베이브 루스는 1,330번의 삼진 아웃을 당했지만 714번의 홈런을 날렸습니다.

실패를 두려워하지 마세요.

시도해 보지도 않고 기회를 놓쳐 버리는 걸 두려워하세요.

—《월 스트리트 저널》, 1981년 10월 미국 유나이티드 테크놀로지사의 메시지

(4) 자신의 인생을 자신의 방식으로 사는 것!

■ 돈이냐? 삶이냐?

남의 눈치 안 보고 할 것 다 하고 사는 '제대로 사는 인간'은 다른 사람들에게는 사회 통념을 넘어서는 비정상적이고 파격적인 인물로 비쳐진다.

자신의 인생을 자신의 방식으로 사는 것!

그것이 자연스러운 것인데 그것을 파격이나 돌연변이 정도로 보는 시선이 있다는 것은 오히려 이 사회가 잘못되어 있다는 것을 웅변하는 일이라고 볼 수 있다.

어찌 되었거나 이제 여러분은 '제대로 사는 인간'을 이해하기 시작했으며, '제대로 사는 인간'은 세상에 대하여 자신의 목소리로 말하기 시작했다.

‘제대로 사는 인간’은 항상 자기의 일을 즐기며 자신의 역량을 극대화하기 위한 노력을 집중한다. 그는 자신의 일에 대한 믿음과 완성도를 향상시키기 위한 전략을 갖고 있다. 하지만 ‘제대로 사는 인간’이 자립적 인간으로 사회에 적응하는 일은 생각보다 쉽지 않다.

‘제대로 사는 인간’이 세상과 맞닥뜨리는 가장 심각하고, 우선적으로 해결해야 하는 문제는 돈이 먼저인가, 삶이 먼저인가이다.

우리가 살고 있는 사회에서는 돈이 없으면 아무 일도 할 수 없는 곳이다.

집을 나서는 순간부터 모든 것이 돈이다. 차를 타는 데도, 애인을 만나는 데도 돈이 들고, 공부하는 것, 노는 것, 먹는 것, 입는 것 모두가 돈으로 해결되는 시스템 속에서 우리는 살고 있다. 인정하고 싶진 않지만 돈 없는 세상을 산다는 것은 사실상 불가능하다.

그렇기 때문에 사람들은 악착같이 돈을 벌려고 노력한다. 새벽부터 밤까지 불철주야 일에 매달린 사람들은 그 일이 좋아서라기보다 오로지 돈을 벌기 위해서인 경우가 많다.

사람들은 말한다.

“마음의 평화? ‘제대로 사는 인간’? 좋아하시네. 누군 그거 좋은 줄 몰라서 안 하는 줄 알아? 나도 내 꿈을 펼치고 싶다고.”

누구나 돈을 버는 것보다는 자아를 실현하고픈 욕구를 가지고 있다.

그러나 사람들은 먹고살기 위해서, 처자식을 거두어 먹이기 위해서 자신의 꿈 같은 것은 이미 접은 지 오래다. 특히 수중에 돈이 떨어진 사

람은 무척 불행한 표정을 짓거나 분노에 차서 무슨 일을 해서라도 돈을
벌어야 한다고 절규한다. 그 일이 설령 불법적이거나 남을 해치는 일이
라도 아무런 상관이 없다.

그것은 돈이 있는 사람들도 마찬가지다.

『나는 내가 바꾼다』란 책에서 송천호는 이렇게 말하고 있다.

삶의 가치를 향유할 수 있는 시간은 지금 이 시간밖에 없는데도 많은
사람들이 미래를 위해서 사는 데 익숙해져 있다. '무엇무엇을 할 때까
지는 하고 싶은 것이 있어도 꾹 참고, 먹고 싶은 것이 있어도 꾹 참아야
지' 하는 각오로 현재의 삶을 무한정 희생시켜 버린다. 돈 벌어 부자가
되면 모든 것이 보상되는 것인 양 오로지 돈을 벌어 모으는 데만 현재의
삶을 온통 투자해 버린다. 그러나 현재의 지나친 희생은 현재도 미래도
다 같이 잃어버리는 결과를 낳는다. 삶의 가치를 향유할 수 있는 시간은
지금 이 시간뿐이고, 지금 향유하지 않고 미루어둔다고 해서 그것이 모
아지는 것도 아니다. 따라서 현재를 온통 돈을 버는 데 바쳐 버리면 현
재는 고통으로 얼룩지고 나이 들어서는—미래에 가서는—젊어서 살지
못한 삶에 대한 후회와 한으로 얼룩진다.

거기에 우리 인류의 불행이 있다.

사람들의 삶은 현재 먹고살기 위해서, 혹은 이미 자신이 사라지고 없
을지도 모르는 미래를 위해서 그렇게 마모되어 가고 있다. 가진 자나 못

가진 자나 모두 자신의 적성이나 재능, 가치관과 아무런 상관이 없는 삶을 살아가고 있다.

■ 인류의 불행

도대체 왜 내가 그런 일을 하면서 일생을 보내야만 한단 말인가?

억울하기 이를 데 없는 일이다. 실제로 많은 사람들이 당장 먹고살 것 이상의 돈을 벌고 있고, 저축도 하고 있다. 하지만 사람들은 항상 돈이 모자란다.

리처드 칼슨은 거기에 대하여 이런 말을 했다.

"많은 사람들이 자신이 생각했던 것보다 많은 돈을 벌지만, 전보다도 더 재정적 스트레스를 받는다. 어떻게 이런 일이 가능한가? 이유는 간단하다. 대다수의 사람들이 돈을 더 많이 벌게 되면 버는 액수보다 더는 아니라 해도 수입의 증가 정도보다 훨씬 많은 돈을 쓰면서 산다. 그들은 더 큰 집, 더 멋진 자동차를 산다. 돈이 더 많이 드는 근사한 곳으로 휴가를 떠나고, 더 비싼 옷을 입으며, 또 쓴다. 그래 놓고 세금 감면을 받으려고 머리를 짜낸다. 여러분은 절대로 안 그럴 것이라고 쉽게 장담하지 마라. 그러지 않겠다고 의식적으로 맹세하지 않는다면 여러분도 그렇게 될 것이다. 돈을 버는 일이 때로는 있는 돈을 관리하는 일보다 더

쉽다. 돈을 더 많이 벌수록 여러분은 원하는 게 더 많아진다는 사실을 느끼게 될 것이다. 물질적인 욕구는 여러분이 정말 주의하지 않으면 만족을 모르고 커져 간다. 기억하라. 더 많은 것이 반드시 더 좋은 것은 아니다. 수입이 늘었다고 생활의 수준도 따라서 올린다면 여러분이 원하든 그렇지 않든, 계속해서 그만큼 일을 더 해야만 한다."

그러니 돈을 많이 번 사람이나 돈이 없는 사람이나 동급인 셈이다. 이것은 참으로 심각한 아이러니가 아닐 수 없다. 인간의 잘못된 가치관, 그칠 줄 모르는 욕망이 비틀어진 사회 시스템을 구축하고 만 것이다.

이제 인류는 돈을 버는 것만이 능사가 아니라, 돈을 지배할 수 있는 상황을 만들어내야 하는 중요한 시점에 이르렀다. 물론 많은 기업인들이 돈 버는 일에 자신의 재능을 집중하는 것은 매우 창조적이고 숭고한 작업이다. 기업인들의 그러한 작업이 없었다면 인류는 지금처럼 번영을 누리지 못했을 것이다. 그러나 그들이 기업 운용이 아닌 돈 버는 자체를 삶의 중심에 놓을 때 그것은 파멸을 부르는 전주곡이 된다.

거듭 강조하지만 사람이 삶에서 추구하는 최종적인 목표는 '자아실현을 통한 행복' 이다. 우리는 주위에서 돈은 많이 벌지만 사는 기쁨을 느끼지 못하는 사람들을 많이 본다. 그런 사람에게는 '돈이냐? 삶이냐?' 의 게임 자체가 무의미하다.

리처드 칼슨은 계속해서 말한다.

"행복은 여러분의 내부에서, 여러분이 가진 것들과의 관계 맺음에서 오지 실질적인 소유에서 오지는 않는다. 여러분이 욕구를 언제나 자제할 수 있다면, 여러분의 수입에 맞게 또는 그에 못 미치는 수준으로 생활한다면, 여러분은 또 다른 형태의 부를 발견할 것이다. 그것은 평화다. 여러분은 늘 평온하고 편안한 마음으로 지낼 수 있을 것이다. 나에게는 이것이 내 생애에 가장 큰 선물 가운데 하나다."

■ 다른 형태의 부를 발견하라

'제대로 사는 인간'은 현대 문명의 시스템에 치어 사는 것이 싫어서 자신이 가진 것을 과감하게 내던지고 자아실현을 위한 결단을 내린 사람이다. 그는 정말 사는 것처럼 살고 싶어서 험난함을 각오하고 많은 것을 포기하고 그 길에 들어섰다. 적게 벌더라도 즐겁게 살 수 있으면 마음의 평화를 얻을 수 있고 행복하다는 것이 그의 신념이자 소망이다.

그는 돈이 되는 일만 가치있는 일은 아니고, 돈이 되지 않는 일도 얼마든지 행복과 성공을 가져다준다는 믿음을 가지고 있다.

'다른 형태의 부를 발견'하는 것이야말로 '제대로 사는 인간'이 추구하는 삶의 목표가 아닌가.

그렇다.

나는 '제대로 사는 인간'만이 '다른 형태의 부'를 발견하여 '돈이냐?

삶이냐?'의 문제를 해결할 수 있는 대체 세력이 될 것이라 믿고 싶다. 물론 현재와 같이 어려운 상황 속에서 '제대로 사는 인간'의 성공은 하루아침에 이루어지지 않는다.

하지만 그들은 이미 '돈이냐? 삶이냐?'에 대한 현명한 해답을 가지고 있다. '제대로 사는 인간'은 '사람답게 사는 것'을 선택함으로써 많은 것을 얻고 있다.

'제대로 사는 인간'은 우선 별로 걱정을 하지 않는다. 그들은 돈을 벌기가 힘들다고 불평하기보다는, 자신의 일에 성공함으로써 돈이 따라온다 믿고 있다. 물론 그 돈이 그다지 많지 않다는 것을 알고 있다. 그저 먹고살 수 있을 정도의 돈이면 족하다. 성공이 자기의 것이라고 믿을 때 그것을 가질 수 있고, 또 가질 권리가 있다고 믿어질 때, 그들은 일에 몰두함으로써 돈을 벌 수 있다는 것을 아주 재미있게 여긴다. 그들은 나아가서 자신과 남들을 위해 풍요한 인생을 만들어가는 새로운 방법을 생각하고 있다. 돈이 얼마 없다는 생각보다 자신이 가진 것으로 먹고살 수 있고 그것이 모든 이에게 고루 돌아간다고 생각한다.

이제 결정을 내리는 것은 그리 복잡하지 않아 보인다. 그런데도 '제대로 사는 인간'의 '걱정하지 않는' 태도의 중요성을 이해하고 있는 사람은 많지 않다. 이제 여러분이 그것을 이해했다면 여러분은 게임의 한 단계 앞으로 나아간 것이다.

▣ 거꾸로 생각하라

한때 우리나라에서는 '거꾸로 읽기'란 제목을 가진 책들이 베스트셀러가 된 적이 있다. 유시민의 『거꾸로 읽는 세계사』를 비롯해서 『거꾸로 읽는 한국사』, 『거꾸로 읽는 삼국지』, 『거꾸로 읽는 그리스 로마 신화』 등 많은 '거꾸로' 책들이 쏟아져 나왔다. 그런 책들은 기존의 관념을 바꾸어놓았고 뒤집어 생각하는 유형의 사고를 크게 유행시켰다.

사람들은 그동안 아무 생각 없이 대하던 사물이나 사실들을 뒤집어보고 다시 생각하기 시작했다. 잠자던 의식이 깨어나고 새로운 현실, 모르던 진실을 마주 대하게 되었다.

나는 이런 역발상이 아주 필요하다고 생각한다.

역사상 가장 큰 역발상은 아무래도 코페르니쿠스의 지동설일 것이다.

코페르니쿠스는 역발상으로 기존의 과학 이론에 도전해서 인류사의 방향을 바꾸어놓을 만한 새로운 이론을 만들어내는 데 성공한다.

나는 여기서 우리에게도 획기적인 '코페르니쿠스적 발상'이 필요하다고 생각한다.

여러분도 이런 과감한 역발상의 사고를 본받아서 새로운 시대를 이끌 대담하고 당찬 사고를 이끌어낼 수 있다.

나는 여기서 돈에 관한 코페르니쿠스적 역발상을 제의한다.

돈 없이는 움직이지 못하는 것이 이 세상이라면 돈이 없이 움직이는 세상을 상상해 보자. 돈만큼 중요한 것이 없지만 돈은 필요하지 않다고 생각해 보자. 또한 돈이 되는 일과 돈이 되지 않는 일은 같은 일이라고 생각해 보자.

돈이 중요하다는 사실을 부정하는 사람은 없다. 그러나 대개의 경우 돈이란 일에 대한 대가나 어떤 성취에 따르는 부산물이다.

일찍이 토인비는 인류가 '돈을 대체할 수 있는 가치'를 발명하는 날 인류 역사는 한 단계 높은 진보를 이룩할 것이라고 말한 바 있다. 토인비는 돈의 교환 가치로서의 기능을 인정했지만 그것이 영원한 가치를 지닌 것이라고 생각하지는 않았던 것이다. 사실 돈은 인간이 만들어낸 여러 가지 발명품 가운데 하나다. 돈은 보편적인 교환 수단으로 사용되는 성질을 가질 뿐, 그 자체가 본질적인 가치를 지니고 있는 것은 아니다. 그것은 돈이란 어떤 무엇으로도 바꿀 수 있는 인공물이라는 의미다.

여기서 우리는 돈의 교환 가치를 대체할 수 있는 그 무엇을… 생각할 수 있다.

■ 여러분은 어떻게 생각하는가?

여러분은 돈이란 필요하지 않은 것이란 명제를 어떻게 생각하는가?

우선 돈이 필요없는 세상은 가능한 것인가를 생각해 보자.

돈이 필요없는 세상을 말하면 여러분의 머리 속에는 공산 사회의 그림이 그려질 것이다. 그러나 우리는 이미 원시 공산 사회와 현대의 공산 사회를 겪었고 그것이 왜 불가능한가를 알고 있다.

여기서 너무 어려운 생각을 하지는 말자. 나는 지금 어떤 사람의 노동이 돈이든 그 외의 다른 어떤 방법이든 정당한 대우를 받게 되는 길을 생각해 보자는 것이다.

자본주의 사회는 물건은 물론 모든 사람의 가치를 한 가지 방법, 즉 돈으로만 측정하고 돈으로만 판단하고 있다. 사회가 사람을 돈으로만 측정하는 까닭에 사람들은 서로를 또한 돈으로만 판단하고 그 사람의 인격이나 다른 가치는 도외시한다.

아마 여러분도 사람을 만날 때 그 사람의 수입과 재산을 그 사람의 지위를 측정하는 방법으로 생각하고 있을 것이다.

네델란드의 심리학자 한네케 부부가 쓴 『나를 알고 돈을 알면 행복이 보인다』란 책에는 이런 구절이 나온다.

예전과는 반대로 지금은 돈 되는 일에만 명성과 존경이 따른다. 그 외의 다른 것은 모두 부수적인 문제다. 옛날 사람들은 들판이나 논밭에서 일을 했고, 대가로 곡식이나 채소, 고기를 손에 쥐었지만 돈은 구경도 하지 못한 경우가 허다했다. 집 안에서의 노동 역시 밖에서 하는 일 못지않게 중요했다. 그런데 어느 순간부터인가 확 달라졌다. 너나없이 돈 생기는 일에만 매달린다. 빨래부터 아픈 가족을 돌보는 일까지, 이 모든 일은 분명 누군가 꼭 하지 않으면 안 될 일이지만 실제로는 인정받지 못하기 때문이다.

그것은 참으로 부당한 일이다. 노동은 재평가를 받아야 마땅하다.

집에서 요리하고, 청소하고, 아이들을 돌보는 배우자는 실제적인 수입은 없지만, 밖에서 일하는 배우자가 돈을 버는 일에 한몫을 한다는 것을 인정해야 하는 것이 아닐까?

성공적인 삶의 진정한 열쇠는 돈이 아니라 그 사람이 한 일의 가치로 평가받아야 한다. 그때 인간은 돈이 필요없는 세상을 만들 수 있다. 그래야만 자신만의 이익뿐 아니라 다른 사람들의 이익을 위해 일하는 사회가 열릴 것이다.

돈이란 것은 본 적도 없는 미개의 세계에 살고 있는 사람들을 생각해 보자.

그들은 남의 돈을 가로채서 자신이 일을 많이 한 것처럼 행세를 한다거나, 남을 이용해서 명예를 가로채는 것이 통하지 않는 시스템을 가지고 있다.

돈 버는 일에 엄청난 스트레스를 받고 있는 세일즈맨은 당장 사표를 내고 그런 사회가 있다면 그곳으로 가고 싶어할 것이다.

못 떠날 것이 무엇인가? 그것은 용기의 문제이다.

이 역발상에 대해서는 여러분에게 생각할 기회를 줄 겸 다음 장에서 심도있게 논의하기로 하자.

■ 대가가 있든 없든

우리는 노동이 재평가받는 사회를 만들 수 있다는 믿음을 가져야 한다.
나는 '제대로 사는 인간' 이 이 세상에 많아지게 되면 그런 사회는 빨
리 올 수 있다고 믿는다. 나는 지금 돈이 전혀 필요하지 않는 사회를 말
하는 것이 아니다. 돈으로 사람의 가치와 인격마저 저울질하지 않는, 상
대적으로 돈이 덜 필요한 나라에 대한 꿈을 꾸어볼 수는 있다는 말을 하
고 있는 것이다.

한네케 부부는 계속해서 이 문제에 대해서 다음과 같은 견해를 내놓
고 있다.

"이제는 일한다는 것과 돈을 번다는 것을 한층 더 이성적이며 객관적
으로 바라보아야 할 때다. 이부자리를 정돈하는 일부터 쇼핑에 이르기
까지 가짓수를 따지자면 일은 참 많다. 보도를 쓸어야 하고, 공장도 짓
고, 우주에 인공위성도 쏘아 올려야 한다. 그 모든 일이 완수되어야 한
다. 대가가 있든 없든.

우리는 신념을 가지고 서로를 위한다는 마음으로 그 모든 것을 해야
할 것이다. 만일 그것이 보수가 따르는 일이라면 금상첨화이겠지만, 그
렇지 못한 경우라도 또 다른 어느 부분에서 그 대가가 이루어질지 모른
다. 유급 노동에만 가치를 부여하게 되면 여러분은 여러분이 지녔던 꿈
과 이상, 특히 우리가 일구려고 했던 인간적인 세상과는 점점 더 거리를

두게 된다.

무상 노동을 높게 평가할 수 있을 만큼 성숙되면 유급 노동에서 너무 과도한 욕심과 기대를 걸지 않게 된다. 유급 노동은 단지 생계 유지가 목적이지 그 이상은 아니다.

돈벌이를 통해 모든 걸 만족시키려 들지 않는다면 한결 여유롭고 편안해질 것이다. 그리고 내 상사나 직장 또한 더욱 소중하게 느껴질 것이다.”

대가가 있든 없든 자기의 일을 성심껏 할 수 있는 이런 사회가 바로 ‘제대로 사는 인간’이 꿈꾸는 사회라고 할 수 있다.

몇 년 전, 러시아를 오가며 무역을 하는 후배가 내게 물었다.

“선배, 우리나라와 러시아를 비교할 때 어느 나라가 잘사는 것 같아?”

그때 나는 공산주의 혁명에 실패하고, 많은 산업이 마비되고, 수많은 여인들이 한국까지 와서 몸을 팔고 있는 러시아를 생각했다. 내 대답은 당연히 우리가 잘살고 있는 것이 아니냐는 것이었다.

“아니야. 그렇지 않아요. 러시아는 국민 소득에서는 우리나라보다 못하지만 우리보다 훨씬 잘사는 나라라고 생각해요. 그 사람들 한 달에 50만 원밖에 못 벌고 있지만 아주 넉넉하게 잘살고 있다고. 공산주의의 유물 때문인지 몰라도 집도, 학비도 다 공짜거든. 게다가 먹는 것 싸지. 음악회, 전시회 거의 무료 수준이지. 돈 쓸 일이 별로 없거든. 아침부터 저녁까지 아무리 바쁘게 뛰고 돈 많이 번다고 해도 우린 그 사람들의 여유를 따라가지 못해요.”

나는 반문하지 않을 수 없었다.

"그렇게 잘산다면 왜 러시아 여자들이 한국까지 와서 몸을 팔고 있냐?"

그러자 후배는 야릇한 미소를 지으며 말했다.

"그건 겉멋 들고 허파에 바람 든 애들 이야기야. 자본주의 바람이 불어 닥쳐서 좋은 차, 좋은 화장품, 좋은 옷 입고 싶어서 그러는 거지 먹고 살기 힘들어서 그러는 게 아니라고. 우리나라에도 명품에 미쳐서 카드 남발하고 쪽박 차는 애들 있잖아. 그런 셈이지. 욕심 부리지 않고 산다면 그 사람들이 더 행복한 삶을 살고 있는 거지."

그 말을 듣고 나는 고개를 끄덕였다. 나는 러시아를 움직이는 사회 시스템에 대해서 잘 모른다. 다만 물가가 싸고 사람들이 적당히 일해도 넉넉하게 살 수 있는 사회가 있다면 하는 바람일 뿐이다.

사람 중에는 먹고사는 것에만 만족하지 못하는 사람들이 있는 반면, 한없이 많은 것을 성취하고 싶은 욕망과 열망을 가지고 있는 이들이 있다. 하지만 지나친 욕심이 일그러뜨린 자신의 자화상을 볼 수 있는 것도 인간의 한 능력이라고 말하고 싶다. 돈이란 사람이 어떤 일을 함으로써 벌어들여, 필요한 것을 사는 데 사용하는 교환 수단으로만 인식되어야 한다. '부(富)는 바닷물과 같은 것, 많이 마시면 마실수록 갈증을 느낀다'는 쇼펜하우어의 말을 상기하자.

■ 사는 것처럼 살고 싶다는 것

'제대로 사는 인간'은 대가가 있든 없든 자기의 일을 성심껏 하는 사람들이다.

그리고 그 일에는 자기가 먹고살 만한 대가는 오게 마련이라고 믿고 있는 것도 그들이다. 최선을 다해 일을 한 것은 응분의 대가를 받게 된다는 것을 믿고 더 좋은 결과를 가져오기 위해서 일에 욕심을 부리는 사람이 프로다.

'제대로 사는 인간'은 그런 의미에서 프로 정신을 가진 사람들이다. 프로는 먹고사는 것 따위는 걱정하지 않는다. 사실 사람이 먹고사는 데 드는 돈이 얼마나 된단 말인가?

한네케 부부는 자신들이 하는 일에 대해서 이렇게 말하고 있다.

"매일같이 내가 하는 일은 돈과는 무관한 일이다. 하지만 내게 그 일은 아주 소중하다. 우리에겐 한 생을 살면서 풀어야 할 과제가 정해져 있다고 생각한다. 그것은 반드시 특정 동물의 멸종 방지나 암 퇴치용 의 약품 개발과 같은 거창한 일을 두고 하는 말은 아니다. 사람들이 보다 적은 돈으로 살아갈 수 있도록 돕는 일일 수도 있다. 이것이 환경을 위해서나 우리 개인의 삶을 위해서 더 바람직할 테니까. 어쨌든 이것은 나의 목표이자 과제인 셈이다. 주위 사람들이 좀 더 잘살고 행복해진다면 궁극적으로 내 주변에는 유익한 일이 일어날 것이니 말이다. 나는 다른 이들과 함께 뉴 로드 맵 협회(New Road Map Foundation)를 위해서 일한다. 우리는 함께 공동생활을 하면서 우리의 여가 시간과 에너지를 온통 협회에 바치고 있다. 이상하게 들리겠지만 나는 쉬지 않고 일을 하는데도 늘 휴가를 즐기는 것처럼 신이 난다. 일상이 바로 휴가인 셈이다. 즐거운 일을 할 때는 휴가처럼 자유롭다."

너무 진도가 앞으로 나간 느낌이 들기는 하지만, 나는 모든 사람이 휴가처럼 자유로운 그런 일을 꿈꾸고 있다고 믿는다.

만약 여러분이 자신의 목표가 뚜렷하고, 자기가 하고 싶은 일, 해야만 할 일을 한다는 믿음이 있다면 성공은 필연적인 것이다. 그런 사람이 자신의 목표를 달성하고 나서 인류를 위한 일에 나서지 않고 머뭇거릴 이유는 전혀 없는 것 아닌가?

단 카스터는 『마음을 바꾸면 세상이 달라진다』에서 이런 말을 했다.

"우주에는 결핍이라는 것이 결코 없는 것이지만 사람들은 이해의 부족으로 자기를 위한 좋은 것을 볼 수 없고 그것을 받아들이지 않을 뿐이다."

여러분의 마음을 바꾸면 세상이 달라질 것이다.

▶▶▶▶멋대로 살면서 성공하기 10계명

1. 시련을 두려워하지 말자.

2. 만나는 사람 모두를 삶의 스승으로 여기자.

3. 뿌리 깊은 고정관념을 버리자.

4. 집착할수록 멀어진다. 얻으려면 집착하지 말자.

5. 세상일은 생각대로 된다. 상황을 늘 긍정적으로 생각하자.

6. 삶은 투쟁이 아니다. 마음 가는 대로 살며 삶을 즐기자.

7. 사랑의 눈으로 이웃과 세상을 보자.

8. 과거를 후회하거나 미래를 걱정하지 말자. 오직 현재를 소중히 여기자.

9. 사랑한다면 상대를 있는 그대로 인정하고 사랑하자.

10. 세상을 변화시키려 하지 말고 먼저 나 자신을 변화시키자.

—앤드류 매튜스

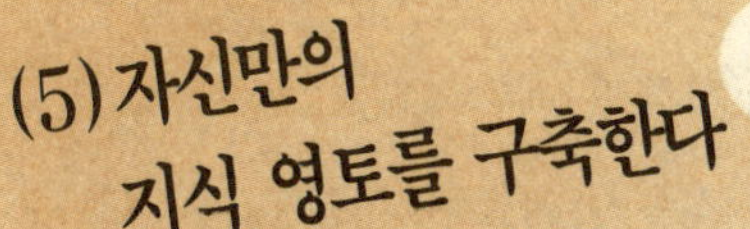

(5) 자신만의 지식 영토를 구축한다

■ 지식 영토를 개발하라

'제대로 사는 인간'은 정신적인 자유를 만끽할 수 있는 자기만의 지식 영토를 가지고 있다.

'제대로 사는 인간'이 프로 정신을 가지고 자기가 먹고살 만한 대가는 오게 마련이라고 믿고 있는 것도 자기만의 지식 영토를 가지고 있기 때문에 가능한 일이다.

21세기 지식정보사회 속에서 현대인은 지식과 정보가 해일처럼 밀려오는 정보의 바다에 서 있다. 자기 분야의 전문적인 지식을 가지고 있지 않으면 남들에게 뒤처지게 되고 낙오하기 십상이다. 그것을 다 접하고 자기 것으로 만들기 위해서는 하루 24시간도 너무 짧다.

그러나 '제대로 사는 인간' 은 많은 것을 알려고 하지 않는다.

잡다한 정보의 홍수 속에는 너무도 쓸데없는 정보들이 떠돌아다니는 탓에 '제대로 사는 인간' 은 지식과 정보를 접하는 것도 중요하지만, 일단 접하게 된 지식과 정보를 자기 것으로 만드는 데 주력한다. 지식과 정보를 모으고 자기 것으로 가공하는 기술을 가진 자만이 자기만의 지식 영토를 확보할 수 있다.

여러분이 '제대로 사는 인간' 으로 성공하기 위해서는 자기 지식 영토를 제대로 확보한 사람이 되어야 한다.

그것은 학교를 많이 다니고 적게 다닌 것과 상관이 없다. 인터넷 시대에는 언제 어디서나 마음만 먹는다면 누구나 공부를 할 수 있다. 각자 자기 분야의 자기 일에 관한 지식 영토를 마련하고 자기만의 확고한 지식을 개발하라. 그래야 지식 영토의 범주 속에서 자신만의 파워 영역을 확보하고 자신의 일을 성공으로 만들어 보다 밝은 미래를 만들 수 있다. 자기 지식 영토를 만드는 일은 성공한 '제대로 사는 인간' 이 되기 위한 필수 사항이다.

■ 10년만 자기 분야의 전문 잡지를 구독하라

자신만의 영토를 확보하려면 매일매일 쏟아져 들어오는 신문이나 인터넷의 지식 정보들을 접하는 것도 좋지만, 지나치게 상식 이상의 잡다한 지식을 많이 아는 것은 능력의 낭비가 될 수 있다.

나는 여기서 자신도 모르게 자기 분야의 전문가가 되는 방법을 제시하고자 한다.

그것은 자기 일과 연관된 전문 잡지를 한 달에 한 권 이상 정기적으로 읽는 것이다. 여러분은 이 간단한 방법으로 프로의 반열에 올라설 수 있다. 성공한 '제대로 사는 인간' 이 되려면 10년 이상 그런 습관을 가져야 한다. 그렇게 하면 자기만의 지식 영역이 생겨나고 미래를 잘 개척할 수 있다. 그것은 아주 대수롭지 않은 일처럼 보이지만 나도 모르는 사이에 커다란 수련이 된다.

이 일은 당장 실천에 옮기는 것이 좋다. 그냥 취미로 생각하던 일이 놀라운 결과를 나타낸다. 어느 날 자신도 모르는 사이에 자신이 그 분야에 해박한 지식을 가지고 있다는 것을 발견하게 되기 때문이다. 그것을 세월의 힘이라고 말하는데, 그때쯤 여러분은 독수리가 높은 곳에서 자신의 먹잇감을 내려다보는 듯한 넉넉한 시야를 가지게 되어 그 분야의 전문가가 되어 있을 것이다.

나는 여러분에게 전문가는 그런 아주 단순하지만 꾸준한 노력을 통해서 단련된다는 것을 말하고 싶다. 이런 과정을 거쳐서 자기 지식 영토를 확보하게 된다는 내 말을 가슴 깊이 새겨들었으면 좋겠다.

■ 평생 지식 영토를 확장하라

'제대로 사는 인간'은 학교 공부를 마치고 석사 박사가 되었다고 만족하지 않는다.

그들은 오히려 그것이 시작이라 생각하고 더 넓고 깊은 영역을 탐구해 들어가고 있다. 더구나 오늘날과 같이 사회 변동이 심하고 지식이 하루가 다르게 쏟아져 나오는 시대에는 더욱 그러하다.

21세기는 지구촌이 하나로 더욱 좁게 모아지는 국제화 시대다.

이제는 우물 안 개구리처럼 한 나라 안에서만 뛰어난 사람이 되어서는 별 의미가 없는 시대다. 세계화 시대를 맞이하여 전 세계의 여러 민족들과 함께 공존하는 방법을 터득해야 한다. 머지않아 세계는 일일 생활권으로 묶여지고 사람들은 국가나 민족의 개념을 벗어나서 살아가게 될 것이다.

그렇다고 국가나 민족 단위의 삶이 지구상에서 사라진다는 이야기는 아니다. 다만 우리는 세계화 시대를 역행할 수 없고, 그러한 시대를 맞이하여 보다 큰 포부와 신념으로 세계를 리드해 나가야 한다는 것이다.

21세기는 '제대로 사는 인간'도 세계를 무대로 맹활약을 해야만 할 시대다.

이미 우리나라는 국내 인구의 15%에 달하는 600만 명이나 되는 해외 교포를 가지고 있고, 100만 명에 가까운 아시아 각국 사람들이 들어와서 3D 업종 등 여러 직종에 종사하고 있다.

이제 여러분은 자신의 일을 좁은 한반도가 아니라 전 세계 어디에서 든지 할 수 있다. 앞으로는 국가보다는 '지구촌'이라는 개념으로 세계를 인식해야 한다는 것을 명심해야 한다. 앞으로는 지구촌 시대가 전개됨에 따라 여러 나라 간의 이해가 얽힌 국제 문제와 관련된 직업 수요가 다양해질 것이며 직업에서도 국경이 없어질 것이다. 삶과 풍습이 다른 사람들과 어울려 자신의 일과 사랑을 나눌 수 있다면 그것처럼 흥미롭고 즐거운 일도 없을 것이다.

■ 칭기즈칸의 경우

세계화 시대를 맞이해서 요즘 칭기즈칸이 많은 각광을 받고 있는데, 그의 경우를 살펴보자. 내가 여기서 칭기즈칸을 논하는 것은 그가 구축했던 제국이 당시로서는 압도적인 지식 영토의 구축에 의한 것이었기 때문이다.

칭기즈칸은 초원에 사는 유목민인 100만 명의 몽고족을 이끌고 전 세계를 누비며 1억 5천만 명 이상의 인구를 점령하고 통치한, 그야말로 1당 100의 제국 경영을 달성한, 불세출의 영웅이자 인류 역사상 최대의 제국을 세운 사람이다.

그런 칭기즈칸이 800년이 지난 오늘날, 세계화와 정보화 시대를 맞이하여 인류 역사상 최고의 스피드 경영, 효율 경영을 한 CEO로 재평가받고 있다.

그 이유는 무엇일까?

21세기 인터넷 시대의 성공 요인은 스피드, 네트워킹, 그리고 정보화 기술로 집약되고 있는데 칭기즈칸은 이미 800년 전에 뛰어난 세계 감각을 가지고 스피드와 네트워킹을 활용한 사람이라는 것이다.

그가 이끄는 몽고 기갑 군단은 보급 부대가 따로 없는 전원 기병으로 다른 나라 군대의 3~4배의 스피드로 진군을 하면서 적군을 바람처럼 제압했다. 그의 군대는 하루 300㎞ 이상을 이동했는데, 그들이 세운 이동 속도는 제2차 세계 대전 때 독일의 기갑 군단보다도 빠른 속도였다고 한다. 칭기즈칸은 그렇게 빠른 속도로 여러 대륙을 누비면서 세상에 대한 지식과 정보를 얻을 수 있었고 세계가 자기의 말발굽 밑에 있다는 것을 깨달았다. 만약 칭기즈칸이 그러한 지식 영토를 확보하지 못했더라면 그의 대제국은 존재하지 못했을 것이다.

칭기즈칸은 고려, 중국, 중앙아시아, 이란, 이라크, 인도 북부, 러시아, 헝가리를 아우르는 오늘날 중국의 3배에 이르는 방대한 지역을 통치하면서 자신들만의 독특한 정보 전달 네트워크를 구축함으로써 근 200년간 세계 제국을 경영하는 데 성공했다.

칭기즈칸은 스스로를 야만인이라고 불렀지만 커뮤니케이션과 속도를 중시하는 유목민의 삶의 방식을 자랑스럽게 여겼고 모든 몽고인에게 세계 지배의 꿈을 제시했다.

몽고 제국의 성공 비결은 한마디로 칭기즈칸이 제시한 '꿈'에 있었다.

내가 여기서 칭기즈칸을 이야기하는 것은 그의 꿈을 이야기하고자 함이다.

'한 사람이 꿈을 꾸면 꿈으로 끝나지만 만인이 꿈을 꾸면 얼마든지 현실로 가꿔낼 수 있다.'

이런 말을 남긴 그는 아홉 살에 아버지를 잃고, 사랑하는 아내마저 적에게 빼앗겼지만, 뼈를 깎는 고통으로 인내하면서 아내와 아이를 되찾아왔고, 자신의 꿈을 만인의 꿈으로 만드는 데 자신을 바쳤다.

칭기즈칸은 과연 만인의 꿈을 이끌어냈고 대제국을 건설할 수 있었다.

그는 적에게는 무자비하고 부하들에게는 한없이 너그러웠다. 그는 자신을 위해서 목숨을 바치는 부하들에게는 상상 이상의 대우를 해주었고 자기 핏줄처럼 사랑했다. 그럼으로써 그는 승리의 제1조건인 절대 충성을 받아냈다.

몽고가 대제국을 건설한 후 반포되었던 율법에는 이런 말이 적혀 있다.

"칭기즈칸께서는 다른 사람이 있는 데서 혼자 음식을 먹는 것을 금하셨다. 먹으려면 다른 사람과 같이 먹어야 한다. 전우보다도 많이 먹는 것을 금지한다."

칭기즈칸은 그렇게 몽고 군대에 자긍심과 평등주의, 전우애를 심었다.

몽고 군대는 전투에서 적들에게 잔인하기로 소문이 나 있었지만 통치는 너그럽게 했다. 언어가 다르고 종교가 다르다고 차별을 두지 않았고, 피정복자가 세금만 잘 내고 반란을 일으키지 않으면 자치를 허용했고, 포로를 처형하거나 노예로 삼는 대신 기술자는 따로 추려내서 무기를 만들게 하고, 무술이 뛰어나거나 용맹스러운 자는 용병으로 재교육시켜 철저하게 활용했다.

어찌 보면 칭기즈칸은 현대 경영에서 주로 애용하고 있는 아웃소싱 전략을 이미 체득하고 있었던 셈이다.

코페르니쿠스의 역발상이 지동설을 낳았다면 칭기즈칸의 꿈은 동서 문명을 관통하는 대제국을 낳았다. 여기서 우리가 간과해서는 안될 일은 이 두 사람이 다 자기만의 지식 영토를 가지고 있었던 탓에 그러한 역발상과 꿈을 가질 수 있게 되었다는 것이다. 코페르니쿠스는 사제의 신분이었지만 천체를 바라보고 연구하는 일에 일생을 바친 사람이다. 칭기즈칸은 평생 춥고 거친 초원을 누비면서 이 세상의 크기를 가늠하였고 대제국의 꿈을 꿀 수 있었다.

'제대로 사는 인간'은 자기만의 지식 영토를 가지지 않고서는 도달할 수 없다.

다음은 칭기즈칸이 남긴 가슴을 울리는 절규와 같은 말이다.

집안이 나쁘다고 탓하지 말라.
나는 아홉 살 때 아버지를 잃고 마을에서 쫓겨났다.
가난하다고 말하지 말라.
나는 들쥐를 잡아먹으며 연명했고,
목숨을 건 전쟁이 내 직업이고 내 일이었다.
작은 나라에서 태어났다고 말하지 말라.
그림자 말고는 친구도 없고 병사로만 20만,

백성은 어린애, 노인까지 합쳐 백만도 되지 않았다.

내가 세계를 정복하는 데 동원한 몽골 병사는

적들의 200분의 1에 불과했다.

배운 게 없다고 힘이 없다고 탓하지 말라.

나는 내 이름도 쓸 줄 몰랐으나

남의 말에 귀 기울이면서

현명해지는 법을 배웠다.

너무 막막하다고,

그래서 포기해야겠다고 말하지 말라.

나는 목에 칼을 쓰고도 탈출했고,

뺨에 화살을 맞고 죽었다 살아나기도 했다.

적은 밖에 있는 것이 아니라 내 안에 있었다.

나는 내게 거추장스러운 것은 깡그리 쓸어버렸다.

나를 극복하는 그 순간 나는 칭기즈칸이 되었다.

▶▶▶청기즈칸의 가르침

유목민 몽골의 성공 비결

그들의 성공 비결을 한마디로 요약하자면 '꿈'이다.

한 사람이 꿈을 꾸면 꿈으로 끝날지 모르지만 만인이 꿈을 꾸면 얼마든지 현실로 가꿔낼 수 있다는 신념을 지녔다.

미래를 향한 비전을 함께 지닌다면 얼마든지 세상을 바꿀 수 있다는 걸 그들은 알았다.

비전의 공유는 어떨 때 가능한가? '열린 사고'를 할 때다.

비전을 공유한다는 것은 함께 꿈을 꾸고 함께 꿈을 실현해 가는 것이다.

사람은 누구나, 그리고 저마다 꿈을 꾼다.

내 꿈도 있고 남의 꿈도 있다.

심지어 가축들에게도 꿈이 있다. 하지만 어떤 꿈이 나만을 위한 것이라면 나를 위해 남에게 희생과 복종을 요구하는 것이라면 '꿈의 공유'는 결코 이룰 수 없다.

기업주, 정치 지도자, 가장이 자기 꿈을 이루려고 종업원, 국민, 아내와 자식들에게 일방적 희생과 복종을 요구한다면 그것은 꿈의 공유가 아니다.

—CEO 징기스칸에서

(6) 창조의 기쁨을 노래하라

▣ 창조의 기쁨을 누려라

'제대로 사는 인간'은 자신의 목표를 성취했을 때의 크나큰 기쁨을 알고 있다.

그것은 공중으로 날아오를 듯이 기쁘고 자유로운 느낌이다. 수개월, 수년, 혹은 평생 동안 꿈꾸고 계획하고 노력하고 인내해서 추진한 일이 소기의 성과를 거두고 결실을 맺게 되었을 때의 벅찬 감동은 주체할 수가 없다.

그것은 어쩌다 복권에 당첨된 사람이 느끼는 기쁨과는 전혀 다르다.

불로소득으로 오는 기쁨은 뒤끝이 허전하지만, 온전한 노력을 기울여 만들어낸 결과물은 두고두고 감회를 자아내며 그 자신을 고귀한 존재로 만들어주는 신비한 능력이 있다.

마라톤 선수가 한 걸음 한 걸음을 내디뎌 결승 테이프를 끊었을 때의 강렬한 성취감은, 동시에 몰려오는 피로감과 함께 피어오르는 아지랑이를 만들어내는 기쁨이다. 사격이나 양궁 선수가 과녁을 겨냥해 한 발 한 발 맞혀 들어가는, 숨 막히고 가슴 졸이는 과정의 연쇄적 기쁨인 것이다.

골프 선수 박세리가 기나긴 행보 끝에 미국 여자 프로 골프계에 데뷔해 '98 LPGA 챔피언십'에서 최연소의 나이로 우승을 거머쥐었을 때의 감격해하던 모습은 얼마나 아름다운가. 그녀는 그날의 환희와 기쁨을 위해 온갖 고난과 힘든 훈련을 겪으면서 피땀 어린 눈물을 흘렸다.

여러분은 지나온 삶의 여정에서 단 한 번이라도 미친 듯이 어떤 일에 매달려 본 적이 있는가? 그것이 성공으로 끝났든 실패로 끝났든 간에 뼈가 으스러지도록 힘을 쏟은 나머지 지쳐서 쓰러져 본 적이 있는가?

그런 경험이 단 한 번이라도 있었다면 여러분은 무엇을 하든 성공할 자격이 있다.

만약 그런 경험이 없다면 그 기쁨을 얻는 데 여러분의 목표를 두어야 한다. 창조적인 작업을 해본 사람이 아니면 알 수 없는 기쁨과 환희를 느껴야 여러분은 성공한 사람의 대열에 설 수 있다.

창조적인 작업을 성공적으로 마친 후 얻는 성취감과 환희의 감정은 그 무엇과도 바꿀 수 없는 고귀하고 보람된 것이다. 그것을 느껴보지 못한 사람들은 세상을 잘못 살거나 헛살고 있는 사람들이고, 그런 기쁨을 가장 많이 느끼는 이들이 바로 성공한 사람들이다.

창조의 기쁨에 대해 괴테는 이렇게 말했다.

"천재는 보통 사람들이 딱 한 번밖에 경험하지 못하는 청춘을 여러 번 거듭해서 경험한다."

베토벤의 삶은 어려서부터 가난과 병으로 인한 고통과 외로움으로 점철된 삶이었다.

일곱 살 때부터 무대에 서기 시작한 그는 이십대에 이미 뛰어난 피아니스트이자 작곡가로 주목받았지만, 한창 왕성하게 활동할 나이에 악성 중이염에 걸려 청각을 잃고 말았다. 음악가로서 소리를 듣지 못한다는 것은 죽음과도 같은 것이었다. 베토벤은 실의와 좌절로 고통의 나날을 보내야 했다.

그는 '오라, 죽음이여! 내 기꺼이 너를 맞으리라!' 로 끝나는 저 유명한 '하일리겐슈타트의 유서' 를 쓰고 죽음을 생각했다.

그러나 그는 그러지 않았다. 절망의 광풍에 자신을 내맡기지 않고 더욱더 작곡에 전념하는 길을 선택했다. 청력을 잃은 상태에서 그는 교향곡 3번 '영웅' 과 5번 '운명', 피아노 협주곡 '황제' 등 불후의 명작을 잇달아 발표했다.

그는 인생의 기쁨과 슬픔, 고난과 행복 그 어느 것도 외면하거나 저버리지 않았다. 오히려 9번 교향곡 '합창' 에 이르러서는 삶과의 대화합을

시도했다. '환희의 송가'로 유명한 '합창'은 웅대한 구성과 자유로운 형식, 진지한 표현 등으로 절망을 극복해 낸 그의 영혼의 힘을 보여준다. 그래서 그는 '음악은 어떠한 지혜나 철학보다 높은 경지에 있다'고 말할 수 있었을 것이다.

그는 소리를 들을 수 없었지만 자신의 내면에서 울려 퍼지는 아름답고 웅혼한 소리를 들으면서 창조의 기쁨과 환희 속에서 악보를 적어나갔으며, 혼자서 들리지 않는 피아노를 두드렸다. 그는 피아노를 칠 때 음감을 느끼기 위해 입에 숟가락을 물고 그 음을 감지하기도 했다고 한다. 이런 노력 끝에 탄생한 그의 음악은 어둠 속에서 빛을 보여주고, 고통 속에서 창조의 뜨거운 환희를 느끼게 해준다.

'합창' 교향곡은 성악을 곁들인 최초의 교향곡으로, 화해와 희망의 상징으로 널리 알려져 있다. 가장 고통스러운 가운데서 희망을 만들고 그것을 추구했던 베토벤의 위대한 예술혼을 생각하면 절로 숙연한 마음이 들 정도다. 베토벤이야말로 불굴의 투지로 모든 난관을 극복한 최고의 승리자였던 것이다.

베를린 장벽이 무너지던 날, 브란덴부르크 문 앞에 모여든 사람들 위로 울려 퍼진 것이 바로 '환희의 송가'였다.

■ 오늘 최선을 다하라

기업가로서 가장 활동적이고 창조적인 역량을 과시한 사람으로 스티브 잡스를 들 수 있다.

스티브 잡스는 1976년 스물한 살의 나이로 애플 컴퓨터를 만들어 세계적인 기업으로 성장시켰지만, 1985년 자신이 창립한 회사에서 쫓겨나는 수모를 당해야 했다. 아이디어만 많지 현실 감각이 떨어지고 무능하다는 이유에서였다.

그러나 그는 1997년 다시 애플사 CEO로 복귀하는 괴력을 발휘했다.

게다가 10억 달러의 적자를 기록했던 애플사를 단 1년 만에 4억 달러 가까운 흑자를 만들어낸 드라마의 절정을 연출했다.

애플사에 복귀한 스티브 잡스는 새로운 PC인 아이맥(iMac)을 내놓았다.

이 아이맥은 1년 만에 2백만 대나 판매되었고 애플의 주가는 아홉 배나 뛰어올랐다. 그는 소비자들이 사랑하고 또 기꺼이 사고 싶은 컴퓨터를 만들어냈던 것이다. 그리하여 주당 13달러까지 떨어진 애플의 주가를 1999년 말 1백 18달러로 끌어올림으로써 20억 달러짜리 회사를 2백억 달러에 달하는 회사로 탈바꿈시켰다.

또한 스티브 잡스는 픽사(Pixar)라는 애니메이션 회사의 CEO를 겸임하면서, 월트 디즈니와 손잡고 애니메이션 영화의 새로운 영역을 개척해 냈다.

그리하여 창조의 기쁨을 만끽함과 동시에 다시 세계적인 부호의 반열에 올라섬으로써 옛 명성을 되찾았다. 스티브 잡스는 이렇게 화려한 재기에 성공함으로써 지난날 애플의 성공이 결코 요행이 아니었음을 보여주었다.

그러나 이러한 신화는 자신이 만든 회사에서 쫓겨난 후 쓰디쓴 인고의 세월이 있었기에 가능했다.

스티브 잡스는 애플과 픽사라는 매우 성공적인 두 회사, 컴퓨터와 애니메이션 영화사의 사령탑을 동시에 맡은 최고 경영자로 다시 세계인의 주목을 받고 있다.

스티브 잡스처럼 성공과 실패를 극적으로 반전시킨 경영인은 찾아보기 힘들다. 그의 화려한 재기는 지식정보화 시대에 맞춰 스스로 변신에 성공한 좋은 예다.

그가 화려하게 재기한 이유는 실패와 고난에도 불구하고 꾸준히 공부하고 창의적인 생각을 가짐으로써 자기 자신을 훈련시킨 데 있다.

창의력을 가진 사람이 되려면 끊임없이 독서하고 변화하는 세대를 읽어나가면서 자신을 새롭게 변화시킬 줄 알아야 한다. 그리고 책을 많이 읽는 것도 중요하지만, 읽은 것을 자기 것으로 소화하고 적용할 줄 아는 것이 창조적인 사람이 되는 방법이다.

■ 포기하지 않고 끈기있게

로댕이 프랑스의 대조각가로 사람들에게 인정받게 된 것은 쉰 살이 다 되어서였다.

그때까지 그는 밑바닥 생활을 하면서 이를 악물고 견뎌냈다. 그는 마흔 살이 다 되어 '청동 시대'라는 작품을 출품했는데, 그 작품이 너무도 빼어나 오히려 심사 위원들의 의심을 샀다.

"이 작품은 산 사람의 몸에서 바로 본을 떠서 만든 것임에 틀림없소. 이건 작품이 아니라 사기요!"

이런 어처구니없는 이유로 그의 작품을 제외시키려 할 때 한 심사 위원이 말렸다.

"비록 사기일지는 모르지만, 그 사기 솜씨가 실로 절묘하지 않습니까?"

그는 다른 심사 위원들을 설득해 간신히 로댕의 작품을 입선시켰다. 그러자 아니나 다를까, 신문과 잡지를 비롯해 일반인들까지 합세해 로댕을 사기꾼이라고 비난을 퍼붓는 것이었다. 결국 로댕의 결백은 그로부터 몇 년이 흐른 뒤에야 밝혀졌다.

그러나 사람들의 오해는 거기서 끝나지 않았다. 로댕이 역시 걸작이라 일컬어지는 '발자크 상'을 만든 것은 쉰여덟 살 때였다. 이 작품이 첫 선을 보일 때도 온갖 악평들이 쏟아졌다. 그럼에도 로댕은 조금도 개의치 않고 묵묵히 자기 일에만 매달렸다.

그는 사람들에게 이렇게 말하곤 했다.

"비록 지금은 인정하려 하지 않지만, 언젠가는 그 때가 오겠지. 느리다는 것은 일종의 미덕이라네."

한때 로댕의 조수 노릇을 한 릴케는 '젊은 시인에게 보내는 편지'에서 이렇게 말했다.

"예술 작품을 접하고 악평을 퍼붓는 일만큼 부당한 행위도 없습니다. 정도의 차이야 있겠지만, 반드시 명백한 오해로 끝날 뿐이니까요."

릴케는 그 이유를 이렇게 덧붙였다.

"세상의 모든 일은 그렇게 쉽게 파악할 수 있는 것이 아니고, 쉽게 말할 수 있는 것도 아닙니다. 사람들은 걸핏하면 그렇게 믿고서 안달하지만 말입니다."

젊은 시절 릴케는 로댕의 밑에서 그의 예술적인 영향을 받으며 시인으로서의 자질을 닦았다. 비평을 불신하는 릴케의 말은 로댕의 정신을 그대로 이어받은 것이라 할 수 있다.

어떤 예술가도 자신을 사기꾼으로 몰아 엄청난 비난을 퍼붓는다면 도저히 견뎌내지 못했을 것이다. 순식간에 자신감을 잃고 영락해 버렸을 것이다. 물론 로댕도 끝까지 단호하게 싸워 결백을 증명해 보였다. 하지만 한편으로는 집요한 악평에도 개의치 않고 자기 일에 대한 노력을 그치지 않았다. 의연한 그의 태도는 극히 예민한 성격의 예술가로서는 보기 드물 만큼 넓은 도량을 보여준 것이다.

작품에 대한 비평가들의 초점이 어떻게 빗나가 있었는지에 대해 릴케가 이렇게 썼다.

“여러분이 쓰지 않을 수 없는 근거를 찾아주십시오. 그것이 여러분 마음속 가장 깊은 곳에 뿌리내리고 있는지 어떤지를 검토해 주십시오. 만약 여러분이 쓰는 것을 중단한다면 죽어야 하는지 어떤지를 스스로에게 고백해 주십시오.”

이렇듯 로댕 자신의 작품에 대한 문제는 천박한 곳에 뿌리박고 있는가 그렇지 않은가를 검토하는 것, 단지 그것뿐이었다. 게다가 그것이 목숨을 건 검토라는 것이 우리를 감동시킨다.

예술 작품이라는 것은 원래 말로 다 할 수 없는 비밀로 가득 차 있다. 그것의 생명력은 덧없는 인간의 생명을 뛰어넘어 영원히 계속되는 것으로, 하루아침에 이루어낸 잔재주로 완성할 수 있는 것이 아니다.

로댕의 예술에 대한 의연한 태도는 예술에만 한정된 문제가 아니다. 인생의 모든 면에서 필요하고, 그것이 인간을 성숙되게 만든다.

인도 사람들은 서로 인사를 할 때 두 손을 합장하면서 ‘나마스테’ 란 말을 한다.

그 말에는 다음과 같은 아주 심오한 뜻이 담겨 있다고 한다.

“온 우주를 품고 있는 여러분을 존경합니다. 나는 여러분이 여러분 속에 있고, 나는 나 자신 속에 있으면서도 우리가 하나가 될 수 있는 여러분 속의 우주를 존경합니다.”

나는 자신의 일에 임하는 ‘제대로 사는 인간’ 의 마음속에도 ‘나마스테’ 의 뜻이 심어져 있다고 생각한다.

오, 나마스테!

창조의 노력

산다는 것은 끊임없이 자기 자신을 창조하는 일

그 누구도 아닌 자신이 자신에게 자신을 만들어준다.

이 창조의 노력이 멎을 때 나무든 사람이든,

늙음과 질병과 죽음이 온다.

겉으로 보기에 나무들은 표정을 잃은 채

덤덤히 서 있는 것 같지만,

안으로는 잠시도 창조의 일손을 멈추지 않는다.

땅의 은밀한 말씀에 귀 기울이면서

새봄의 싹을 마련하고 있는 것이다.

시절 인연이 오면 안으로 다스리던 생명력을

대지 위에 활짝 펼쳐 보일 것이다.

—법정 스님의 『산방 한담』 중에서

이 책은 성공에 대한 소박한 꿈을 여러분에게 제시해 줄 것이다!

이 책을 다 읽고 나면 여러분은 제대로 사는 삶, 나아가서 진정한 삶과 성공이 무엇이란 것을 깨닫게 될 것이다!

(1) 마음의 여유를 가져라

■ 마음의 건강학

"어떤 일을 하는 데 있어 즐겁게 하는 사람과 그렇지 않게 하는 사람과의 수명의 차이는 10년 이상이나 난다. 비단 수명의 차이뿐만 아니라 사회적인 지위나 물질적 소유 등 모든 면을 살펴볼 때, 우리는 절대적이라 할 만큼 즐거운 기분을 항시 소유해야 한다. 성공하고 부를 누리며 장수하는 사람일수록 유머가 풍부한 이유는 그 때문이다. 다시 말하면 부자이기 때문에 즐거워진 것이 아니라, 즐겁게 살기 때문에 부자가 되었다는 뜻이다."

『마음의 건강학』을 쓴 사사키 모리오라가 어떤 강연에서 한 말이다. 다소 억지스런 말처럼 들리기는 하지만 틀린 말은 아니다.

일소일소(一笑一少)란 말이 최근에 과학적으로도 맞다는 연구 결과들이 나오고 있다.

그런 점에서 본다면 '제대로 사는 인간'은 많은 점에서 혜택받은 사람들이란 생각이 든다. 자기가 하고픈 일을 하는 것 하나로 즐거움, 장수, 부 세 가지 모두를 거머쥔 셈이니 말이다.

일을 즐겁게 한다는 것은 몸에 엔돌핀의 증가를 만들어내고 신진대사가 원활해짐에 따라 그 사람은 활력이 넘치게 된다. 활력은 그 사람의 얼굴빛을 밝게 하고 주위 사람들에게 신뢰감을 준다.

그래서 사람들은 그를 진심으로 받아들이게 되고, 때문에 설령 그가 하는 일이 어려움을 겪거나 실패를 했을 때 도움을 받을 수 있다.

긍정의 힘은 그만큼 크다.

▣ 여유를 만드는 방법

이제까지 살펴본 바대로라면 '제대로 사는 인간'은 마음의 여유를 가진 사람들이라는 것을 알 수 있다. 그들은 대개 느긋하고, 사소한 일에 연연하지 않으며, 어떤 일에 얽매이지 않고, 분수를 지키고 집착하지 않는다.

다음의 예는 그것을 잘 설명해 줄 것이다.

어떤 가정주부가 남편의 수입이 적은 탓에 동네에 구멍가게를 냈다.

아주머니는 무척 친절하고 예의 바른 사람이었다. 아주머니는 한 번 온 손님에게 최선을 다하는 모습을 보여주었고, 그러자 가게를 찾는 손님이 점점 많아졌다. 장사는 날로 번창해서 트럭으로 물건을 들여놓을 정도가 되었고 하루 종일 정신없이 물건을 팔아야 될 지경에 이르렀다.

하루는 남편이 퇴근하여 정신없이 물건을 파는 아내에게 말했다.

"당신이 장사를 너무 잘하는 바람에 우리 동네 다른 가게들은 손님이 거의 없더군. 저 건너편 가게는 아예 문을 닫아야 할 것 같아."

이 말을 들은 부인은 다음날부터 물건을 트럭으로 주문하지 않았다. 그리고 파는 물건의 종류도 줄여서 손님들이 찾아오면 이렇게 말했다.

"그 물건은 건너편 가게 가시면 살 수 있습니다."

그 후 시간이 많아진 부인은 좋아하던 독서를 다시 할 수 있었고, 틈틈이 글도 쓰기 시작했습니다.

이 이야기는 나중에 『빙점』이라는 유명한 소설을 쓴 미우라 아야꼬 여사의 젊은 시절 이야기다.

여러분도 너무 많은 욕심 때문에 주위를 둘러볼 수 있는 여유를 빼앗고 있는 게 아닌지 살펴보라. 한가하고 여유롭게 책을 읽고, 산책을 하고, 명상에 잠기는 시간을 가진 사람은 그만큼 여유있고 행복한 삶을 사는 것이 아닐까?

다감한 친구와 커피 한 잔, 식사를 같이 하며, 대화할 수 있는 여유를 권하고 싶다.

■ 마음의 여유란

대부분의 야심가들은 외면적으로 대단한 성공을 거둔 것처럼 보이지만, 그 내면을 들여다보면 엄청난 상처를 입고 있는 경우가 많다. 권력이나 재산을 늘리기 위해 육체적·정신적 정력을 쏟아 부으며 자신의 에너지를 소모하기 때문이다.

하지만 그들은 아직 젊은 탓에 사업을 저돌적으로 추진하며, 여가를 즐기기보다는 어떤 일을 추진하는 데 더 큰 가치를 부여한다.

그 대표적인 인물로 1917년 볼셰비키 혁명을 일으켜 제정 러시아를 무너뜨리고 세계 최초의 공산주의 국가인 소비에트 연방을 일으킨 레닌을 들 수 있다.

레닌은 자그마한 체구에 병약해 보이는 얼굴을 지닌 인물이었지만, 20년 이상 유럽 대륙을 떠돌면서 공산주의 이론을 공부하고, 동지들을 규합한 이론가이자 선동가였다. 20세기에 들어서서 제정 러시아가 온갖 부정부패로 무기력해지자 그는 민중을 선동하기 시작했다. 그의 주장은 처음에 일부 추종자들에게만 먹혀들 뿐, 그가 꿈꾸는 무산 대중의 봉기는 일어나지 않았다.

그러나 그는 불굴의 투지를 발휘해 러시아 민중의 마음을 사로잡는

데 성공했다.

마침내 그는 소비에트 혁명을 완수하고 권좌에 올랐다.

하지만 그는 무산 대중의 어버이가 된 지 5년 만에, 54살의 한창 나이에 쓰러졌다.

만약 그의 곁에 진정한 친구나 스승이 있었다면 그렇게 허망하게 쓰러지지 않았을지도 모른다. 그는 자신의 일과 열망에 지나치게 몰두한 나머지 가장 소중한 건강을 잃어버린 것이다. 그런데 그는 죽기 얼마 전에 어울리지도 않게 세계 최급 차인 롤스로이스를 9대나 주문해서 서방의 빈축을 사기도 했다. 그는 그 차를 타보지도 못하고 죽었다.

사실 인간이 가장 확실하게 소유할 수 있는 것은 시간뿐이다. 그 시간은 누구에게나 공평하게 주어지며 훔치거나 도둑맞을 일도 없다.

그러나 그 귀중한 시간을 너무 일에만 열중하다 보면 자신의 인간적인 한계를 잊어버리고, 마치 자신이 절대자라도 된 양 행동하곤 한다. 또한 인간은 한번 야심이 불붙으면 몸의 기능이 쇠할 때까지 빠져나오지 않을 정도로 미련한 존재다. 따라서 시간의 충고에도 귀 기울일 줄 아는 넉넉한 마음이 필요하다.

너무 지나치게 성공에 매달리지 말라. 그것에 연연하다 보면 스스로를 짓밟고, 결국 레닌처럼 질식하고 만다. 과감하게 자신의 현실과 멀리 떨어져야 한다.

'제대로 사는 인간'은 세속적 성공보다 마음의 안식을 찾아 자신만의 시간을 갖는다.

■ 마음의 여유를 즐긴 하이든

매우 절박한 상황을 마음의 여유로 슬기롭게 벗어난 이야기로 하이든의 일화가 있다.

하이든이 한 악단의 지휘자로 일하고 있을 때였다.

그런데 그 악단의 단장인 에스터하치 후작이 개인적인 이유로 악단을 해산시키려고 했다. 이 소식을 전해 들은 하이든은 아무 말도 하지 않고 그 자리에서 심포니 한 곡을 작곡해 그 곡명을 '고별 심포니'라고 붙였다.

그 곡은 연주자가 자기 연주를 마치면 차례차례 일어나 안으로 사라지고, 나중에는 한 사람만 남아 최후의 연주를 하게 되어 있었다. 연주가 시작되었고, 연주자들은 자신이 맡은 곡의 연주를 마치고 자기 앞의 불을 끄고 차례차례 밖으로 나갔다. 마침내 콘트라베이스 연주자 혼자 악보 앞에 서 있다가, 마지막 불을 끄고 조용히 무대에서 사라졌다.

후작은 그 장면에 깊은 감명을 받았다. 그래서 자신의 잘못을 깨닫고 악단을 유지시키기로 결심했다.

그러자 하이든은 또 한 편의 심포니를 작곡했는데, 그것은 고별 심포니와 반대로 한 악기로 시작해 차츰 다른 악기들이 더해가는 곡이었다. 연주자들이 차례차례 들어와 자기 앞에 불을 켜고 연주를 시작했다. 그리하여 악단은 다시금 환한 조명 아래서 희망의 소리를 내기 시작했다.

이렇게 하이든은 자신의 감정을 자신이 가장 잘할 수 있는 음악으로 절묘하게 표현함으로써 악단을 유지함과 동시에 많은 감동을 전할 수 있었다.

이렇듯 억지로 무슨 일을 꾸미려 하기보다는 자기 마음의 리듬에 순종하면서 나아가야 한다. 그리고 한꺼번에 모든 것을 얻으려 하기보다는 매일 꾸준한 노력을 기울여 자신이 꿈꾸는 바를 이루어야 한다.

■ 답은 한 가지만 있는 게 아니다

여러분은 무슨 문제에 봉착하게 되면 그 답을 찾으려고 무척 애를 쓴 경험이 있을 것이다. 그러나 세상에는 반드시 한 가지 답만 있는 경우는 오히려 드물 때가 많다.

탈무드에는 너무도 유명한 이런 이야기가 있다.

어떤 젊은이가 유대인을 연구하려고 성경을 공부하고 유대인에 대한 여러 가지 책을 읽었다. 그러나 아무리 공부를 해도 그는 유대인이 아니었기 때문에 유대인을 잘 알 수 없었다. 그러다가 그는 유대인의 생활 규범이 되고 있는 탈무드를 공부하지 않는 한, 유대인을 이해할 수 없다는 것을 깨달았다.

어느 날 그는 랍비를 찾아가 문을 두드렸다. 나중에 자세히 설명하겠지만 랍비란 유대교의 승려다. 뿐만 아니라 유대인에게 있어서 랍비는 때로는 교사이고, 때로는 재판관이고, 때로는 어버이가 되기도 하는 매우 존경받는 존재다.

"랍비께서 탈무드에 대해 잘 아신다는 소문을 듣고 저도 배우려고 찾아왔습니다."

이 말을 들은 랍비는 말했다.

"내가 보기에는 당신은 탈무드를 배울 사람이 못 되는 것 같소!"

뜻밖의 거절에 찾아온 사람은 어리둥절했다.

"도대체 제가 왜 탈무드를 배울 사람이 못 된단 말입니까? 정 그렇다면 제가 배울 수 있는지 없는지를 어디 한 번 시험해 보아주십시오." 하고 그는 말했다.

그러자 랍비는 한 가지 문제를 내었다.

"어느 날 두 소년이 굴뚝 청소를 하고 내려왔습니다. 그런데 청소를 끝내고 내려온 두 소년의 얼굴이 전혀 딴판이었습니다. 한 소년의 얼굴에는 새카맣게 그을음이 묻어 있는데, 한 소년의 얼굴은 그을음이 묻지 않은 깨끗한 얼굴이었습니다. 자! 당신은 두 소년 중에 누가 얼굴을 씻을 거라고 생각하십니까?

이러한 질문에 젊은이는 너무 쉽다는 표정을 지으며 대답했다.

"그야 물론 얼굴에 그을음이 묻은 아이가 씻겠죠."

젊은이의 대답을 예상이나 한 듯 랍비는 냉정하게 말했다.

"역시 당신은 탈무드를 배울 자격이 없는 사람이군요."

찾아온 사람은 어이가 없었다.

"그렇다면 그 문제의 해답은 무엇입니까?"

"만일 당신이 탈무드를 공부하게 되면, 그 물음에 지혜로운 답을 말할 수 있을 것이오."

랍비는 친절하게 말해 주었다.

"두 소년 중에 얼굴이 더러워진 소년은 다른 소년의 얼굴을 보고 자기는 깨끗하다고 생각합니다. 반대로 얼굴이 깨끗한 소년은 다른 소년의 얼굴이 더러워진 것을 보고 자기 얼굴도 그처럼 더러워졌을 것이라고 생각하여 얼굴을 씻게 되는 것입니다."

"아, 알겠습니다."

그 사람은 몹시 당황하며 다시 한 번 시험해 줄 것을 부탁했다. 그러자 랍비는 그에게 처음과 똑같은 질문을 했다.

"두 소년이 굴뚝 청소를 하고 내려왔습니다. 누가 씻겠습니까?"

젊은이는 답을 알고 있었으므로 자신있게 대답했다.

"그야 물론 깨끗한 얼굴의 소년이겠지요."

그러자 랍비는 고개를 저으며 말했다.

"틀렸소. 역시 탈무드를 공부할 자격이 없군요."

그는 매우 낙심하여 랍비에게 다시 물었다.

"그렇다면 도대체 탈무드에서는 어떻게 말하고 있습니까?"

그러자 랍비는 냉담한 표정을 지으며 말했다.

"두 소년이 똑같이 굴뚝을 청소했는데 어떻게 한 아이는 깨끗하고 한

아이만 더러워질 수가 있겠습니까? 두 아이가 다 얼굴이 더러워졌을 테
니 둘 다 씻게 될 것이오."

이 이야기를 잘 음미하면 그 속에서 사물을 제대로 바라보는 눈과 세
상을 바라보는 무한한 지혜를 배우게 될 것이다.

▶ ▶ ▶ 장자의 가르침

내 자신이 부끄러워

어느 날 장자가 조능(雕陵)이라는 곳에서 사냥을 하고 있을 때였다.

날개의 폭이 일곱 자에 눈은 한 치나 되는 이상한 까치 한 마리가 남쪽에서 날아왔다. 그 새는 장자의 이마를 스치고 지나가서 밤나무 숲에 앉았다.

"참 묘한 새다. 큰 날개를 가지고 있으면서도 잘 날지 못하고, 큰 눈을 가지고 있으면서도 마치 눈뜬장님 같지 않은가!"

장자는 이렇게 중얼거리면서 옷소매를 걷어붙이고 재빨리 밤나무 숲속으로 들어가 화살을 겨누었다.

그런데 자세히 바라보던 장자는 깜짝 놀랐다.

까치는 나무에 붙어 있는 사마귀를 노리고 있었고, 그 사마귀는 또 시원한 나무 그늘에서 신나게 울고 있는 매미를 노리고 있지 않은가. 사마귀도 까치도 먹이에 마음을 빼앗긴 나머지 자신에게 닥친 위험을 알아차리지 못하고 있었다.

장자는 두려운 생각이 들었다.

"먹이를 노리는 자, 또 먹이가 된단 말인가? 이익을 쫓는 자는 해를 부른다. 정말 위험하기 짝이 없구나."

장자는 활과 화살을 내던지고 급히 밤나무 숲을 빠져나왔다.

그러나 장자는 뒤쫓아온 밤나무 숲지기에게 붙잡혀 밤 도둑이라고 실컷 욕을 얻어먹었다.

그 뒤 장자는 석 달 동안 방에 틀어박혀 뜰에도 나오지 않았다.

제자인 인저가 이상히 여겨 그 까닭을 물었다.

"무슨 일이십니까? 요즘은 뜰에도 나오지 않으시니 말씀입니다."

장자는 이렇게 대답했다.

"나는 나 자신의 우매함을 모르고 있었다. 흐린 물에 마음을 빼앗겨 맑은 못에 몸을 비춰보는 것을 잊고 있었다. 스승의 가르침 속에 '세속에 살고 있는 한 세속의 규칙에 따라야 한다' 는 교훈이 있다. 그런데 요 전번에 조릉에서 큰 까치에게 정신이 팔려, 금지되어 있는 것도 미처 생각지 못하고 밤나무 숲 속으로 들어가지 않았겠나? 그 때문에 숲지기에게 엉뚱한 의심을 받아 욕을 얻어먹었기에 그런 내 자신이 부끄러워 이렇게 틀어박혀 있는 것이다."

(2) 가족이 지금의 나를 있게 했다

▣ 가정의 출발점

어떤 청년이 처칠에게 가정의 출발점이 무엇이냐고 물었다.
처칠은 서슴지 않고 대답했다.

"그것은 한 청년이 한 소녀를 사랑하기 시작할 때부터이지. 이 신의
섭리를 뒤바꿀 수 있는 논리는 아직 발견되지 않았어."

물레방앗간에 숨어서 사랑을 하는 연인의 마음속에는 생명의 고양이 있다.
실로 가정은 그런 순수하고 원초적인 사랑에서 출발을 한다.

결혼은 자신의 잃어버린 반쪽을 찾는 일이란 말도 있지만, 나는 누군 가를 사랑한다는 것은 세상을 살아가면서 자신의 부족한 점을 채워 나 가는 일이라고 생각한다. 그래서 사람들은 누군가를 만나서 사랑을 하 고 가정을 이루고 사는 것이다.

어느 영화에서 본 장면인데 전장에 출정하기 위해서 무기를 내려놓고 어린애를 달래는 병사를 보는 순간, 나는 이보다 더 위대한 아버지는 이 세상엔 없다는 생각을 했다.

아버지와 어머니가 서로 사랑하고 아이들이 오순도순 자라는 가정, 그 가족들이 함께 하는 식사 장면은 아주 흐뭇한 광경일 것이다.

그들은 모두 서로를 사랑하며, 대화를 나누고, 강아지를 키우고, 산책 을 즐기고, 정원을 꽃 향기로 가득 채우곤 한다.

세상의 모든 성공은 바로 이런 가정의 행복에서 출발한다.

나는 사람들이 누구나 성공을 원하여 내달리는 것도 다 이런 행복한 가정의 사랑을 위해서라고 생각한다. 가정은 개인을 완성하는 곳이고 성공의 첫 출발점이다.

■ 윤택함을 찾아주는 안식처

가정은 사람을 심리적으로 안정시켜 줄 뿐만 아니라 경제적으로도 윤 택한 생활을 하도록 만들어주는 기능을 가지고 있는 것으로 알려져 있다.

미국인 1만 2,000명을 대상으로 진행된 한 연구 결과 결혼 생활을 하는 사람들이 독신자들보다 경제적으로도 성공한 것으로 나타나고 있다.

결혼 생활을 지속하는 사람들은 재산을 모으는 반면, 독신자이거나 결혼 생활을 오래 지속하지 못하는 사람들은 재산을 별로 모으지 못한다는 결과가 나온 것이다.

특히 주목할 만한 것은 결혼한 가정에서는 결혼 생활을 하면서부터는 일이 분담되기 때문에 경제적 생산성이 높아져서 독신인 사람들과는 전혀 다른 경제 규모를 유지하고 있고, 결혼과 재산의 비례 관계는 교육 수준이 높든 낮든, 수입이 많든 적든 간에 모든 사람들에게 적용된다는 것이었다.

이렇듯 가정은 사람들을 정서적으로 보호해 주는 역할만 하는 것이 아니라 경제적으로도 윤택함을 찾아주는 안식처인 것이다.

사실 아무리 일에서 만족을 얻는다 하더라도 일이 자신의 인생의 전부라고 생각하는 사람은 극히 적은 수의 사람들일 것이다.

내가 만났던 뛰어난 사람들의 대다수는 자신에게는 일보다 가정이 더 중요하다 강조하고 있다.

직업이나 자신만의 일에 모든 정열을 쏟고 헌신하는 사람이라고 해서 반드시 '일벌레' 로 보기는 어렵다. 개중에는 일에만 미쳐서 다른 목표나 책임은 안중에 없는 사람들도 있지만, 일에 전념하면서도 인생을 다채롭게 꾸려간 사람은 얼마든지 있다.

바쁜 업무와 산적한 일 때문에 가족을 위해 무슨 일을 하지는 잘 못하고 있지만, 그들은 대체로 정서적 위안을 얻을 수 있는 안정된 결혼 생활을 하고 있었다.

임어당은 『생활의 발견』이라는 책에서 앞으로도 가정을 무시하는 문명은 보잘것없는 문명이 될 것이라고 이렇게 말했다.

"내 생각으로는 온갖 문명이 이룩해 놓은 공적은 보다 좋은 남편이나 아내나 아버지나 어머니를 만들기 위한 단순한 수단에 지나지 않는 것이다. 인간의 90%까지가 남편이나 아내이며, 또 100%가 부모를 가지고 있는 한, 또한 결혼과 가정이 인간 생활과 가장 밀접한 관계를 갖고 있는 한, 보다 좋은 남편이나 아내나 부모를 만들어내는 문명은 보다 행복한 인간 생활을 향해 나가고 있는 것이며, 그러므로 또한 보다 높은 문명의 모습이기도 하다.

우리 주위에서 살고 있는 남녀의 소질이 어떠냐 하는 것은 그들이 이룩하는 일보다도 훨씬 중대한 것으로, 어떠한 소녀라도 그녀에게 보다 좋은 남편을 얻게 해주는 문명이라면 그것이 어떠한 문명이라도 감사해야 할 것이다. 다만 이러한 일은 상대적인 문제여서, 이상적인 남편이나 아내나 부모는 어떠한 시대나 어떤 나라에도 있다. 아마 우수한 남편이나 아내를 얻는 가장 좋은 방법은 우생학(優生學)일 것이고, 그것에 의하여 우리는 아내나 남편을 교육시키는 많은 수고를 덜 수 있는 것이다. 한편 가정을 무시하고 가정을 열등한 지위로 내모는 문명은 보다 보잘것없는 산물을 만들어내기 쉬운 것이다."

■ 훌륭한 남편, 훌륭한 아내

퀴리 부처가 라듐의 존재를 발견하고 나서 순수한 라듐을 만들어낼 때까지는 4년이라는 시간이 걸렸다.

그동안 마리 퀴리는 남편과 함께 비가 새는 창고 같은 실험실에서 연구를 계속했다.

그러나 마리는 연구소에서의 일에 그치지 않고 식사 준비, 빨래, 애 기르는 것 등 주부로서의 일을 수행해야 했다.

과학자인 동시에 주부임을 자각하고 있던 마리는 이 바쁜 일상생활이 당연하다 생각하고 있었으나 무엇보다도 남편 피에르 퀴리의 애정이 큰 힘이 되어주었다.

그 사실은 마리가 자기 언니에게 쓴 편지 속에 쓰여 있다.

나는 남이 생각하고 있는 것 이상으로 훌륭한 남편을 갖고 있어 행복합니다. 나는 이렇게 좋은 남편을 만나게 되리라고는 생각지도 못했어요. 하늘에서 내게 복을 내려주신 것입니다. 같이 살면 살수록 우리의 애정은 두터워지고 있습니다.

진정한 행복은 여러분이 가슴 뛰는 일을 할 때 찾아온다.

똑같이 열 시간 일을 해도 가슴 뛰는 일을 하면 노력한다는 생각이 여러분을 괴롭히지 않습니다. 가슴 뛰는 일을 하는 사람은 어떤 고난과 시련도 물리칠 수 있습니다. 그는 밤새워 일하는 것을 마다하지 않는다. 행복이 무엇인가를 알기 때문이다.

■ 올바른 선택

1924년, 빌 하벤스는 미국에서 제일가는 카누 선수 중 한 사람이었다.

많은 사람들이 그가 파리에서 열리는 올림픽 경기에 나가면 세 개의 금메달 정도는 쉽게 딸 것이라고 기대를 했다.

그던데 올림픽 경기가 열리기 몇 개월 전, 하벤스는 자기가 파리 올림픽 경기에 출전해 있는 동안 아내가 첫아이를 출산하게 될 거라는 사실을 알게 되었다.

그는 그 중요한 시기에 아내의 곁을 떠날 수 없어서, 아쉽지만 올림픽 출전의 기회를 다른 사람에게 넘겨주었다.

그리고 18년의 세월이 흘렀다.

1942년, 빌 하벤스는 아들 프랭크로부터 전보를 받았다.

핀란드의 헬싱키에서 열린 올림픽 카누 1만 미터 결승전에서 아들이 금메달을 획득했다는 소식이었다.

"존경하는 아버지, 오늘의 제가 있도록 기다려 주신 아버지께 진심으로 감사드립니다. 아버지께서 따셨어야 했던 이 금메달을 제가 목에 걸고 돌아가겠습니다. 아버지를 사랑하는 아들 프랭크 올림."

그때 빌 하벤스는 자신의 선택이 옳았음을 알게 되었다.

『채근담』에 이런 말이 있다.

글을 읽음은 집을 일으키는 근본이요, 이치에 좇음은 집을 보존하는 근본이요, 부지런하고 검소함은 집을 다스리는 근본이요, 화순함은 집을 정제하는 근본이다.

▶ ▶ ▶ 생텍쥐페리의 가르침

"만일 당신이 배를 만들고 싶다면,

사람들을 불러 모아 목재를 가져오게 하고 일을 지시하고

일감을 나눠 주는 등의 일을 하지 말라!

대신 그들에게 저 넓고 끝없는 바다에 대한 동경심을 키워줘라."

—『어린왕자』

(3) 삶을 풍요롭게 하는 애피타이저

■ 눈으로 즐기고 맛으로 느끼고

먹는 즐거움을 식도락(食道樂)이라 한다.

사람은 살기 위해서 먹지만 단지 먹기만 하는 것이 아니라, 먹는 가운데에서 즐거움을 찾는다. 이것이 식도락인데 진정한 식도락가는 거기서 삶의 풍요와 멋을 찾아낸다.

특히 요즘은 '웰빙'(well—being)란 말이 생활의 화두로 등장하면서 좀더 '여유' 있게 살자는 생각을 사람들이 하는 탓에 많은 사람들이 너도나도 웰빙을 찾고 있다.

특히 여행 분야에서 웰빙 추세는 현격하고 강렬하게 진행되고 있는데

KTX(고속전철) 개통 이후, 볼거리 관광보다는 편안한 휴식에 식도락을 여유있게 즐기려는 사람들이 많이 늘었다고 한다.

예로부터 금강산도 식후경이란 말이 있듯이 '제대로 사는 인간' 들에게도 식도락은 빠질 수 없는 즐거움이 아닐 수 없다.

애피타이저(Appetizer)란 우리말로는 전채요리(前菜料理)라는 말로 번역되고, 사람들이 식도락을 즐길 수 있도록 본 식사가 나오기 전에 입맛을 돋우기 위해 제일 먼저 나오는 요리다. 애피타이저는 한입에 먹을 정도의 크기로 양이 적은 대신에 고급스러운 음식이 많은데 미식가들은 그것을 아주 즐긴다.

이렇게 정해진 식사 메뉴 코스에 앞서 식욕을 돋우기 위하여 대접하는 소품의 음식은 각 나라마다 발전이 되어 있어서 영어로는 애피타이저(Appetizer)로 부르지만, 프랑스 어로는 오르되브르(hors-d' oeuvre), 러시아 어로는 자쿠스카(Zakuska), 중국어로는 쳰차이[前菜], 우리말로는 전채요리라고 부르는 음식 문화가 발달이 되어 있다.

각 나라마다 이 음식은 다른 음식에 비해 분량이 적어 배가 부르지 않는 것이라야 한다는 룰이 정해져 있고, 보통 고급 재료를 사용하여 맛있게 만든다.

내가 여기서 애피타이저를 이렇게 논하는 것은 식사 전에 먹는 산뜻한 애피타이저의 맛처럼 '제대로 사는 인간' 들의 삶도 웰빙 시대를 맞이하여 좀 더 산뜻하고 풍요로워지기를 비는 마음에서다.

식사 전에 적은 양으로 시각, 후각, 미각에 자극을 주어 입맛을 돋우는 음식만큼이나 감미로운 생을 살고 싶은 것이 인간의 욕망이 아닐까?

■ 절제는 성공의 밑천

요즈음 신문이나 TV를 보면 비만과의 전쟁을 이야기하면서도 한편으로는 요리 프로그램이 무척 인기다.

모든 미디어들이 어떻게 잘 먹고 잘사는가를 국민들에게 가르치느라고 여념이 없다.

이것은 우리나라뿐만 아니라 전 세계적인 추세라고 하는데 살과의 전쟁을 치르고 있는 사람들에게 맛있는 요리 강습을 하는 것은 조금 잔인하다는 기분이 들기도 한다.

그러나 따지고 보면 그것은 매스컴의 잘못이라고 볼 수는 없다.

평상시 절제를 하지 못하고 마구 먹어댄 본인들 잘못이 아니고 무엇이란 말인가?

나는 음식뿐만 아니라 모든 일에서 절제하지 못하고 과용하거나 낭비를 하는 것은 크나큰 과오를 범하는 것이라고 생각하는 사람이다.

그래서 나는 애피타이저를 즐기는 것은 무척 좋은 일이지만 지나치게 많은 음식을 탐하는 것은 금물이라 말하고 싶다.

이것은 음식에 한정된 말이 아니다.

사람다운 삶을 살기 위해서는 음식도 절제하고, 언행도 절제하고, 모든 욕망을 절제하는 것이 좋다. 모든 문제는 절제하지 못하는 데서 파생하는 경우가 많다. 절제를 통해서 여러분은 담대함을 본 게임에서 제대로 발휘할 수 있다.

대학을 졸업한 사람은 그런 사람대로, 대학에 진학하지 않고 자기 전문 분야를 개척한 사람은 그 사람대로 길이 있고 파워가 있다.

만약 여러분이 매사에 힘을 절제하면서 자신의 실력을 갈고닦았다면 결정적인 순간에 절제를 통하여 얻는 에너지를 잘 활용할 수 있을 것이다.

배가 고프다고 허겁지겁 아무것이나 집어 먹고, 힘이 있다고 낭비하는 것은 바보들이나 하는 짓이다. 건강은 건강할 때 지켜야 하 듯, 힘은 힘이 있을 때 비축할 수 있는 것이다. 힘은 절제해서 활용해야 하고 넘치지 않게 행동하는 사람이 노련한 전문성을 발휘할 수 있다.

애피타이저의 맛을 음미하듯 인생을 음미하면서 절제하는 인생을 살아야 하고, 그것은 음식을 먹을 때도 적용하면 된다. 식욕이 좋다고 마구 먹는 것은 자기에게 별로 유익하지 못한 일이다.

그것을 실천하는 사람은 비만과의 전쟁 따위는 꿈에도 있을 수 없는 일이 아닐까 싶다.

■ 직접 만들어 먹는 담백한 요리

과식을 하지 않기 위해서는 직접 요리를 만들어 먹는 방법이 좋다.

그것은 자기 자신이 먹고 싶은 것을 만들어 먹는 기쁨을 주고 자신을 절제하게 만드는 효과가 있다.

그래서 나는 많은 사람들에게 음식을 직접 만들어 먹는 것을 권한다.

미식가는 결코 과식을 하지 않기 때문이다.

미식가는 활동적인 경우가 많기 때문에 왕성한 식욕을 유지하지만, 미식가 중에는 비만한 사람이 거의 없다. 그것은 그들이 이미 절제의 미학을 알고 있기 때문이다.

내가 아는 분 중에 세무 분야의 전문가로 30년을 갈고닦은 사람이 있다.

이 사람은 30년 전, 청소년 시절에 세무사의 꿈을 세우고, 각고의 노력 끝에 세무 분야의 자격을 취득한 후, 자기 분야에서 계속 성공을 거둔다.

그는 자신의 성공을 자기의 식욕이 왕성한 때문이라고 고백한 적이 있다.

'식욕이 왕성하면 건강하다' 는 것이 그의 지론이다.

이렇듯 대부분의 미식가들은 왕성한 식욕을 유지하면서도 결코 과식을 하지 않는 사람들이다.

왕성한 식욕과 절제가 미식가들의 식사 미학이라고나 할까.

결국 사람은 꿈꾸는 존재라고 볼 수 있는데, 미식가들의 식사 미학은 식욕과 절제를 절묘하게 배합함으로써 얻는 꿈을 간직하려는 고도의 성취욕인 것이다.

여러분도 절제력을 함양하여 자기의 역량을 발휘할 때 절제를 생활화하는 것이 좋을 것이다.

나는 여기서 여러분에게 자기가 직접 요리를 만들어 먹는 생활을 즐기라고 권해주고 싶다.

이제는 남자도 요리를 잘해야 결혼 후 애정 관계가 무난해질 수 있는 시대이기도 하고, 또한 앞에서 말한 절제의 미학, 식사 미학을 배울 수 있다는 장점도 있기 때문이다.

기초적인 요리를 배우고 자신의 입맛을 충족시키면서 자신을 절제하는 법을 배우는 일거양득, 일석삼조의 효과를 그냥 놓칠 것인가?

▶▶▶ 프랑스 요리의 가르침

비전 상실 증후군

"비전 상실 증후군은 무의식중에 서서히 익숙해지기 때문에 빠져나올 수가 없다."

프랑스에는 유명한 삶은 개구리 요리가 있다.

이 요리는 손님이 앉아 있는 식탁 위에 버너와 냄비를 가져다 놓고 직접 보는 앞에서 개구리를 산 채로 냄비에 넣고 조리하는 것이다.

이때 물이 너무 뜨거우면 개구리가 펄쩍 튀어나오기 때문에 맨 처음 냄비 속에는 개구리가 가장 좋아하는 온도의 물을 부어둔다.

그러면 개구리는 따뜻한 물이 아주 기분 좋은 듯이 가만히 엎드려 있다.

그러면 이때부터 매우 약한 불로 물을 데우기 시작한다.

아주 느린 속도로 서서히 가열하기 때문에 개구리는 자기가 삶아지고 있다는 것도 모른 채 기분 좋게 잠을 자면서 죽어가게 된다.

■자유 사회가 많은 가난한 사람들을 돕지 못한다면,
그 사회는 부자인 몇 사람도 구제할 수가 없습니다.
─J.F.케네디

■ 버리면 가볍고 가지면 무거워진다

예로부터 중국에는 군자들에 대한 이야기가 많다.

중국인들은 군자다운 삶을 사는 것이 인간다운 품격을 지닌 삶이라고
생각했다. 군자는 재물과 권력을 탐하지 않고 유유자적하며 정신적으로
풍요한 삶을 추구하는 사람들이다. 그들은 버리면 가볍고 가지면 무거
워지는 것이 재물과 권력이라는 것을 알고 있다. 군자란 우리가 추구하
는 '제대로 사는 인간' 의 전형이다.

『채근담』에 이런 말이 있다.

권세있고 부귀한 사람들은 용처럼 다투고 영웅과 호걸들은 호랑이처럼 싸우는데, 냉정한 눈으로 바라보면 마치 개미 떼가 비린내 나는 고깃덩어리에 모여드는 것과 같고, 파리 떼가 다투어 피를 빠는 것과 같다. 시비의 다툼이 벌레처럼 일어나고 이해득실의 싸움이 고슴도치의 바늘처럼 일어서는데, 냉정한 마음으로 대해 보면 마치 도가니 속에서 쇠를 녹이고 끓는 물이 눈을 녹이는 것과 같다.

그래서 묵자(墨子)는 군자는 사물을 거울로 하지 않고 사람을 거울로 한다고 말했다. 그는 사물에 비추면 얼굴 모양만 볼 뿐이지만 사람에 비추어 보면 앞날의 길흉까지도 알 수 있다고 말한다[君子不鏡於水而鏡於人].

이는 사물을 거울로 하는 경우는 외형만을 보지만 사람을 거울로 하면 앞날의 일뿐만 아니라 그 일의 선악(善惡)이 분명해진다는 뜻이라고 할 수 있다.

■ 뛰어난 책사

중국 역사상 뛰어난 재능을 가지고 있으면서도 재물과 권력을 탐하지 않은 유명한 인물로 노중련(魯仲連)을 들 수 있다.

노중련은 제나라 사람으로 아주 재주가 비상한 사람이었다.

하지만 그는 벼슬을 마다하고 초야에 묻혀 살았다.

당시 진(秦)나라 소양왕(昭陽王)은 조나라를 공격하여 40만 명의 군사를 죽였고, 조나라의 서울을 포위했기 때문에 조나라 왕은 겁에 질려 있었다.

위나라 안리왕(安釐王)은 장군 진비(晉鄙)를 시켜 조나라를 도우려고 군사를 일으켰지만, 진나라가 두려워서 눈치를 보고 있었다.

그때 장수 신원연(新垣衍)이 말했다.

"대왕이시여, 진나라가 조나라를 공격한 것은 조나라를 집어삼키려는 것이 아닙니다. 진나라는 전에 제나라의 민왕과 세력을 다툴 때 서로 제왕이란 이름을 듣고자 했지만, 제나라 민왕이 듣지 않는 바람에 그렇게 하지 못했습니다. 이제 민왕이 죽고 제나라의 힘이 약해진 탓에 진나라만이 강대국이 되어 있습니다. 진나라가 갑자기 조나라를 공격한 것은 조나라를 손에 넣으려는 것이 아니라 제왕의 칭호를 얻기 위해서입니다. 이제 조나라로 하여금 진나라를 받들어 제왕으로 섬기게 한다면 진왕은 기뻐하며 군사를 거두어 물러갈 것입니다. 이것은 헛된 이름으로 화를 면하고 실익을 얻게 될 것입니다."

안리왕은 신원연의 계책이 그럴듯하다고 생각했다.

안리왕은 즉시 신원연을 조나라에 보내서 조나라의 재상인 평원군(平原君)에게 그 계책을 전달했다. 조나라 왕은 여러 신하들을 모아놓고 신원연이 권한 내용에 대해 의논했지만 신하들의 의견은 분분했고 왕도 마음을 결정할 수 없었다.

평원군은 당시 조나라에 머물고 있는 노중련에게 이와 같은 사실을 말하고 좋은 의견을 물었다.

"우리는 40만의 대군을 잃고 도성이 포위당했건만 격퇴시킬 수조차 없습니다. 위나라는 신원연을 파견하여 진나라 왕을 제왕이라고 부를 것을 권하는데, 우리 조나라가 진나라 소왕에게 제왕이라고 불러야 되겠습니까?"

그러자 노중련이 말도 되지 않는 일이라고 펄쩍 뛰며 이렇게 말했다.

"위나라의 신원연이란 자는 어디 있습니까? 제가 대감을 위해 그를 만나 호통을 쳐서 쫓아버리겠습니다. 그자를 만나게 해주십시오."

평원군은 곧 신원연에게 노중련을 만나줄 것을 요청했다.

신원연은 평소에 이미 노중련의 명성을 들어 알고 있었다. 그는 노중련의 능란한 말솜씨에 자기의 주장이 꺾이게 될 것을 두려워하여 만나는 것을 거절했다. 그러나 평원군은 신원연의 거절에 아랑곳하지 않고 노중련을 데리고 그가 묵고 있는 숙소로 찾아갔다.

그런데 노중련은 신원연을 보자 아무 말도 하지 않는 것이었다. 그러자 신원연이 먼저 노중련에게 말했다.

"제가 알기로는 노중련 선생은 제나라의 고귀한 선비라 들었습니다. 내가 이 포위된 성 안에 있는 사람을 보아하니, 모두 평원군에게 의지하려는 사람들뿐입니다. 그런데 지금 선생의 풍모를 뵈오니, 선생께서는 조금도 평원군에게 의지하려는 사람 같지 않으십니다. 그런데 어찌하여 오랫동안 이 포위된 성안에 머무르시는 겁니까?"

그러자 노중련은 드디어 입을 열었다.

"지금 진나라는 예의를 저버리고 권모술수로 군사를 부리고, 적의 목을 베어오는 것을 능사로 알고, 노예처럼 백성들을 부리고 있습니다. 만약 이런 진나라의 왕을 왕 중의 왕인 제왕으로 부르고 잘못된 정치를 하게 한다면, 나는 바다에 빠져 죽을지언정 그 백성이 되지는 않을 것입니다. 만약 진나라의 왕이 제왕으로 불리게 될 경우, 제후들에 대한 요구는 주나라 왕실보다 훨씬 심할 것입니다. 내가 장군과 만나자고 한 것은 그런 무도한 진나라를 쫓아버리고 조나라를 도와주고 싶어서입니다."

그러자 신원연이 가당찮다는 표정으로 물었다.

"조나라를 도우시겠다니, 선생이 대체 무슨 힘이 있어서 그런 말씀을 하십니까?"

"나는 위나라와 연나라로 하여금 조나라를 돕도록 할 수 있습니다. 그렇게 되면 제나라와 초나라도 틀림없이 도울 것입니다."

노중련은 아주 진지하게 말했다. 그러자 신원연이 다시 물었다.

"연나라는 그렇다 하고, 위나라 일이라면 저도 위나라 사정을 아는 사람이니 묻겠습니다. 선생께서는 어떤 방법으로 위나라를 설득하여 조나라를 돕도록 하겠다는 말씀이신가요?"

"위나라는 진나라가 제왕의 칭호를 쓰게 되면 어떤 해독이 있는가를 아직 모르고 있습니다. 이 해독을 위나라에 알려주면 조나라를 돕지 않을 수 없을 것입니다."

그러자 신원연이 이 말을 받았다.

“선생께서는 하인들이 하는 일을 보지 못하셨습니까? 저 하인들을 보십시오. 열 사람의 하인이 한 사람의 주인을 모십니다. 그것은 주인보다 힘이 없고 지혜가 없어서 그러한 것입니까? 아닙니다. 그들은 주인이 두렵기 때문에 시중을 드는 것입니다.”

“그렇다면 위나라는 진나라와 비교할 때 하인과 같다는 말씀이오?”

노중련이 탄식하며 물었다.

“어찌 보면 그렇습니다.”

신원연이 대답했다. 그러자 노중련이 말했다.

“그렇다면 내가 장차 진나라 왕으로 하여금 위나라 왕을 가마솥에 삶거나 소금에 절이게 하겠습니다. 그래도 괜찮겠습니까?”

노중련의 말에 신원연은 아주 불쾌한 표정이 되어 말했다.

“이건 말씀이 너무 지나치시군요.”

그러나 노중련은 목소리를 가다듬고 천천히 이야기를 시작했다.

“노여워하실 것이 아니라 내 말을 잘 들어보십시오. 나는 옛날이야기를 하려는 것입니다. 옛날 구후(九侯)와 악후(鄂侯), 그리고 서백은 은나라 주왕을 섬겼습니다. 구후는 예쁜 딸을 주왕에게 바쳤는데, 주왕은 그 딸이 못났다고 하여 구후를 죽여서 소금에 절였습니다. 악후가 그것을 비판하자, 주왕은 악후마저 죽였습니다. 서백은 이 말을 듣고 탄식했을 뿐인데 백 일 동안 감옥에 갇혀서 하마터면 죽을 뻔했습니다. 어찌 은나라 삼공(三公)의 지혜가 주왕만 못해서 그런 참변을 당했겠습니까? 천자가 제후들에게하는 행위는 그렇게 가혹했습니다. 진나라가 제왕의 자리를 차지하게 된다면 필시 천자의 명으로 위나라 왕을 불러들이라고 명령할 것인데, 위왕이 그 말을 듣지 않는다면 하루아침에 구후나 악후가 당한 변을 당하지 말라는 법은 없습니다. 누가 진왕이 행하는 만행을 못하도록 말릴 수 있겠습니까?"

그제야 신원연은 노중련의 깊은 뜻을 이해하고 고개를 숙여 절을 하고 말했다.

"이제 저는 이곳을 나서는 순간부터 진나라 왕을 제왕으로 칭하자는 말을 하지 않겠습니다."

이 말을 전해 들은 진나라 장군은 두려워하여 군사를 철수시켰다.

때마침 위나라 공자인 신릉군이 조나라를 구하기 위하여 진비의 군사를 빼앗아서 진나라 군사를 공격했기 때문에, 진나라는 포위망을 풀고 철수했다.

■ 천하가 붙잡아도 나의 길을 가련다

그 후 평원군은 노중련에게 벼슬을 내리려 했으나 노중련은 거듭 사양하여 사자가 세 번씩이나 찾아갔지만 끝내 거절했다.

그래서 평원군은 잔치를 베풀었다. 술자리가 한창 무르익었을 때, 평원군은 자리에서 일어나 노중련의 건강을 축하하면서 천금의 상금을 바쳤다.

그러자 노중련은 웃으며 말했다.

"천하의 선비 된 자가 귀한 까닭은 남을 위하여 걱정을 덜어주고 어려움을 없애주며, 어려운 일을 해결해 주고도 보상을 받는 일이 없기 때문이오. 보상을 받는 것은 장사꾼이나 할 일이지, 나로서는 도저히 할 수 없는 일입니다. 부귀하여 남에게 굽실거리며 살기보다는 가난하지만 자유롭게 사는 것이 좋습니다."

노중련은 평원군에게 하직 인사를 하고 떠난 다음, 평생 다시는 만나지 않았다.

가히 선비의 표상이라고 말할 만한 인물이 아닐 수 없다.

『채근담』에 이런 말이 나온다.

고관대작의 벼슬아치도, 도롱과 삿갓 쓰고 표연히 안일하게 지내는 농부와 어부를 보면 문득 탄식이 없을 수 없으며, 백만장자 부호도 성근 발 앞의 책상에서 유연히 고요하게 지내는 사람을 한 번 보면 그리워하지 않을 수 없으리라. 세상 사람들은 어찌하여 화우(火牛, 꼬리에 불붙은 소)로 쫓고 풍마(風馬, 흥분해 돌아다니는 말)로 유혹할 줄만 알고 그 천성(天性, 인간 본연의 모습)에 자적함을 생각하지 않는가.

자유로운 정신

자유를 향한 의지는 자유로운 정신에서 태어난다. 모든 것들을 향해 문을 활짝 열어놓고 있는 다양한 취향은 그 자체가 아름답다. 과거를 밑거름으로 삼고 현재를 도약의 발판으로 삼아라. 그것은 자유로운 사람만이 누릴 수 있는 즐거움이다. 지혜로운 사람은 결코 한 가지 일에 얽매이지 않는다. 다양한 취향을 가진 사람이 단 하나의 요소에 이끌리지 않는 것과 같다. 그들은 일정한 경계가 없는 무한한 영역을 향해 달려간다. 위대한 사람에 대해서는 함부로 정의를 내릴 수 없다. 다양한 능력을 보유하고 있기 때문이다. 그 반면에 한계가 아주 분명한 사람도 있다. 그런 사람의 행동은 언제나 예측할 수 있다. 일정한 범위를 넘어서는 법이 없기 때문이다.

—발타자르 그라시안, 『사랑을 얻는 지혜』 중에서

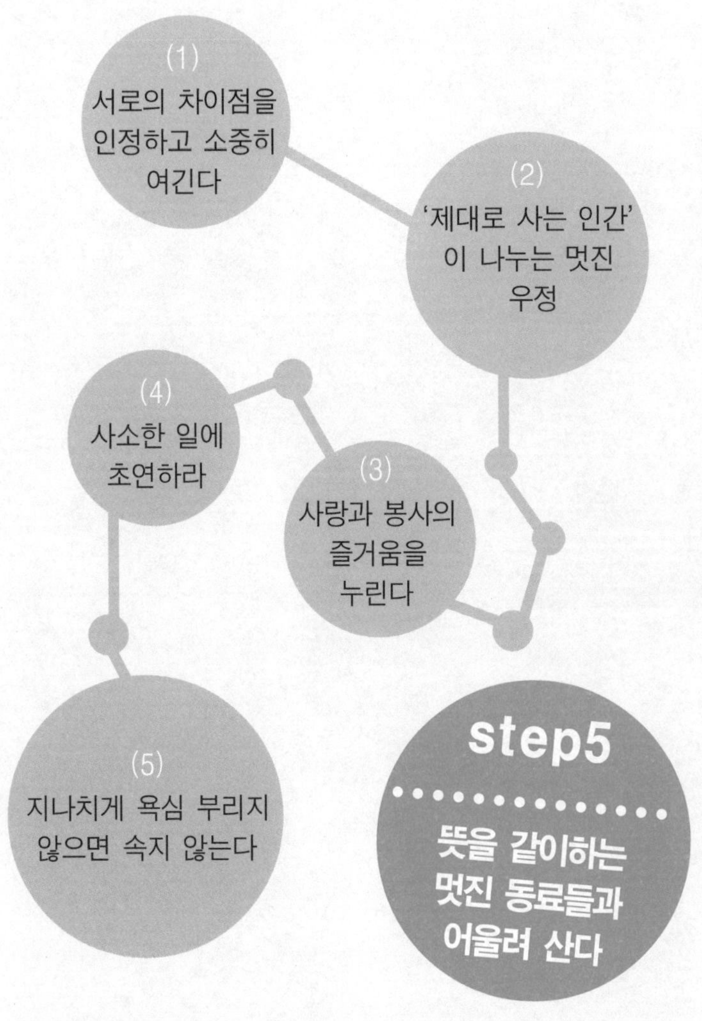

이 책은 성공에 대한 소박한 꿈을 여러분에게 제시해 줄 것이다!

이 책을 다 읽고 나면 여러분은 제대로 사는 삶, 나아가서 진정한 삶과

성공이 무엇이란 것을 깨닫게 될 것이다!

(1) 서로의 차이점을
인정하고 소중히 여긴다

■ 나와 남의 관계를 제대로 파악하라

사람들은 겉으로 보기에는 정상적인 것으로 보이지만 의외로 많은 사람들이 자신을 비정상적인 것으로 느끼며 살아가고 있다 한다.

그것은 신체적인 면에서뿐만 아니라, 내면적이고 심리적인 경우가 많은데 이 문제는 외관상 드러나지 않기 때문에 사회적으로 더욱 심각한 문제를 일으키고 있다.

사회가 문명화될수록 사람들 사이에 대화가 없어지는 탓에 많은 사람들이 혼자서 끙끙 앓다가 정도가 심해져서 약물 중독이나 회복 불능 상태에 빠져들고, 어떠한 치유 방법으로도 잘 치유가 되지 않는 경우가 많아지고 있다.

그런 상태에 빠지게 되면 그 사람은 '제대로 사는 인간'으로 살아갈 수 없다.

만약 여러분이 조금이라도 심리적인 굴절을 느낀 적이 있다면 우선 자신에 대한 자신감을 회복해야 한다. 사람이 심리적인 굴절을 느끼게 되는 경우는 어떤 실패라든가, 외모상의 열등감, 여러 원인에 의한 스트레스 같은 것 때문인데, 우선 자신의 능력에 대한 자신감을 확보하는 것이 중요하다.

이때 중요한 역할을 해주는 것이 절친한 친구나 배우자, 같은 취미나 업종에서 일하고 있는 동료다.

그러나 무엇보다도 중요한 것은 자신이 나와 남의 관계를 제대로 파악할 수 있는 안목을 기르는 것이다. 그런 정확한 안목을 기르게 된다면 어떤 상황을 만나도 그 상황에 대처할 수 있는 침착함과 냉정함을 가질 수 있다.

자신의 인생은 다른 사람에게 이끌려 다니는 것이 아니라, 자신이 스스로 상황을 주도해 나가야 한다.

■ 심리적 고통은 대화와 사랑으로 치유될 수 있다

데이비드 리드먼은 『외로운 군중』이란 책에서 이렇게 말했다.

"자주성이 없고 타인 지향적인 사람들에게 영향을 주는 근원은 바로 동료들이다. 그 동료들이란 그가 직접적으로 알고 있는 사람이거나 매스 미디어를 통해서 간접적으로 알고 있는 사람일 수도 있다. 그들은 이 근원을 삶의 길잡이로 생각하고 의존하는 버릇이 있는데, 그 버릇은 어렸을 때 심어지고 있다는 점에서 내면적 근본에 속한다. 그러나 이 길잡이는 수시로 변한다. 그것은 발버둥 치는 과정 그 자체일 뿐이다. 타인에 의해 영향받는 사람들이 생애를 통해 변하지 않는 것은 애쓰는 과정과 사람들을 그대로 따라가며 사는 과정일 뿐이다."

이처럼 외로운 인간은 죽는 날까지 타인의 시선에서 벗어나지 못한다.

이미 앞에서 충분히 살펴보았듯이 현대인으로서 스트레스를 안 받고 사는 사람은 없을 것이다.

학업, 돈, 이성, 승진, 여가, 세대 간의 갈등 같은 문제로 젊은이들은 더 스트레스가 심할 수 있다. 그러나 이들이 가지고 있는 스트레스의 대부분은 자기만의 울타리에 갇혀서 살고 있기 때문에 이루어지는 다분히 주관적인 요소 때문에 일어나는 현상이다.

김정진이란 작가의 소설 『비어 있는 방』에 이런 대목이 나온다.

"나는 갈 곳이 없다. 어디를 가든 기지와 재치에 번뜩이는 인간들만 득실거리기 때문이다. 그들은 모두 아이큐가 1백 50 이상이거나, 목적을 위해 수단과 방법을 가리지 않는 자들이다. 나는 이제 살아갈 의욕조차 상실했다. 모든 면에서 뛰어난 그들과의 경쟁에서 이기기도 어려웠고, 끝까지 버텨봐야 결국 이용만 당할 것이기 때문이다.”

이런 피해 의식은 자의식 과잉을 불러오고 사람을 망상에 빠지게 한다.

여러분이 혼자 해결하기 어려운 문제에 봉착하게 되면 주위 사람들에게 얼른 구원을 요청하는 습관을 들이는 것이 좋다.

그러한 고통은 동료나 친구들과의 대화와 사랑과 나눔을 통해서 얼마든지 개선될 소지가 있다.

‘제대로 사는 인간’ 은 자신에게 좋은 영향을 주는 진정한 벗을 만나는 법을 알고 있다.

■ 서로의 차이점을 인정하고 소중히 여겨라

여기서 여러분에게 필요한 것은 사람들 간의 신체적, 정신적, 감정적, 심리적 차이점을 인정하고 서로의 차이점을 소중히 여기는 자세이다.

엘른 굿맨은 『관계 유지』란 글에서 사람들 간에 서로의 입장의 차이점이 이렇게 극명하게 다를 수 있음을 보여주고 있다.

“자신이 바라는 것과 남이 자신에게 해주기를 바라는 것 사이에는 상당히 팽팽한 장력이 존재한다. 주말에도 일을 해야 하고 새벽 두 시에도 왕진을 가야 하는 의사와 결혼하려는 사람은 아무도 없다. 그러나 환자 입장에서는 그를 찾기에 바쁘다. 휴가나 주말을 서류 가방하고 보내야 하는 변호사를 동경할 사람도 없다. 그러나 그 고객에겐 문제가 다르다. 정치인도 그의 가족들과 함께 개인적 시간을 가져야 한다는 점에 이의를 달 사람은 없다. 그럼에도 사람들은 자기가 여는 연회에 그가 참석해서 연설해 주기를 바란다."

서로의 차이점을 소중히 여기는 것은, 그동안 자기 자신이 세상을 있는 그대로가 아니라 자기 자신만의 관점을 통하여 보아왔다는 사실을 깨닫는 일이기도 하다.

만일 여러분이 세상을 있는 그대로 바라보는 제대로 된 시각을 가지게 된다면 정상과 비정상적인 것에 대한 걱정을 할 필요가 없게 된다. 그것은 세상을 있는 그대로 보고 있다는 것을 의미하기 때문이다.

모든 사람들이 사소한 일들 때문에 스트레스를 받고, 자기 자신의주위에 벽을 쌓고, 그 안에 웅크리고 있는 데 비해, 객관적인 시선을 가지게 된 사람은 자신의 지각적 한계를 인식하고 상대방을 존중하는 겸손과 공손을 가지게 된 것이다.

그런 사람은 만나는 사람들과 마음을 터놓고 접촉하고 나눔으로써 많은 지식을 얻고 서로의 감정이 귀중하다는 사실을 발견하게 된다.

이처럼 서로의 차이점을 인정하고 소중히 여기는 자세를 가지게 되면 그 사람은 현실에 대한 지식과 이해의 폭이 넓어져서 다른 사람들의 마음을 읽을 수 있고 그들을 감싸주는 역할마저도 할 수 있다.

여러분이 이렇게 자기 경험의 테두리를 벗어날 수 있다면, 그동안 여러분이 생각하고 보아왔던 세상에 대한 정보가 얼마나 부족한 것이었던가를 절실히 느끼게 될 것이다.

그는 내가 아는 사람 중

가장 온전한 정신을 가지고 있으며, 가장 변덕이 적은 사람일 것이다.

어제나 오늘이나 그는 한결같으며 내일도 그러할 것이다.

두 사람이 숲을 거닐면서 이야기를 나누다 보면 속세를 완전히 벗어난 기분이 들 때가 많았다.

왜냐하면 그는 어떤 제도에도 구속받지 않는 자유인이었기 때문이다.

—헨리 데이빗 소로우, 『월든』 중에서

(2) '제대로 사는 인간' 이 나누는 멋진 우정

■ 삶을 의지할 동료들을 만들어 나가는 법

그렇다면 '제대로 사는 인간' 들은 어떻게 자신의 삶을 의지할 동료들을 만들어 나가고 있는 것일까?

'제대로 사는 인간' 들은 우선 남의 아름다운 점을 찾아내는 고상한 취미를 가지고 있다.

세상을 살다 보면 참으로 어려운 일을 많이 만나게 된다. 평생을 친하게 지낼 것 같은 친구나 사랑하는 사람과 갑자기 소원해져서 서먹서먹해지는 일이 있는가 하면, 반드시 이루어질 것 같던 일들도 뜻밖의 일을 만나서 이루어지지 않고 우리를 실망시키는 일이 많다.

그때 우리는 상대방의 좋은 면을 보도록 해야 한다.

사람이나 일이 자기가 원하는 대로 되지 않는 것은 상대방이나 그 일이 그 나름대로 자유 의지를 가지고 있기 때문이다. 보편적이고 자율적인 세상의 이치를 좀 더 깊이 깨닫게 된다면 그들은 당신의 편에 설 것이다.

사물의 좋은 점, 아름다운 점을 찾아내는 고상한 취미를 가진다면 당신은 기품있는 사람이 될 것이고 그것들이 행운을 가져다줄 것이다. 벌은 달콤한 꽃의 꿀을 따기 위하여 꽃을 찾아 날아다니고, 독사는 무서운 독을 찾아다닌다. 사람의 성격도 그와 같아서 좋은 면만을 보려고 하는 사람도 있지만 나쁜 면만 보고 거기에 시선을 고정시키는 사람도 있다. 어떤 사물이든 일이든 반드시 좋은 점을 가지고 있다는 점을 알아야 한다.

순간의 착각이나 판단의 잘못 등 사람의 사소한 잘못을 들추어내서 크게 확대하지 말아야 한다. 남의 결점을 들추어내다 보면 마침내 자신도 마음의 부담이 되고 스스로가 견딜 수 없는 고통에 빠져들게 된다. 그 고통은 어리석은 짓이 내린 형벌이라고 볼 수 있다. 그러한 이들이 행복할 리가 있겠는가?

취미가 고상하고 품위있는 사람에게는 저절로 행복이 찾아온다.

그들은 결점투성이인 인간에게서 몇 가지 좋은 점을 찾아내는 재능을 가지고 있기 때문이다. 교양있는 사람들은 품위있게 이야기하고 행동하는 가운데 사람들로부터 더욱 사랑을 받게 된다. 그들의 말은 지혜로운 소리로 들리고, 그 사람은 명석하면서 고결하게 느껴지게 되는 것이다. 그들은 세상에 가치없는 것은 하나도 없다 생각하고 있기 때문이다.

에리히 프롬은 『사랑의 기술』이란 책에서 그러한 정신을 이렇게 표현
했다.

"성숙한 사랑은 '개인의 통합성, 즉 개성을 유지하는 상태에 있어서
의 일치'이다. 사랑은 인간에게 있어서 능동적인 힘이다. 즉 인간을 타
인과 분리시키는 벽을 허물어 버리고 타인과 일치시키는 힘이다. 사랑
은 고독감과 분리감을 극복할 수 있게 해주며 동시에 각자에게 자기의
특성을 유지할 수 있게 해주고 통합성을 유지시킨다."

여러분은 이제부터 주위에 별 볼일 없어 보이는 듯한 사람들을 만나
더라도 그 사람의 장점을 보아주는 사람이 되도록 노력하여야 한다.
주위에 굴러다니는 하찮은 물건이라도 눈 여겨서 자세히 보면 그것을
새롭게 보고 재해석해 내는 사람의 능력에 따라 재미있는 연구 대상이
될 수 있다. 그리고 그것은 때로 창조의 원천이 되기도 한다.

"우리가 지금 당장에 의견의 차이를 해소시킬 수는 없다 하더라도 이
세상이 다양성을 누리도록 함께 노력할 수는 있을 것이다."

존 F. 케네디의 말이다.
제대로 사는 자유인들은 이러한 다양성을 함께 누리는 동안 세상의
아름다움과 조화에 대해서 깨닫게 되고 주변에 그러한 깨달음을 지닌

동료들이 많다는 것을 알고 그들과 어울리는 삶을 살게 된다.

■ '스스로 돕는 공동체'

오늘날처럼 세속적인 이해관계만 우선시하는 세상에서는 대부분의 사람들이 사람의 됨됨이보다는 사회적 지위나 재산의 많고 적음에 따라 가까이하는 사람을 선택하는 경우가 많다.

그러나 사회적인 부와 명성만을 좇는 사람들 사이의 우정이란 그 사업을 떠나서는 존재하지 않는다. 만약 여러분이 그런 사람들과 사귀다가 그 사업에서 실패라도 해서 물러나면 주변에 그렇게 많던 다정했던 사람들은 하나도 없을 것이다.

여러분은 어려움이나 슬픔, 고난이나 불행까지도 모두 껴안을 수 있는 그런 친구를 몇 명이나 가지고 있는가?

그래서 제대로 사는 자유인들은 자기 관심 분야나 일의 성격에 따라 '스스로를 돕는 모임'을 많이 만들어 가지고 있다. 이 모임들은 주로 자연 발생적으로 만들어지는 성격을 지니고 있고, 모임의 구성원들은 자신들의 모임을 통해서 상호 간에 지향할 목표를 찾아주고 서로를 의지하고 있고, 어려운 문제가 생길 경우 그 문제를 공동의 힘으로 해결할 수 있는 노력을 기울이고 있다.

자기 자신과 공동체 속의 삶을 형성하기 위해 대안적인 원칙을 추구하는 많은 이들은 비록 거리상으로 멀리 떨어져 있다고 하더라도 마음을 같이하기 때문에 항상 같이 있는 것처럼 여겨질 정도로 긴밀감을 지니고 있다.

정보 통신 혁명으로 인터넷이 활성화된 현재는 이러한 공동체는 한 지역에 국한되지 않고 전 지구적인 네트워크를 형성하고 있을 정도이다.

프란체스코 알베로니는 이러한 공동체에 대해서 이렇게 말하고 있다.

"이제 사람들에게 민족, 군대, 교회는 가치를 잃었다. 정당, 전체주의 이데올로기 등등 한때 공동의 가치관과 목표를 통해 사람들을 공동체로 결속시켰던 모든 것들이 중요성을 잃어가고 개인적인 자유와 자주적인 결정이 중요해지고 있다. 하지만 어딘가 소속될 곳, 뭔가 추구할 만한 이상의 필요성 역시 점점 커진다.

우리는 사회적인 관계가 있어야 한다. 우리에겐 다른 사람들이 필요하고, 서로서로 결속되어 있다는 느낌이 필요하며, 경쟁 상대와 일이 필요하다. 우리는 가치있는 무엇인가를 위해 온 힘을 다해 일하고 싶어한다. 그렇다면 대체 무엇이 우리 마음속에서 그 힘을 잃어가는 정당이나 교회의 자리를 대신 차지하고 있을까?

가정은 아니다. 가정은 점점 핵가족화 되어서 자녀도 기껏해야 한두 명뿐이며 그 자녀들도 자라면서 독립적으로 살아가길 원하기 때문이다. 친구도 휴가도 파티도 여행도 아니다. 즐거운 일들이기는 하지만, 진짜 가치있는 일을 할 수 있게 해주지는 않는다. 이런 영역은 사회적인 활동, 자발적인 행동에 훨씬 더 가깝다. 그러므로 다가올 미래에는 당연히 이런 활동에 전념하는 사람들이 늘어날 것이라고 추측해 볼 수 있다.”

인생의 파도를 헤쳐 가는 데 있어 지혜나 돈은 아주 중요한 역할을 한다. 그러나 이것보다 더 중요한 것이 있으니 바로 사람이다. 그런데 그 사람을 이제는 가족이나 친구가 아닌 ‘스스로를 돕는 모임’의 동료들로 대체해야 하는 시대가 열린 것이다.

물론 가족의 소중함이나 가까운 친구와의 우정을 불필요하다고 말하는 것은 아니다. 다만 여러분이 제대로 사는 자유인으로 성장하기 위해서는 비슷한 생각과 비전을 가지고 사는 사람들과 고락을 같이하면서 성장해 나가야 한다는 것을 말하고 있는 것이다.

현대 사회에 있어서 한 개인은 자기 자신인 동시에 여러 사람이다. 그는 수많은 역할들을 수행하면서 살아가고 있다. 그는 한 개인일 뿐만 아니라 회사원이며 아들이자 아버지이고, 남편이자 친구이다. 또한 그는 교회, 정당, 클럽의 회원인데 여기에 소속된 각각의 역할은 각기 다른 도덕적 세계를 가지고 있다.

가령 그가 의사라면 의사라는 직업인은 감정에 휩쓸려서는 절대 안 되는 역할을 해야 하지만, 집에 돌아와서 가장이라는 역할을 하면서는 풍부한 감정을 지닌 행동을 해야 한다. 만약 그가 운동 선수라면 자신의 팀을 위해 무조건 뛰어야 되지만, 지도자일 경우에는 냉정해야 한다.

이처럼 복잡다단한 역할을 하면서 살아가는 사람들에게 자신이 가야 할 길이 무엇인지를 함께 고민할 수 있는 서로 비슷한 길을 가는 사람들이 있다는 것은 평생을 두고 함께할 가장 큰 재산이라고 할 수 있다.

이 자발적 공동체에서 만나는 사람들은 풍부한 인생 경험을 가지고 자기 세계를 어느 정도 구축한 사람들인 탓에 그들을 만나면 인생의 기쁨은 더해지고, 어떠한 불행도 함께 나누어 가질 수 있는 경우가 많다.

실로 어려운 일이 닥쳐왔을 때, 곁에 있어주고 다시없는 받침대가 되어주고 따뜻한 위로를 나눌 수 있는 사람을 가졌다고 느꼈을 때 우리는 인생의 훈훈한 맛을 느끼게 된다. 그러기에 그들은 언제나 거리낌없이 지혜를 빌려주고 고락을 같이한다. 그들은 함께 있으면 무엇이든 만들 수 있고 어떠한 난관도 헤쳐 나갈 수 있다고 믿는다. 그들은 만약 여러분이 생활 조건을 변화시킬 수 없다면, 손을 내밀어 공동체 내의 다른 사람들과 연대해서라도 난관을 헤쳐 나가게 만들어줄 것이기 때문이다.

▶ ▶ ▶ 플라톤의 가르침

부족함의 행복

첫째, 먹고 입고 살기에 조금은 부족한 듯한 재산.

둘째, 모든 사람이 칭찬하기엔 약간 부족한 외모.

셋째, 자신이 생각하는 것보다 절반밖에는 인정받지 못하는 명예.

넷째, 남과 겨루었을 때 한 사람에게는 이기고 두 사람에게는 질 정도
　　　의 체력.

다섯째, 연설을 했을 때 듣는 사람의 절반 정도만 박수를 보내는 말솜씨.

이렇게 플라톤이 제시한 행복의 조건 다섯 가지의 공통점은 바로 '부
족함' 이다.

(3) 사랑과 봉사의 즐거움을 누린다

■나는 사람이 사는 목적이란
사랑하고, 예지를 활용하며, 창조해 가는 것이라 말하고 싶다.
사람은 이 세 가지 목적 전부를 추구하기 위하여
모든 능력과 정력을 바쳐야만 된다고 생각한다.
그리고 필요하다면 이들 목적을 달성하기 위하여
자신을 희생시키지 않으면 안 된다.
— 아널드 토인비, 『대화』에서

■ 봉사하는 축복의 삶

제대로 사는 데 성공한 사람은 자신이 가진 것을 남에게 나누어 줄 줄 아는 사랑과 봉사의 정신이 투철하다. 그것은 그들이 인간적으로 성숙한 자아를 지니고 있다는 뜻이기도 하다.

슈바이처는 스무 살이 되자 자기 인생의 진로에 대해 많은 고민을 하기 시작했다. 공부를 계속해서 대학 교수가 될 것인가, 아니면 피아노를 계속해 음악가의 길을 갈 것인가, 아버지처럼 목사가 되어 호젓한 산골 마을에서 조용히 일생을 보낼 것인가?

그러다가 그는 자신이 너무 좋은 환경에서 태어나 지나친 행복을 누리고 있다는 사실을 알게 되었다. 세상에는 버림받고 비참한 사람들이 많은데 이렇게 혼자서만 행복해도 되는 것일까? 과연 나는 이런 축복을 누릴 권리가 있는 것일까?

그는 자신을 둘러싸고 있는 세계가 온갖 괴로움으로 가득 차 있는데 자신만 행복에 빠져 살 수는 없다고 생각했다. 그에게는 자신을 보호해 주는 조국이 있고, 따뜻한 가정과 마음을 나눌 수 있는 친구가 있으며, 얼마든지 공부하고 즐길 수 있는 책이 있고 음악이 있었다. 그는 어떻게 하면 그런 행복을 고통받는 이들에게 나누어 줄 수 있을까 고민하기 시작했다. 과연 나는 그들에게 무엇을, 어떻게 나누어줄 수 있을까?

슈바이처는 이런저런 고민을 하면서 천천히 자기 계획을 세워 나갔다. 그는 남을 도우려면 스스로 실력이 있어야 한다는 생각에서 서른 살까지는 음악과 학문에 전념해 실력을 쌓고, 그 후부터는 자신의 삶을 헐벗고 굶주린 사람들을 위해 헌신하기로 결심했다.

그 계획대로 그는 대학에서 자신이 원하던 신학과 철학 과정을 마쳤다. 그런 다음 7년 동안 의학을 공부해 의사가 된 후 마침내 아프리카 적도 부근의 오지 람바레네로 건너가 흑인들과 공동생활을 하면서 의료 봉사를 시작했다.

당시는 많은 유럽인들이 아프리카를 식민지화 하고, 본래 그곳에 살고 있던 원주민들을 백인에 비해 저급한 인간, 뒤떨어진 인종으로 멸시하는 것이 보통인 시절이었다. 슈바이처는 '네 이웃을 네 몸같이 사랑하라' 는 성경의 가르침에 따라 의료 혜택을 받지 못하는 아프리카 인들을 위해 평생을 바쳤다.

만년에 그는 자신의 삶을 이렇게 회상했다.

"때때로 나의 삶 속에도 근심과 고통과 슬픔이 심하게 닥쳐왔다. 어쩌면 좌절하고 말았을지도 모른다. 내게 부여된 책임과 피로의 짐을 감당하기란 매우 힘든 일이었다. 나 자신만을 위한 시간, 나의 식구들에게 바치고 싶은 시간도 거의 찾기 힘들었다. 하지만 나는 축복 속에 살고 있다. 나는 자비를 베푸는 일에 몸 바칠 수 있다. 나는 많은 사랑과 친절을 경험했다. 자기 일처럼 나를 도와주는 분들도 많이 만났다. 나에게 주어진 모든 것을 운명이라 생각하고 최선을 다해 기꺼이 나를 바치고자 했다. 이 모든 것들이야말로 나에게 주어진 끝없는 축복이 아니고 무엇이겠는가."

슈바이처를 비롯해 나이팅게일, 테레사 수녀, 국경 없는 의사회 등으로 이어지는 사랑과 봉사의 정신은 이미 특별한 사람들의 이야기가 아니다. 세계 곳곳에 그들의 정신을 이어받은 봉사자들이 있고, 그들의 봉사는 인류를 하나로 묶어주는 사랑과 평화를 창조해 내고 있다.

▣ 남에 대한 봉사와 자신에 대한 봉사

우리는 이따금 어떤 일에 헌신하는 사람들 중에서 자기 자신은 전혀 돌보지 않는 사람들을 본다. 자기 일이나 가정은 팽개쳐 두고 그 일에만 매달리는 것이다.

그런 사람들은 진정한 사랑과 봉사가 무엇인지를 모른다. 남을 위해 봉사하고 헌신한다는 사람들이 어떻게 자기 자신도 추스르지 못하고 남을 도울 수 있겠는가?

이렇게 너무 한쪽으로만 치우친 행동은 불행한 일이며, 이런 인간에게는 하루는커녕 단 한 시간도 자신을 위한 시간이 없다. 단 한 시간도 자기 시간을 내지 못하고 남을 위해 뛰어다니는 사람은 광신도라고밖에 할 수 없다. 자신에 대한 수양도 쌓지 않고 열심히 봉사만 한다고 자신이 고양되는 것은 아니기 때문이다. 슈바이처는 그래서 서른 살이 되기까지는 자신의 수양과 학문을 쌓는 데 전력을 기울였던 것이다. 자신만을 위해 산다는 것도 어리석지만 다른 사람만을 위해 산다는 것 역시 어리석다.

물론 남을 위해 온 열정을 다 바치는 것은 좋은 일이다. 평형 감각을 잃지 않고 남을 도와준다면 남도 나에게 친절하게 대해준다. 이러한 사랑과 봉사는 자신에 대한 확고한 신념 때문에 발생하는 것이어야 한다. 그래야 서로 평등한 입장에서 마음을 주고받을 수 있다.

그런 면에서 볼 때 마리 퀴리는 자신의 학문과 사회에 대한 봉사를 적절하게 조절해 낸, 진정한 도덕률을 지닌 사람이다.

제1차 세계 대전 때였다. 당시 군 병원에는 아직 엑스선 장치가 없어서 총상을 입은 병사들의 몸속에 박혀 있는 총알의 위치를 찾아낼 수 없었다. 몸에 박힌 총알을 뽑아내지 못해 죽는 군인들이 많다는 사실을 알게 된 마리 퀴리는 엑스선을 장착한 진료차를 많이 만들기 위해 정부와 군 당국을 뛰어다니며 온갖 노력을 기울였다. 덕분에 많은 병원이 엑스선 치료 시설을 갖추게 되었고, 수많은 부상병들의 생명을 구할 수 있었다.

뿐만 아니라 그녀는 자신이 직접 차를 타고 돌아다니며 부상병의 치료를 도왔다. 그리고 1918년 전쟁이 끝난 다음에는 학교로 돌아가 학생들을 가르치며 연구에 열중했다.

그녀는 항상 먼저 세상을 떠난 남편의 말을 가슴에 담고 학문 연구에 몰두했다.

"인류의 학문은 꾸준히 발전되어야 하오. 따라서 학문을 연구하는 우리는 죽는 순간까지 연구를 계속해야 할 의무가 있는 것이오."

그렇게 사명감을 갖고 연구에 몰두한 끝에 그녀는 두 번째 노벨 물리학상을 수상할 수 있었다.

그녀는 일생을 통해 훌륭한 학문적 업적을 남겼을 뿐만 아니라 훌륭한 생활인의 모습을 보여주었고, 강직한 신념과 의지를 실천하는 귀감이 되었다.

▶▶▶우화의 가르침

암사슴과 거지 수도승

러시아 우화 작가 크릴로프의 우화 중에 이런 이야기가 있다.

암사슴이 자기 새끼들을 모두 잃었다. 새끼는 잃었지만 젖이 불어 젖꼭지가 무거울 때 우연히 굶주린 늑대 새끼 두 마리를 발견했다.

암사슴은 측은한 마음에 그 늑대 새끼들에게 젖을 물리고 어머니의 숭고한 의무를 수행하기 시작했다. 그런데 이때 그것을 본 수도승이 걱정스레 말했다.

"자네 지금 무슨 짓을 하고 있나? 사랑은 아무한테나 주는 것이 아닐세. 자네 혹시 그 늑대들의 보은을 기대하고 있는 건 아니겠지? 자칫하면 그 녀석들의 밥이 될지도 모른다고."

암사슴이 대답했다.

"그럴지도 모르죠. 하지만 전 그런 건 개의치 않아요. 전 단지 어머니의 사랑만 생각하기로 했어요. 지금은 그것만 소중할 뿐이에요. 이 늑대 새끼들에게 젖을 먹이지 않으면 젖이 저를 괴롭힐 테니까요."

이 우화야말로 사랑과 봉사가 무엇인지를 적절하게 묘파한 작품이다. 자기 자신과 남을 동시에 위할 수 있다는 것은 서로에게 좋은 일이다.

(4) 사소한 일에 초연하라

■ 사소한 일에 목숨 걸지 않는 법을 배우게 된다면
우리의 삶은 멋진 변신을 이루리라.
오늘의 상황에서 최선을 다하고 내일, 그리고 모레도 열심히 산다면
그것은 멋진 미래를 위해 씨앗을 뿌리는 일이다.
성공한 사람들은 사소한 일에 초연하다.
―리처드 칼슨

■ 사소한 일에 목숨 걸지 않는다

아무리 자유인이 되어 제대로 사는 길을 쫓아가더라도 살다 보면 종종 자신도 모르게 사소한 것들에 연연할 때가 있다.

나중에 돌이켜 보면 부끄러울 정도로 어떤 일에 연연해하고 애달아한 경험이 누구에게나 있을 것이다. 게임이나 오락, 취미에 빠져 헤어나지 못한 경험을 갖고 있을 것이다. 또 사사로운 감정에 휘말려 누군가를 미워하고 질투하기도 했을 것이다. 그러나 그런 데서 쉽게 벗어나지 못하면 아무리 큰 꿈과 설계를 가지고 있더라도 성공에 이르지 못한다.

우리는 주변에서 종종 게임이나 오락에 집착한 나머지 인생을 망치는

사람들을 보게 되는데, 그것은 그들이 사소한 것에 목숨을 걸기 때문에 일어나는 현상이다.

사소한 일에 정신과 시간을 빼앗겨서는 안 된다. 그것은 인생의 목표를 이루는 데 아무런 도움도 되지 않을뿐더러 인생을 갉아먹는 암적인 존재가 되어 나중에는 어떻게 손을 쓸 수도 없게 된다. 그런 줄 알면서도 우리는 종종 어떤 유혹을 뿌리치지 못하고 거기에 매달린다.

때로 우리는 친구와의 의리나 사사로운 정에 붙들려 끌려 다니기도 한다.

그런 경우가 많아질수록 귀중한 시간만 빼앗기고 자신이 하는 일도 제대로 할 수 없다.

물론 사회생활을 하면서 기본적인 인간관계마저 내팽개치라는 것은 아니다. 어느 정도의 인간관계는 유지하되 자신의 인생 계획에 차질을 줄 정도가 되어서는 안 된다는 말이다.

'제대로 사는 인간'은 사소한 일에 초연해서 주변에서 어떤 일이 일어나도 아무런 반응을 보이지 않을 때가 많다. 자신이 목표한 일을 하기에도 시간이 부족하기 때문에 주변에 대해 신경을 쓰지 못하는 것이다. 그렇다고 주변 상황을 완전히 무시한다는 것은 아니다. 단지 자기 일 외에는 죽이 끓든 밥이 끓든 상관하지 않는 것이다.

성공한 사람들은 자신의 옷차림이나 먹는 일, 자기가 사는 곳 따위에 거의 신경을 쓰지 않는다. 물론 그들 중에는 미식가나 다양한 패션을 즐기는 사람들도 있다. 또 호사스런 차나 요트를 타고 다니는 특별한 취미를 갖기도 한다.

그러나 대다수의 '제대로 사는 인간' 들은 자신이 꿈꾸는 일에 심취한 나머지 사소한 것에 별다른 관심을 갖지 않는다. 그들은 주변에서 누가 자기를 욕하거나 사사로운 시비에 휘말리더라도 대수롭지 않게, 마치 자기 일이 아닌 듯 처신해 사람들을 깜짝 놀라게 한다.

■ 자신의 일에만 몰두한 사람들

아인슈타인은 돈에 무관심했다. 어느 날 그는 미국의 록펠러 재단에서 연구 보조금으로 1천 5백 달러짜리 수표를 받았는데, 그것을 무심코 읽고 있던 책의 책갈피에 끼워두었다. 그런데 얼마 후 그 책을 누군가 집어 갔다.

그러자 아인슈타인은 이렇게 중얼거렸다고 한다.

"돈이 좋긴 좋은 모양이지, 책까지 돈을 보고 따라갔으니……."

이런 일화는 수없이 많다.

전자기학의 기초 법칙인 '암페르의 법칙' 을 발견한 프랑스 물리학자 암페르는 갑자기 유명해지자 방문객이 많아져 연구에 지장이 많았다. 이에 그는 집 문 앞에다 '금일 부재중' 이라는 팻말을 걸어둘 생각을 했다. 방문객을 돌려보낼 수 있는 기막힌 방법이라고 무릎을 치고 나서 그는 곧 행동으로 옮겼다.

그러던 어느 날이었다. 어려운 수학 문제로 골몰하고 있던 그는 외출

했다 돌아오다가 문에 걸린 팻말을 보았다.

"뭐야? 사람이 없군. 하는 수 없이 나중에 다시 와야겠군."

그러더니 돌아서서 다른 곳으로 가는 것이었다.

수학 문제에 너무 몰두한 나머지 팻말을 본 순간 자신이 다른 친구의 집을 찾아간 것으로 착각했던 것이다.

그러한 착각과 초연함이 지나친 나머지 그들은 종종 자신이 가고자 하는 곳을 망각하기도 한다.

'멋진 신세계'로 유명한 영국의 소설가 올더스 헉슬리가 강연을 하기 위해 어느 도시에 들렀을 때였다. 강연 시간이 거의 다 되어 급하게 마차에 올라탄 그가 소리쳤다.

"전속력으로 갑시다!"

이에 마부가 채찍을 휘둘렀고, 말이 내달리기 시작했다.

그런데 한참을 달린 후 헉슬리가 문득 정신을 차리며 마부에게 물었다.

"이보시오, 혹시 지금 내가 가는 곳을 알고 있소?"

"아니요. 말씀하지 않으셔서 알지 못하는데요."

마부가 말에게 채찍질을 하면서 한마디 덧붙였다.

"이제 곧 이 도시를 벗어나게 될 것입니다."

그날 헉슬리는 약속된 강연 장소에 한 시간이나 늦게 도착했다.

위의 경우들은 조금 지나친 경우이지만 '제대로 사는 인간'은 너무 자신의 생각이나 일에 몰두해 있는 탓에 나머지 일들은 사소한 것이 되어버리고 만다.

▣ 사소한 일은 남에게 맡긴다

아인슈타인이나 헉슬리, 암페르와는 다른 경우지만 사소한 것들을 남에게 맡기고 더 큰일에만 매진하여 한국 최고의 재벌을 일구어낸 삼성그룹 창업주 이병철의 예를 들어보자.

그는 매우 치밀하고 정교한 사람이었지만 사소한 일에는 매우 대범한 자세를 경주한 사업가였다.

그를 '자유인으로 제대로 사는 인간' 이라고 하면 이의를 제기할 사람들도 있겠지만 어떤 면에서 그는 탁월한 '제대로 사는 인간' 이었다.

이병철은 삼성을 경영하는 50년 동안 단 한 번도 서류에 결재를 하거나 수표에 도장을 찍지 않았다. 사업가로서 가장 중요하다고 할 수 있는 인감도장과 수표를 남에게 맡긴 채 사업을 한다는 것은 여간해서는 있을 수 없는 일이다. 이병철은 처음부터 지배인에게 그것을 맡겨두고 자신은 사업 구상을 하거나 사업 시찰을 다니곤 했다. 그는 혼자서 모든 일을 할 수 없다는 것을 알고 있었기에 자기만의 일을 찾아서 나섰고 그것을 몸으로 실천한 사업가다.

이병철의 이러한 행동은 그만의 탁월한 용인술이라고 볼 수도 있다. 그가 『한비자』의 다음과 같은 말을 좌우명으로 삼고 배운 덕인 것 같다.

한 사람의 힘으로는 다수의 힘을 이길 수 없다. 한 사람의 지혜로는 만물의 이치를 알기 어렵다. 한 사람의 지혜와 힘보다는 온 백성의 지혜와 힘을 쓰는 것이 낫다. 물론 한 사람의 생각만으로 일을 처리해도 성공하는 경우도 있지만 피로가 너무 클 것이고 실패할 경우 엉망진창이 되고 만다.

이처럼 '제대로 사는 인간'이란 자기만의 일에 몰두하고 나머지 일은 내버려 두거나 다른 사람에게 일임하는 사람이다. 그래서 가장 뛰어난 '제대로 사는 인간'의 모습은 남의 능력을 최대한 사용한 리더들에게서 찾아볼 수 있다.

동서고금의 유명한 권력자나 사업가 중에 의외로 그런 사람이 많다는 것을 명심해야 할 것이다.

곡식을 심는 일은 일년지계(一年之計)요, 나무를 심는 것은 십년지계(十年之計)이며, 인재를 양성하는 것은 백년대계(百年大計)라는 말이 있다. 이병철은 자원, 자본, 기술, 노동력 등의 생산 요소 중에서 인적 자원을 기업의 가장 큰 성장 요인으로 보았다. 그는 늘 국가와 기업의 장래는 사람에 의해 좌우된다고 말했고, 자신의 수족처럼 움직여 주는 사람을 평생 찾았다.

이병철은 평생 인재를 찾아 나섰던 자신의 여정을 이렇게 회고했다.

"나의 일생은 한마디로 무슨 사업을 할 것인가, 그리고 그것을 누구

에게 맡길 것인가 골몰하는 것이었다. 나는 내 인생의 80%를 그 일에
매달렸다.”

이 말은 기업가로서 ‘제대로 사는 인간’이 나아갈 길을 제시하는 명
언이라고 아니할 수 없다.

■ 피리 값을 너무 많이 지불하고 있지 않은가?

만일 여러분이 지금 사소한 일로 고민하고 있다면, 원인이 되고 있는
그 문제의 가치를 정확히 판단해야 한다. 그래야 쓸데없이 시간을 낭비
하지 않을 수 있고, 고민도 해소할 수 있다. 만약 여러분이 지금 인생을
낭비하는 일에 매달려 있다는 판단이 선다면 당장 그 일을 그만두어야
한다.

아무리 유혹이 크더라도 그것을 그만둘 수 있는 결단력이 있어야 한
다. 인생은 여러분이 목표로 한 일을 하면서 살기에 너무 짧다.

벤자민 프랭클린(Benjamin Franklin)은 어린 시절에 이런 경험을 했
다.

그는 어려서 피리 불기를 무척 좋아했는데, 일곱 살이 되던 해에 장난
감 가게에서 새 피리를 발견했다. 그 피리가 마음에 든 그는 값도 개의
치 않고 선뜻 그 피리를 사버렸다. 그런데 집에 돌아와 보니 형들이 그

피리를 너무 비싼 값에 샀다면서 놀려대는 것이었다.

프랭클린은 피리를 비싸게 산 것이 분해 하루 종일 울었다. 조금 전까지만 해도 피리를 갖게 되어 기뻐했는데, 비싸게 산 것을 알고 난 뒤로는 억울하고 분하다는 생각이 더했던 것이다.

훗날 노인이 되었을 때 그는 어린 시절을 회상하며 이렇게 말했다.

"사회생활을 하며 수많은 사람들과 만나면서 그들의 행동을 살펴볼 기회가 많았습니다. 나는 그들을 관찰하면서 대부분의 사람들이 '피리 값을 너무 많이 지불하고 있다' 는 것을 알게 되었습니다. 나는 인간의 불행은 대부분 사물의 가치를 잘못 평가해서 '피리 값을 너무 많이 지불하는 데' 그 원인이 있다는 결론을 내렸습니다."

여러분은 얼마만큼의 피리 값을 치르고 있다 생각하는가?

인간이 극복해야 할 여섯 가지 결점

1. 자신의 이익을 위해서라면 남을 희생시켜도 된다고 생각하는 것

2. 변화나 수정이 불가능하다 고집하고 걱정만 하는 것

3. 어떤 일에 대해 도저히 성취할 수 없다 생각하고 움직이지 않는 것

4. 사소한 애착이나 기호를 끊지 못하는 것

5. 수양이나 개발을 게을리 하고 독서와 연구 습관을 갖지 않는 것

6. 자기의 사고방식이나 행동 양식을 남에게 강요하는 것

(5) 지나치게 욕심 부리지 않으면 속지 않는다

■ 눈앞의 이익에 현혹되지 마라

시골에서 자라난 사람들은 해마다 봄이 오면 도랑물을 자기 논 쪽으로만 돌려놓고 싸우던 어른들의 모습을 보곤 했을 것이다. 한 사람이 한밤중에 자기 논으로 물고를 돌려놓으면, 다른 논의 주인이 질세라 새벽같이 물고를 자기 논으로 돌려놓고……

그러다가 종국에는 소리소리 지르고 욕을 하며 이웃끼리 싸우곤 했다.

그것은 치열한 생존 경쟁이라고 볼 수도 있지만, 그러나 그들이 눈앞에 보이는 이익만 생각하지 말고 조금만 현명했더라면 하는 안타까움을 느끼곤 했을 것이다.

나는 그러한 안타까움을 주식 투자를 하는 사람들에게서도 느낄 때가 있다.

중시 투자의 기본은 눈앞의 이익에 집착하지 말고 장기적인 견지에서 경기의 흐름을 읽고, 그 흐름을 타는 투자를 해야 하는데 사람들은 눈앞에서 일어나고 있는 결과에 일희일비하곤 한다. 경기 변동에 따른 투자를 하는 안목을 기르는 것이 투자의 기본이라는 것을 아는 사람은 별로 없다.

■ 조삼모사(朝三暮四)

중국 송(宋)나라에 저공(狙公)이라는 사람이 있었다.

이 사람은 원숭이를 여러 마리 사육하고 있었기 때문에 먹이를 구하는 데에 많은 돈이 들어가서 생활이 어려운 지경이었다.

저공은 어느 날 원숭이들을 불러 모아서 이렇게 말했다.

"오늘부터는 너희에게 주는 도토리를 아침에 3개, 저녁에 4개를 주겠다."

원숭이들은 화를 내며 소란을 피웠다.

"그렇다면 아침에 4개, 저녁에 3개를 주기로 하지."

그러자 원숭이들은 아주 좋아했다.

이 우화는 장자와 열자의 책 두 군데에 나오는데, 장자는 눈앞의 이익에만 눈이 어두워서 사물의 본질을 꿰뚫어 보지 못하는 어리석음을 비유한 것이라 했고, 열자는 위에 선 사람이 아랫사람을 교묘하게 조종하는 기술이라 해석하고 있다.

일반적으로 조삼모사라고 하면, 사기를 쳐서 어리석은 자를 우롱한다는 뜻으로 쓰인다. 그러나 열자는 세상의 모든 이치가 이와 같아서 지혜를 가지고 세상을 보면 힘들이지 않고 세상을 지배할 수 있다고 했다.

그러나 많은 사람들은 그러한 경지를 보지 못하고 어리석은 우에 빠지곤 한다.

3+4=4+3.

이런 간단한 계산을 하지 못하는 조삼모사의 원숭이를 비웃는 것은 쉬운 일이다. 그러나 이와 비슷한 일이 우리 주변에는 얼마나 많이 일어나고 있는가?

돈 몇 푼 때문에 사람을 죽이는 일이 비일비재하고, 당장 후회하게 될 줄 알면서도 나쁜 짓을 서슴지 않고 하고 있다.

■ 이가 없으면 잇몸이 시리다

중국 고사의 예를 하나 더 들어보자.

한비자에는 눈앞의 이익에 어두워서 나라를 빼앗긴 우매한 왕의 이야기가 나온다.

춘추오패(春秋五覇)의 한 사람인 진(晉)나라 문공(文公)의 아버지 헌공(獻公)이 곽(蠟), 우(虞) 두 나라를 공략할 때의 일이다. 헌공은 진작부터 두 나라를 노리고 있었지만, 형제국인 두 나라가 서로 도울까 두려워 주저하고 있었다.

그때 대부 순식(荀息)이 한 가지 계책을 내놓았다.

"괵과 우는 입술과 이의 관계이므로 가장 좋은 방책은 우로부터 길을 빌려 우선 괵을 항복시키고 이어 우를 뺏는 것입니다."

"하지만 우나라가 길을 쉽사리 내주겠소?"

"수극(垂棘)의 옥과 굴(屈)에서 나는 명마를 보내면 탐욕스런 우공(虞公)이 듣지 않을 리 없을 것입니다."

당시 수극의 옥과 굴의 명마는 중국 천하에서 가장 훌륭한 것으로 알려져 있었다.

헌공은 우나라 우공에게 옥과 명마를 선물로 보내고 형제의 우의를 약속하며 길을 빌려달라고 간청했다. 우공은 값진 예물과 감언이설에 솔깃하여 제의를 받아들이려고 했다. 그러나 진나라의 속셈을 알고 있는 재상 궁지기(宮之奇)가 이를 극구 말렸다.

"진나라에 길을 열어주어서는 안 됩니다. 속담에 '수레의 덧방나무와 바퀴가 서로 의존하여 떨어질 수 없고, 입술이 없으면 이가 시리다' 고 합니다. 우와 괵은 입술 관계에 있으니 괵이 멸망하면 우도 안전할 수가 없습니다. 길을 빌려주는 일은 절대로 안 됩니다. 생각을 다시 하십시오."

그러나 우공은 이 말을 듣지 않았다.

"진나라와 우나라는 모두 주(周)나라에서 갈라져 나온 뿌리가 같은 나라가 아니오. 진나라가 우리를 해칠 리는 없소."

"그렇게 말한다면 괵도 또한 우리의 형제국 아닙니까?"

그러나 뇌물에 눈이 어두워진 우공의 태도는 변하지 않았다.

궁지기는 절망하여 난을 피하기 위해 가족을 이끌고 우나라를 떠났다. 그때 그는 이렇게 예언했다.

"우나라는 올해를 넘기지 못할 것이다."

과연 그해 12월 진나라는 괵나라를 정벌하고 돌아오는 길에 우나라도 공격하여 멸망시켜 버렸다.

순식은 옥과 말을 되찾아 와서 헌공에게 바쳤다.

"옥은 그대로이지만 말은 그동안 많이 자랐구먼."

헌공은 이렇게 말하며 무척 기뻐했다.

사로잡힌 몸이 된 우공은 궁지기의 충고를 듣지 않은 것을 후회했다. 그는 헌공의 딸이 진(秦)나라 목공(穆公)에게 시집갈 때 노예로 딸려 보내지고 말았다.

한비자는 이렇게 이 사건을 평했다.

"우공이 길을 빌려주고도 나라를 송두리째 빼앗긴 것은 눈앞의 작은 이익에 취해서 그 다음에 올 재난을 보지 못했기 때문이다."

■ 인생에 왕도는 없다

사람들 중에는 지름길로 가는 것을 좋아하는 사람들이 많다.

특히 '빨리빨리' 는 한국인의 전매특허처럼 외국인들에게 비춰지고 있다.

한국은 경제 개발을 시작한 지 40년 만에 수출 2,500억 달러를 돌파하여 세계 10위의 무역 대국이 되었다. 그러한 빠른 성공에 고무된 탓에 우리나라 사람들은 매사에 빠른 것을 좋아하고 부산스럽게 사는 사람들이 되었다.

비만의 예를 들어보자.

비만이란 단지 영양의 과다로 인한 것이기 때문에 병이 아닌 한, 식사량을 조절해서 덜 먹거나 운동량을 늘이면 간단하게 고칠 수 있는 것이다. 그것에는 별다른 방법이 있을 수 없다. 그러나 사람들은 이렇게 가장 단순한 그것을 간과하고 별의별 약을 먹고 지방을 빼는 수술을 하고 난리 법석이다.

단 사흘 만에 5kg을 빼는 새로운 비법을 발견했다고 광고를 하고, 또 그 광고에 현혹되어 그 약을 사 먹거나 운동 기구를 사는 사람들을 자주 본다.

사물이나 인간이나 새로운 것은 사람들의 관심을 고조시키기 마련이다.

그리고 그것은 일시적인 효과는 있을지 모른다. 그러나 새로운 것은 수명이 짧다는 것을 알아야 한다. 그것이 그렇게 획기적인 것이었다면 장구한 인류 역사를 통해서 왜 지금에야 발견되었단 말인가?

공부의 경우도 마찬가지다.

영어의 예를 들면, 과거 수십 년 동안 영어를 빨리 배우고 확실하게 정복할 수 있다고 호언을 하는 교재는 매년 수도 없이 많이 쏟아져 나왔지만 영어는 여전히 배우기 어려운 과목으로 남아 있다.

영어는 여전히 꾸준히 반복해서 학습하는 것 외에는 별다른 왕도가 없다. 최근에는 멀티미디어나 전자사전 같은 첨단 장비들이 나와서 조금 개선이 되고 있기는 하지만, 영어는 여전히 어려운 과목에 속한다.

영어를 잘하는 비결은 아주 간단하다.

그것은 가장 기본에 충실해서 열심히 하는 것이다.

가령 일상생활에 유용하게 쓰이고 있는 필수 단어와 관용구, 파생어 등 5,000단어 정도를 완전히 내 것으로 만들어보라. 기본적인 5,000단어를 품사별 표현 방법과 동사 변화, 단어를 응용한 회화와 영작문을 풍부하게 알고 나면 영어의 기본은 끝난다. 그러나 사람들은 가장 기본적인 단어도 외우지 않고 영어를 잘하는 방법만을 찾아다닌다. 정말 부끄러운 일이 아닐 수 없다. 우선 5,000단어 정도를 아는 것이 중요하다. 그런 후에 우리 정서에 맞는 영작문 등으로 영어의 응용력 향상을 꾀한다면 누구나 큰 문제가 없이 영어를 잘할 수 있을 것이다.

▣ 바둑은 인생의 축소판

흔히 바둑은 인생의 축소판에 비유된다.

바둑은 19×19의 좌표 위에 새겨진 361개의 교차점을 대상으로 3백 60개의 흑백 바둑돌이 세력 싸움을 벌이는 게임인데, 수천 년 동안 동아시아 인들은 바둑에 매혹되어 줄기차게 그 게임을 즐겨왔다.

우리는 한 판의 바둑을 보면서 대국자들의 성격과 기질은 물론 마음 자세, 생활 방식까지도 알 수 있다. 그래서 바둑을 두다가 사람들은 스스로 자신을 비쳐 주는 거울을 보는 듯해서 놀랄 때가 많다.

바둑은 반집을 다투는 정밀성 때문에 방식 자체가 우선 과학적이고, 고도의 계산력을 요하는 수학적인 게임이라서 속임수가 있을 수 없다.

바둑에서 승리하기 위해서 무엇보다 중요한 것은 전체를 보는 눈과 그 관리 능력이다. 바둑에서는 특정한 지역을 놓고 싸우는 것은 중요하지 않다. 대세를 위해서라면 작은 부분은 과감하게 희생해도 좋다.

그런 점에서 바둑만큼 대충형 인간의 나아갈 길을 가르치는 게임도 없을 것이다.

체스나 장기가 위치 지향적이고 공격적인 반면 바둑은 느슨하게 연결된 광대한 세계에서 고정되지 않은 전략을 가지고 싸울 수 있다. 여기서는 단지 전체의 판세를 읽고, 빠르게 움직이면서 상대에게 자신의 움직임을 예측할 수 없게 전략을 펴는 일이 중요하다.

상대방의 마음과 전체의 판국을 보지 못하면 바둑에서 승리를 거두기는 어렵다.

그래서 바둑의 고수들은 누구나 속마음이 나타나지 않도록 고요하게 수양하는 자세를 취한다. 고요하고 무거운 침묵으로 상대를 제압하면서 여유있고 주도면밀하게 게임을 운영하는 것이 승리의 비결이다.

▣ 난관은 돌파하라고 있다

토인비는 평생을 걸려서 인간의 역사를 연구한 결과 완성한 '역사의 연구' 란 책에서 모든 문명, 문화는 역경의 소산이라는 이른바 역경설 (Adversity Theory)을 주장했다. 말하자면 인간의 역사는 도전해 오는 적에 대응해서 응전한 과정이라는 것이다.

그는 인류 문명을 개척하고 만들어낸 민족들이 따뜻하고 온화한 땅에서 살던 민족이 아니라, 사실은 모두 불리한 자연환경 속에서 자연재해와 고난과 역경을 딛고 올라가는 과정에서 문명이 꽃을 피웠다는 것을 밝혀낸 것이다.

그 예로 이집트는 나일 강이 비만 오면 범람하는 고난과 역경을 이겨내면서 수학과 기하학을 발전시켰고, 그런 기초 과학 위에 피라미드를 세우는 등 고대 문명을 꽃피울 수 있었다는 것이다.

어떤 조사에 의하면 성공한 사람들의 95퍼센트 이상이 어린 시절과 젊은 시절을 불우한 환경 속에서 보낸 사람들이었다고 한다. 사람은 누구에게나 조금씩의 장애가 있고 고난이 있고 콤플렉스가 있다. 사람이 성장한다는 것은 어찌 보면 그런 어려움을 이겨내고 풍요로운 정신을 만들어내는 과정일 것이다.

고난은 이를 극복하고자 하는 사람에게는 이미 고난이 아니다.

역경설에 의하면 환경에 도전하려는 의욕과 투지를 가진 사람만이 살아서 문화를 창조할 수 있었고, 환경에 순응을 꾀하고 도전할 각오를 상실한 인간은 결코 성공을 거둘 수 없었다. 이렇듯 시련은 그것 나름의 의미를 지니고 있다.

시련을 딛고 용감하게 도전한 사람만이 자유인이 되어 제대로 사는 데 성공할 수 있다는 것을 명심하라.

▶▶▶▶토인비의 가르침

미래상을 그리는 유일한 방편

미래란 그 시대가 올 때까지는 숨겨져 있기 때문에, 우리는 부득이 과거의 경험을 통해서 미래상을 그리지 않으면 안 된다. 지난날의 경험은 감추어진 미래를 비추는 데 있어서 우리가 얻을 수 있는 유일한 빛이다. 경험은 역사의 별명인 것이다. 우리가 말하는 이른바 역사란 보통 인류의 경험의 총체를 가리킨다. 그러나 우리 한 사람 한 사람이 한평생 살아가는 데 있어서 쌓는 개개인의 경험도 역사인 것이다. 공적인 생활에 있어서처럼, 사적인 생활에 있어서도 경험은 높이 평가된다.

경험이 우리의 판단 능력을 도우며 보다 현명한 선택, 보다 합당한 결정을 가능하게 한다는 것이 일반적으로 인정되고 있기 때문이다.

인간이 무엇인가 물으려면 미래에 대한 생각을 감안하지 않으면 안 된다. 우리는 될 수 있는 대로 미래를 제어하고, 우리의 목적을 이루기 위해서 미래에 이루어지는 것에 관심을 가지며 미래에의 계획을 세운다. 이 미래를 의식적으로 제어하고, 뜻하는 미래를 만들려고 하는 것이 바로 인간 특유의 행위이며, 지구상에 공존하는 다른 생물들과 구별되는 특징의 하나이기도 하다. 우리는 장래를 내다보지 못하면서 어떠한 계획을 세울 수는 없는 것이며, 경험의 빛이 미래를 비추는 한에 있어서만 장래를 내다볼 수 있는 것이다. 따라서 경험이 던지는 빛에 가치가 있다는 것은 논의할 여지가 없다. 그것은 우리에게 있어서 미래상을 그리는 유일한 방편인 것이다.

—아놀드 토인비, 『현대의 도전』

상대를 한눈에 꿰뚫는다!!

한눈에 알게 되는 그와 그녀의 속 · 사정(事情)!

■ 한눈에 상대방의 심리를 꿰뚫어 보는 법
캄바 와타루 지음 / 김진수 옮김 | 값 8,000원

궁금하지 않나요?

상대가 어떤 사람인지, 나를 어떻게 생각하는지.

알고 싶지 않나요?

자신의 행동이 타인에게 어떻게 비치는지.

바라지 않나요?

보다 예쁘게, 좀더 멋지게, 한층 더 의미 있게,
상대에게 다가가기를.

사소한 말과 동작에 나타나는 상대의 복잡한 심리!
간단히 파악하고 절묘하게 이용하여 처세의 달인이 되자!

잘 나가고 싶은 사람은 읽어라!

30초의 심리학

■ 30초의 심리학
아사노 하치로우 지음 / 계일 옮김 | 값 8,500원

처음 본 사람인데 와 닿는 느낌이
너무나도 강렬한 사람이 있다.
흔히 하는 말로 '필이 꽂힌 사람',
그래서 잊혀지지 않는 사람,
한눈에 반했다고 하는 것이 바로 그것이다.
이런 인간의 감정을 논하는 데
남녀의 구분이 있을 수 없다.
사랑하는 그, 혹은 그녀를
생각하는 것만으로도 가슴이 두근거린다.
이상할 것 없다. 당연히 그럴 수 있는 것이다.
그렇기에 인간을 감정의 동물이라 하지 않는가.
그러나 그렇게 좋아하는 그 사람이
어느 날 갑자기 싫어지는 경우는 왜일까?

그에게 한눈에 반했다! 그것은 분위기 탓?
애인과 나란히 걸어갈 때 당신은 좌, 우 어느 쪽에 서는가?

이성은 왜 서로 끌리는 걸까? 그 심층 심리를 해명한다!

도서출판 청어람 www.chungeoram.com ● TEL : 032-656-4452/54 ● FAX : 032-656-4453 ● Email : eoram99@chol.com